复旦大学中文系作家班

创办 30 周年(1989—2019)纪念

复旦大学中文系高山流水文丛

顾问：陈思和　骆玉明　主编：陈引驰　梁永安

韩国姑姑

卢文丽／著

复旦大学出版社

我的漂泊是一场返乡的旅程

总序

"五四"新文学运动一百年来的历史证明：新文学之所以能够朝气蓬勃、所向披靡，为中国社会的进步和发展作出了那么大的贡献，一个很重要的原因，就是它始终与青年的热烈情怀紧密连在一起，青年人的热情、纯洁、勇敢、爱憎分明以及想象力，都为文学创作提供了丰厚的资源——我说的文学创作资源，并非是指创作的材料或者生活经验，而是指一种主体性因素，诸如创作热情、主观意志、爱憎态度以及对人生不那么世故的认知方法。心灵不单纯的人很难创造出真正感动人的艺术作品。青年学生在清洁的校园里获得了人生的理想和勇往直前的战斗热情，才能在走出校园以后，置身于举世滔滔的浑浊社会仍然保持一个战士的敏感心态，敢于对污秽的生存环境进行不妥协的批判和抗争。文学说到底是人类精神纯洁性的象征，文学的理想是人类追求进步、战胜黑暗的无数人生理想中最明亮的一部分。校园、青春、诗歌、梦以及笑与泪……都是新文学史构成的基石。

我这么说，并非认为文学可能在校园里呈现出最美好的样态，如果从文学发生学的角度来看，校园可能是为文学创作主体性的成长提供了最好的精神准备。在复旦大学百余年的历史中，有两个时期对文学史的贡献是不可忽略的：一个是在抗战时期的重庆北碚，大批青年诗人在胡风主编的《七月》上发表个性鲜明的诗歌，绿原、曾卓、邹荻帆、冀汸……形成了后来被称作"七月诗派"的核心力量；这个学校给予青年诗人们精神人格力量的凝聚与另外一个学校即西南联大对学生形成的现代诗歌风格的凝聚，构成了战时诗坛一对闪闪发光的双子星座。还有一个时期就是上世纪70年代后期，复旦大学中文系设立了文学创作与文学评论两个专业，直到1977年恢复高考的时候，依然是以这两个专业方向来进行招生，吸引了一大批怀着文学梦想的青年才俊进入复旦。当时校园里不仅产生了对文学史留下深刻印痕的"伤痕文学"，而且在复旦诗社、校园话剧以及学生文学社团的活动中培养了一批文学积极分子，他们离开校园后，都走上了极不平凡的人生道路，无论是人海浮沉，还是漂泊他乡异国，他们对文学理想的追求与实践，始终发挥着持久的正能量。74级的校友梁晓声，77级的校友卢新华、张锐、张胜友（已故）、王兆军、胡平、李辉等等，都是一时之选，直到新世纪还在孜孜履行文学的责任。他们严肃的人生道路与文学道路，与他们的前辈"七月诗派"的受难精神，正好构成不同历史背景的文学呼应。

　　接下来就可以说到复旦作家班的创办和建设了。上世纪八九十年代之交，复旦大学受教育部的委托，连续办了三届作家班。最初是从北京中国作协鲁迅文学院接手了第一届作家班的学员，正如《复旦大学中文系"高山流水"文丛》策划书所说的，当时学员们见证了历史的伤痛，感受了时代的沧桑，是在痛苦和反思的主体精神驱使下，步入体制化的文学教育殿堂，传承"五四"文学的薪火。当时骆玉明、梁永安和我都是青年教师，永安是作家班的具体创办者，我和玉明只担任了若干课程，还有杨竟人等很多老师都为作家班上过课。其实我觉得上什么课不太重要，我已经完全忘记了当初的讲课情况，学员们可能也忘了课堂所学的内容，但是师生之间某种若隐若现的精神联系始终存在着。永安、玉明他们与作家班学员的联系，可能比我要多一些；我在其间，只是为他们个别学员的创作写过一些推介文字。而学员们在以后的发展道路上,也多次回报母校,给中文系学科建设以帮助。

三十年过去了。今年是第一届作家班入校三十周年(1989—2019)。为了纪念,作家班学员与中文系一起策划了这套《文丛》,向母校展示他们毕业以后的创作实绩。虽然有煌煌十六册大书,仍然只是他们全部创作的一小部分。因为时间关系,我来不及细读这些出版在即的精美作品,但望着堆在书桌上一叠叠厚厚的清样,心中的感动还是油然而生。三十年对一个人的生命历程而言,不是一个短距离,他们用文字认真记录了自己的生命痕迹,脚印里渗透了浓浓的复旦精神。我想就此谈两点感动。

其一,三十年过去了,作家们几乎都踏踏实实地站在生活的前沿,在商品经济大潮的呼啸中,浮沉自有不同,但是他们都没有离开实在的中国社会生活,很多作家坚持在遥远的边远地区,有的在黑龙江、内蒙古和大西北写出了丰富的作品,有的活跃在广西、湖南等南方地区,他们的写作对当下文坛产生了强大的冲击力;即使出国在外的作家们,也没有为了生活而沉沦,不忘文学与梦想,是他们的基本生活态度。他们有些已经成为当代世界华文文学领域的优秀代表。老杜有诗:"同学少年多不贱,五陵衣马自轻肥。"这句话本来是指人生事业的亨达,而我想改其意而用之:我们所面对的复旦作家班高山流水般的文学成就,足以证明作家们的精神世界是何等的"轻裘肥马",独特而饱满。

其二,三十年过去了,当代文学的生态也发生了沧桑之变。上世纪90年代以来,文学已经从80年代的神坛上被请了下来,迅速走向边缘;紧接着新世纪的中国很快进入网络时代,各种新媒体文学应运而生,形式上更加靠拢通俗市场上的流行读物。这种文学的大趋势对"五四"新文学传统不能不构成严重挑战,对于文学如何保持足够的精神力量,也是一个重大考验。然而这套《文丛》的创作,无论是诗歌、散文还是小说,依然坚持了严肃的生活态度和文学道路。我读了其中的几部作品,知音之感久久缠盘在心间。我想引用已故的作家班学员东荡子（吴波）的一段遗言，祭作我们共同的文学理想：

> 人类的文明保护着人类，使人类少受各种压迫和折磨，人类就要不断创造文明，维护并完整文明，健康人类精神，不断消除人类的黑暗，寻求达到自身的完整性。它要抵抗或要消除的是人类生存环境中可能有的各种不利因素——它包括自然的、人为的身体和精神中纠缠的各种痛苦和灾难，他们都是人类的黑暗，人类必须与黑暗作斗争，这是人类文明的要求，也是人类精神的愿望。

我曾把这位天才诗人的文章念给一个朋友听，朋友听了以后发表感想，说这文章的意思有点重复，讲人类要消除黑暗，讲一遍就可以了，用不着反复来讲。我不同意他的观点，我说，讲一遍怎么够？人类面对那么多的黑暗现象，老的黑暗还没有消除，新的黑暗又接踵而来，人类只有不停地提醒自己，反复地记住要消除黑暗，与黑暗力量做斗争，至少也不要与黑暗同流合污，尤其是来自人类自身的黑暗，稍不小心，人类就会迷失理性，陷入自身的黑暗与愚昧之中。东荡子因为看到黑暗现象太多了，他才要反反复复地强调；只有心底如此透明的诗人，才会不甘同流合污，早早地离开了这个世界。

我之所以要引用并且推荐东荡子的话，是因为我在这段话里嗅出了我们的前辈校友"七月派"诗人中高贵的精神脉搏，也感受到梁晓声等校友们始终坚持的文学创作态度，由此我似乎看到了高山流水的精神渊源，希望这种源流能够在曲折和反复中倔强、坚定地奔腾下去，作为复旦校园对当今文坛的一种特殊的贡献。

复旦大学作家班的精神还在校园里蔓延。从2009年起，复旦大学中文系建立了全国第一个MFA的专业硕士学位点。到今年也已经有整整十届了，培养了一大批年轻的优秀写作人才。听说今年下半年，这个硕士点也要举办一系列的纪念活动。我想说的是，作家们的年龄可以越来越轻，我们所置身的时代生活也可以越来越新，但是作为新文学的理想及其精神源流，作为弥漫在复旦校园中的文学精神，则是不会改变也不应该改变，它将一如既往地发出战士的呐喊，为消除人类的黑暗作出自己的贡献。

写到这里，我的这篇序文似乎也可以结束了。但是我的情绪还远远没有平息下来，我想再抄录一段东荡子的诗，作为我与亲爱的作家班学员的共勉：

> 如果人类，人类真的能够学习野地里的植物
> 守住贞操、道德和为人的品格，即便是守住
> 一生的孤独，犹如植物
> 在寂寞地生长、开花、舞蹈于风雨中
> 当它死去，也不离开它的根本
> 它的果实却被酿成美酒，得到很好的储存
> 它的芳香飘到了千里之外，永不散去
> 停留在一切美的中心
> ——《停留在一切美的中心》

陈思和

2019年7月12日写于海上鱼焦了斋

目录

第一辑　纸上的河流　/ 001

　　我在多年以后到来了　/ 002
　　西湖诗雨　/ 007
　　纸上的河流　/ 013
　　就像某种爱情被写进了诗歌　/ 019
　　北街梦寻　/ 022
　　就中最爱霓裳舞　/ 027
　　在榧林聆听秋语　/ 031
　　岱山四章　/ 035
　　神龙川一夜听流水　/ 041
　　门司港的夜晚　/ 045
　　樱花烂漫终有时　/ 049
　　韩国姑姑　/ 052
　　一场似真似幻的雨　/ 056
　　满口都是玫瑰花的香味　/ 059
　　爱的信息　/ 062
　　像时间一样缓慢　/ 064
　　春天的诗意之旅　/ 066

第二辑　爱与哀愁 / 069

　　李老师 / 070
　　我的初中 / 074
　　在老家读高中 / 077
　　那时 / 081
　　外婆给我送菜 / 088
　　我的作家同学 / 094
　　你们是我的诗篇 / 103
　　故园的爱与哀愁 / 106
　　部队大院的燃气生活 / 117
　　怀念昌耀老师 / 120

第三辑　另一种呼吸 / 137

　　寻找一种语言 / 138
　　血水、汗水和口水 / 141
　　从"逃离"和砚台谈起 / 143
　　《作家通讯》新年寄语 / 146
　　蓝瓷花瓶 / 148
　　海水中的火焰 / 150
　　另一种呼吸 / 155
　　飘浮的声音 / 157
　　诗歌是一场幻想的美宴 / 159
　　答《杭州》杂志 / 171
　　答《浙江作家》杂志 / 175
　　跋七种 / 178
　　　　我对美看得太久 / 178
　　　　万千美感与深情，安慰此人生 / 181
　　　　一种真实的感动 / 187

在文字的迷宫中发现自己 / 188

　　诗歌是跳舞，散文是走路 / 190

　　诗歌本身就是无与伦比的美景 / 191

　　听任夜莺 / 192

序三种 / 194

　　《礼》之由来 / 194

　　且放白鹿青崖间 / 196

　　爱上古村落 / 200

读书笔记八题 / 202

　　一堵墙对另一堵墙说了些什么 / 202

　　四姐妹 / 204

　　迷宫中的玫瑰 / 206

　　图形世界里的卡夫卡 / 207

　　浪漫的炼金术士 / 209

　　像蝴蝶一样斑斓 / 211

　　通向太空的无限乡愁 / 212

　　大地上漫游的行吟歌者 / 215

第四辑　路上的音乐 / 219

玛吉阿米 / 220

路上的音乐 / 224

在高原闹反应 / 227

吹过旷野的风 / 231

出乎意料的寺 / 235

一曲江南紫竹调 / 238

游走西塘 / 243

你听见油菜花在歌唱 / 246

总是门前一段秋 / 248

桑叶上的江南梦 / 252

神秘的太极星象村 / 255

一本翰墨清香的线装书 / 259

水下狮城 / 263

白麟溪畔悠悠表情 / 266

周庄行 / 270

磐安四章 / 273

拨动心弦的一段乡愁 / 278

最美的水墨山居图 / 281

青花瓷碗上的吊脚楼 / 285

楠溪江畔的一缕沉香 / 289

跋：飞来白鸟似相识 / 293

第一辑　纸上的河流

我在多年以后到来了

黄梅雨季，心事容易返潮。相持不下的冷暖气团，把江南的一切，变成了一客蒸架上的小笼包，又像一锅正在发酵的、小钵头甜酒酿。这样的天气，闷热、潮湿，却有白兰花、栀子花们，暗香盈袖，提醒你每个季节的转角，都有它的意义。若是到了酷夏，这丰盈的、温情脉脉的氤氲，又是一件多么值得怀想的事体呀。

上班路上，途经中河高架桥下，一排排白色、粉色的夹竹桃花，有若墨绿色老土布上，织就的一匹匹斑斓。一年一度，夹竹桃花，开得热烈而清冷，喧哗而沉默。它是逝去的亲人的问候，还是你在心底的祭奠？怀念根植于记忆的土壤，时间抵抗不了花开的节奏。当你从后视镜中，再度凝望，内心像池塘的蛙鸣鼓噪不已。

清晨，同一只鸟，把你从梦中叫醒。它的音色和语速，使你确信，跟昨天听到的，是同一只。牛毛细雨中，它的歌声格外的清澈、明亮，像一阵早年拂过脸颊的风、一道山泉，或一首从火焰中救下的诗篇。你确信它穿越千山万水，抵达耳畔，有着多么不易，内心于是弥漫起，一种弥足珍贵的思绪。

雨下得不小，空气十分滞重。你并不喜欢雨季，潮湿、混沌，打不起精神，但雨并不听你的，包括风、霜、雪、雷、电们，来去都是自然的造化。那就不妨坦然顺应，裹一身湿漉漉的思绪游走，听一听树木和青草们，雨水中的窃窃私语，感觉自己也成为了其中一株，皮肤滋润，和光同尘。或许，这就是雨季，对你的最好馈赠。

每一颗砸向大地的、活泼泼的雨，都是世间独一无二的存在。它来自梦，来自美，来自更高的形式与主宰，千变万化，本质如一。此刻，它发出迷人的、春蚕吃桑叶般的沙沙声，在另一个当下，又转换成无声的雪。你更喜欢聆听，大雪压竹时发出的嘎嘎声，那是雪的重量，雨的显灵，那属于灵魂的，寂静之声。

你相信雨的抵达，一定是充满秩序的。绵密、细致，仿佛字里行间的排列，音符之间的生成，色彩的累积与变化。这些细微的结晶，自然天成，如同尘世中的你，自身携带的脆弱与不完美。它们从天上落下，汇聚成众生编织的盛大交响，从有序到混沌，在漫长的时空中，转瞬即逝，惘然不可追忆。

每一滴落下的雨，都仿佛似曾相识，像一个秘密、一句叮咛、一个擦肩而过的背影。此刻，它穿过阴霾和大气，把你笼罩，在树林和草地上，交织起迷人旋律。你惊讶地发现，这么多年过去了，这最初的雨声，还是这般熟悉、亲切，仿佛时间并没有完全地，一去不返。这真是一个奇迹。雨中的你，由此觉得了幸福和孤独。你知道你的幸福，是雨的幸福，正如你的孤独，也是雨的孤独。

雨一直下。在庙宇和茅屋之间，在高堂和草舍之间，在过去和未来之间，在逝者和生者之间，在你的一呼一吸之间，不问时间、地点、人物和原因，跳着永恒的轮回之舞。雨的意义，对你来说，或许还在于学会接受、理解并且欣赏，生活中的模糊之处，就像雨本身那样。

鸟和雨,在清晨歌唱。一个清越,一个稳健。一个独唱,一个伴奏,像是一对,街头卖艺的好搭档。有时,鸟声听上去,琐碎、尖厉,像是对雨的叫板。更多的时候,雨都是心平气和地,维持着同一个频率,又像是一个劲儿地、没心没肺地,为鸟鼓着掌。你不知道,鸟的模样,也不知道,雨的心思。你只知,这雨、这鸟,这清晨的二重奏,都是自然的奇迹,温情弥漫,花开见佛。

傍晚,风乍起,吹皱一池蛙声,雨止,蛙鸣漫天世界。青蛙的叫声,低端、粗俗,听上去没什么品位,但蛙们显然并不这么认为。尽管没有指挥,它们也叫得齐心协力,像是带着群体的宗教意识,被某种内在的力,驱动着,听得出它们将世世代代,这样起劲地,叫唤下去。如此看来,蛙鸣与花朵的绽放,又有什么两样呢?

雨水将你带入回忆。对雨,你怀着深深歉意。过去,你从未仔细聆听过它们,如同没有留意,树梢飞离的每一片落叶。你不知浪费了多少雨,也不知还有多少雨,会在你的生命中降临。许多事,已如雨水一去不返。那些已然消逝的,遥远的雨水,此刻,重新凝望着你,如同黑暗房间里,一盏微亮灯火,温暖、清晰,充满了倦意。

雨来自遥远。像一个信使,夜空中闪亮的星,古老、深邃、历经沧桑。此刻,它正以光速,接近你,带着属于它的全部信息,以及促使万物,缘起的因。你知道,你听到的雨,是过去的雨。你看到的光,是过去的光。雨落上皮肤,你触摸到的,是过去的温度。雨落入深心,令你难以忘怀的,唯有老时光。你知道,遭遇一场雨的人，是有福的。

要相信你所遇见的每一个人，都是好意提升你的人，如同你在世间邂逅的，各类动植物。它们无意识中，散发的各类气息，是它们独有的，亦并非针对你。这些气息使你意识到，每个人，不过都是在做自己。每一种气息，都是有局限的。你才会不断地调整，看问题的目光，从而进入一种更深的内在。

雨下得滂沱。在古代，或有"白雨跳珠乱入船"的意境，如今，则多了"锤子窨井救生圈"的担忧。天还是天，雨还是雨，这一切，都不是雨的错。自然永远拥有，高大上的、属于原初的本真。人类总是难以逃避，低矮矬的、属于自身的困境。浪迹的诗人依然在长途歌吟：我的房子没有屋顶，雨水落进我的心里。

那么多的雨，没有一滴相似，仿佛恒河的沙砾，比金字塔更古老，以极限的速度，交织起，关于宇宙的华丽回旋曲。雨，是透明的沙。沙，是凝固的雨。它们的音色，柔软而坚硬，明亮而单纯，如露如电，如针坠地，不是寂寞的心灵，无法倾听。因此，当一滴雨，孑然一身地光临，你不能说它一无所有，不能说它两手空空。

更多的雨，正在途中，像更多的词，争先恐后，接踵而至。这如歌的行板，丰盛、流动，在纸上沙沙作响，像荷叶上的露珠，灌浆中的稻穗，孕育着一场圣咏。雨在下，江、河、湖、海，就一定在走，它们历经艰辛，依然款款柔情。你知道，你的存在，是自然的奇迹，正如雨的存在，是宇宙的奇迹。

雨，落入湖中，像水，回到水里。这最后的报酬，大约发生在黄昏，像一场来得太晚的爱情，带着生命的，重生之美。湖知道，雨下得这么急，一定是有着什么要紧事，想告诉自己，关于泪水与火焰，重逢与告别，一朵刹那盛开的莲，是湖的唏嘘。雨说，我的漂泊是一场返乡的旅程，我在多年以后到来了。

西湖诗雨

一

　　绿的柳,在撩人的春风中飘拂。拂过湖光山色,拂过云水芳草,水鸟的翅翼和着柳絮,荡碎了明镜般的波心,烁动浮想连翩的碎银。

　　雨后初阳春水,心事低垂,轻舟暧昧。远远望去,岸边的长椅渐渐模糊了,岸上的人影,也渐渐模糊了。满满一长堤水漾漾的大红和大绿,倒映水中,仿佛古旧宣纸上,泅开的妩媚。

　　寻梦,溯西湖水草而去。任小舟白蓬,绣花针一般缓缓地,穿过水袖里的江南闲情。风是淡淡的,景亦是淡淡的。往远看,往事如烟。往近看,春光乍泄。世间万物,仿佛只余眼前这一汪青碧碧的绿,吸纳着,漂泊的魂。

　　水墨画里忆江南,草绿人醉。西湖是一首诗,只可意会,不可言传。

　　众生锦簇,千年吐纳。邂逅相遇,风情无悔。

二

　　从来佳茗似佳人。

　　一枚枚薄荷色的精灵,在山涧,在水涯,在临湖的小窗边,挟着旷世的灵气与色泽,翻滚、旋舞、歌吟。

它是江南的符号,丝绸的絮语。它是滚烫的相思,弥漫的欢情。恬淡如浮云,婉转如鸟鸣,灵动如天籁。

它是长风下宁静的水面,高天上静谧的言辞。抖擞在软泥中,落在湿径里,沾在薄衫上,年年新绿,与你日日相晤,令游子手中的青花茶盏,亦觉出一份恍惚醉意。

当繁华散尽,世事参透,请趁烟花三月,品一味蕙质兰心,寻一份妥贴安详,便如同,在生命最好的时光,遇见了,最好的人。

即使沉默,即使无语,一颗倾慕的心,昭然若揭。

三

她的美,有如一缕青烟,深入骨髓,刺痛心灵。

她的美,需要你交付所有,换取一吻。

心中有爱的人,走在西湖边,怕是要恍惚的。

那些空气里漂浮的咿呀胡琴,山色间弥漫的婉转唱腔,每当晨曦初露,便开始了抒情,仿佛翠绿的鸟鸣,淌进深深的内心。

这座南宋古都城,爱情发生地,上演过多少惊鸿一瞥、妩媚百生的浪漫戏?诞生过多少缠绵悱恻、生离死别的情景剧?

一缕缕丝竹幽篁,一曲曲醉人欢情,镌刻在断桥边,徘徊在孤山下。她的婉约清丽,让人敛息静心。她的隔世红颜,让人缱绻销魂。她的缠绵水袖,让人魂牵梦萦。

大梦中的痴客,依然情不自禁地,将那些流传千古的清词丽曲,唱了又唱。

即使,一曲唱罢头飞雪,覆水难收。

四

西湖之美，妙在天然，贵在人文。

西湖厚重的人文景观，与秀美的自然景观，如双生花开，同生共荣。

那些在西湖边，留下过光影的人，那些在西湖边，寄居漫游的人，他们的似水柔情，交织着天堂的湖光山色。他们的翩翩身影，折射出人间的美丑善恶。他们的剑胆琴心，照出了人世的是非忠奸。他们的气节造诣，仿佛岁月之上高蹈的星辰，为一座城市增添了灿烂与辉煌。

他们是西湖的瑰宝，江南的文脉，乐曲的最强音。

这些红袖添香藏爱的女人，这些壮志凌云敢爱的男人。

五

雨水急一阵缓一阵，轻叩荷叶，这突降的福音，仿佛无数为之沉湎，却又失之交臂的梦，越过叶簇记忆边缘，倏然无踪。

风渐大，雨渐深，苏堤白堤，消失不见。雾遮住了天，铺满了地，缭绕着山，盖住了水。

氤氲中，一朵朵孤傲的荷，如缕缕冰清玉洁的魂，透着遗世独立的风姿，仿佛一朵朵不肯熄灭的火焰。又仿佛岁月勾兑的传说，虚虚浮浮，从历史中露出一截，暗香的红袖。

撑一把油纸伞，走在雨中。任古典的思绪，穿越烟柳、画桥和孤舟，在词语的水湄深处，静守刹那的相逢和颤栗，啜饮刹那的唏嘘和永恒。

潇潇风荷，灼灼若焰。风吹不烬，暖入心窝。

为了一朵翩翩莲影，你愿泅渡，整个夏季。

六

独坐断桥之畔,直到晚霞抱拥。你望见灯火阑珊处,那些渐渐暗下去的,树丛和人影。烟波浩淼处,几叶扁舟,如当年的月色飘散。

独坐断桥之畔,直到天荒地老。那些风中隐藏的叹息,雨中乍现的欢愉,漫卷诗书,波光粼粼。恍如隔世的传奇,为西天灿烂的云霞所涂抹,浅吟低唱。

闭上眼,默念一句:菰蒲无边水茫茫,荷花夜开风露香。

睁开眼,轻抚身边古老的红砖和灰墙,时光便从手心里,又流过百年。

那些前尘往事,仿佛一支被点燃的烟,柔情绕指,飘飘然地,挟着无限缅怀与伤感,向着那一湖空茫,吹了过去。

一切唯有遗憾,若你不曾出现。

七

那些湖畔的老房子,在靠山的那一边,濒水的那一侧,对应着波光与荷香。

庭院深深的墙上,大都爬满了暗绿或深褐的藤,曾经勾留于此的人,定然是有福的。

湖水缓慢,树影婆娑,水鸟轻击涟漪。过往的繁华喧嚣,似阴蔽耸立的梧桐,临水映照的莲蓬,交织着光影与悲欣。

那些堆积的过往,是光阴的隐私,人间的韶华,短促如梦,漫长若斯。是属于被树叶遮蔽的,湿滑悠远的日子,又仿佛苔藓剥蚀的岩石,于庭院深处,固执地发着暗色的光。

多少年过去了,透过青砖和高墙,你猜想,依然有一个极温柔的轮廓,于摇曳灯光中,等候着离家的良人。

千年一梦,木已成舟。今夜,是什么于苍茫中,将你徒然笼住?

八

倘若回忆,是有着气味的话,在西湖,那一定是,桂花香了。

当萧瑟落叶,如流浪的小舟,泊满山水和林间,便有暗香似呢喃,似叹息,似恋曲,于风中缱绻,树梢浅吟,不着痕迹地,触动了心底里,黑白分明的忧愁。

它是风中飞舞的蝴蝶,记忆里沉醉的剧烈的香。它是夜空消逝的烟花,大地寂寞的手语。它是泛黄的旧信笺,灰烬书写的诗篇。即使已经凋零,即使落满尘埃,依然布满了,温暖的触觉。期待你于微凉的风中,俯首捡拾,犹如捡拾起一串串,散落的梦呓。

很多的话,很多的字,还没有来得及说,没有来得及写,已化作片片落叶,缕缕暗香,于抱紧的枝头,飘舞、辗转、弥漫,一层层铺满记忆的阶前,闪着金黄、深褐、墨绿、烟灰、暗紫的柔光。

黄叶绕地,古木含情。相思漫卷,心似客栈。

秋凉须借爱取暖。

九

或许,人生来即是在等待一种缘,等待一个人,夹杂着雪花一般的轻愁。

与你情如白雪,永远不染尘。无数闪烁的萤火,似飘舞的柳絮,吐絮的芦花,盖住了远处的房舍、树林,仿佛排箫音色中,勾勒出的田园山泽,沐浴在一片圣洁之中。

雪花中,还飞出了一群群,蘸着梅香的文字,似阳光给予的,丝丝暖意。琵琶声急,马蹄声咽,排山倒海的空寂,令原本无涯亦无岸的人，目光悄然落定。

倘若有天，你这背负行囊的天涯之人，在某个雪霁的黄昏，望见杨堤白墙素瓦，亦幻亦真；望见断桥似断还连，冻湖如墨；望见苏堤若隐若现，黑白分明；望见林幽深处，一盏风中炉火，不灭不休；炉旁有一人，白衣胜雪，呵手而笑。

你的人生，即便太过凄凉，亦该是拼却的一醉。

十

流水、蝉声是一种远意。溪山、月色皆变成笛声。

岁月静好。谁的泪滴进泥土，连浮塔上的风铃，亦仿佛微微一痛。

飞来峰一般突如其来，北高峰一般隽永亘久，南屏晚钟一般缠绵悱恻。

曲径通幽处，禅院宛如静静的莲，兀自开放。任凭浅淡日光，抚过梵音与鸟鸣，停在了，山空人语远的潭影深处。

人间一切势利、浮华，到此均烟消云散。玉炉香暖，天地悠悠。昨日涅槃佛寂灭，现时天堂人温柔。

西湖，是天使滴落人间的，一颗泪珠。爱，是挂在你心尖的，一面湖水。

请于暮鼓晨钟间，听一曲千年清韵，赴一场千年之约。

纸上的河流

古窑址

> 请为我呈现一个王国的盛衰
> 它的光荣与孤独
> 它的宫殿与喷泉
>
> ——旧作《蓝鸟》

远远地,就望见那些废弃的龙窑,心跳般突现于翡翠的水面,像一座座伤痕累累的古战场,迎候隔世的目光。

这是瓯江源头一个叫仙宫湖的水面,片片碎瓷垒积成山,触目的残骸在阳光下闪烁。苍穹无语,绿树无声,一池碧水,静静护守住满坡宝藏。

登上窑坡,倾听历史在脚下嘎嘎作响。

与一片瓷相遇,仿佛一个朝代与另一个朝代的邂逅,它灿烂的光芒,令目迷五色的我们眼花缭乱步履踉跄。

我的掌心最终为一尊酒杯所停泊:它冰裂的花纹有着哥窑的印记,它残损的胎体传递出元代的气息,它的色彩是春风十里尽荠麦青青的色彩,它的釉面散发着阳光和大海孕育的光泽。我惊异于如此精美的器物竟是泥土制成。

现在,这夭折的美,仿佛一个出师未捷身先死的灵魂,令世纪造访者的心头,弥漫起一种欲饮琵琶马上催的悲凉。

遥想古代,它或许是红袖添香的知己,于雕栏玉砌饮尽一江春水的愁绪;或许是金戈铁马的行囊,对故国明月遥致一阕旷世的散曲;或许是茶楼酒肆的消遣,醉卧浮华盛世清明上河的花丛;或许是宫廷幕帏的祭品,于歌舞管笙间斟满一盏阴谋下的毒鸠……

像一个凭吊者,我在废墟之上感受着历史的烘烤,灵魂薄胎般脆弱。我拾起一片瓷,一片瓷同时亦拾起了我,我带得走它的形体,却无法复制一场浸透海棠的窑变。我看到疾风苦雨的浇铸中,大师们的面庞呼啸而过,他们炉火纯青的技艺被烈焰传承,我听到瓷器在血与火的升华中轻轻呻吟:请让我成为一个王朝的绝唱。

来于尘土,复归于尘土。

瓷躺在荒原,像一阕湮灭的词章,一段搁浅的神话,令我们俯首的姿势,如此短暂而漫长。刹那间,无数青如玉明如镜声如磬的碎片,于衰草和砾石之间拔地而起,急速地翻滚、凝聚和升腾,幻化为天地间一面光彩夺目的罗盘:它生生不息的磁力,散发着太阳与海洋的浩瀚,它无与伦比的光芒,直抵泥土和心脏。

那是五千年的象形文字,那是阵阵马不停蹄的忧伤。

龙泉剑

炉火与铁锤的歌唱中,一柄宝剑横空出世。

它坚强的身躯,有着男子汉的挺拔;它如雪的锋芒,闪烁词语的寒光;它沉默的激情,涌动江河的节律;它金属的内涵,反射真理的硬度。

抚摸一柄剑,你可以听到血液在皮肤下泠泠作响。

无数次,剑在梦里翻飞。系一发于关山之上,飞奔的马蹄比白昼更亮。它依然是壮士护身的铠甲,隐身的雾障,制敌于死地的矛戈。在温婉的江南,它曾在鉴湖女侠的眉宇之间闪光。

剑对着满坡青草,思花开花落之往事,以及忧伤热爱的河山。便有箫声自林间洒落,丝丝缕缕,仿佛猝不及防的花朵汹涌灭顶。垓下的琴韵,饮恨的美人,遥远的肋骨在细雨中呼喊,剑的一声长啸,令山水失色。

任何时代,身为一把宝剑都是孤独的。更多的时候,它被悬于壁上,成为大象无形的注解。

剑从一匹马的眼睛里映出自己,把酒向青天的豪情,绕树三匝,无枝可依。它听到岩石在空气中滚动,便向秋天刺出,剑的一滴泪,仿佛沧海一声笑。

水在流,剑一定在走。当风踱过林梢,化作飞天舞。

剑躺在深山沟号叫。它在寻找当世的对手,它渴望着一滴血的温度。

板凳龙

品尝完鲜美的鱼头豆腐,我们去看板凳龙。

穿过夹道欢迎的人群,穿过绿松枝搭建的门楼,我们登上当地一幢校舍四楼的平台,居高临对一大片操场。当我们的目光透过银杏叶与柳枝飘飏的缝隙,可以瞥见不远处一座名叫永和的古廊桥骄阳下灵动的飞檐。

热浪推逼之下,万物有一触即发的冲动。对岸田埂上忽然尘烟滚滚,一条红白相间的巨龙蜿蜒游来。

最先亮相的是"安仁龙灯"、"南涧龙灯"、"国泰民安"、"风调雨顺"等红底黄字的灯箱与牌匾;一根竿尖上颤颤悠悠挑着一盏红灯笼的毛竹竿紧跟其后;之后是硕大的龙头:白身、红鳞,嘴衔绣球,宛如被迎娶的新娘般光彩照人;与龙头紧密相连的是绵延的龙身——由三百多张板凳汇聚而成的庞大躯干。

礼炮轰鸣，烟花四燃，狮子腾跃，鼓乐喧天。龙头绕过人群，天之骄子般径直入场。当龙身绕场几匝，长长的龙尾仍在对岸的青瓦房后盘桓。携妇将雏的人群，高粱地般一眼望不到边，将操场围了个水泄不通，一场好戏正待开场。

口哨一响，灯笼摇晃，龙头领首，整条巨龙仿佛多米诺骨牌般牵一发而动全身。"盘龙"开始了。

这是一场具有舞台效果的演出。由三百多位身着统一白衬衫、挽着裤腿的体力劳动者倾力演绎，训练有素的队形显示出专业化水准之高超。龙头缓缓行，龙尾急急追，龙身鳞光闪闪，忽而平地游走，忽而凌空腾越，时疾时徐，情景壮观。五六个佩臂章者，在队伍中穿梭指挥。我看到一个瘦削的中年男子饱经风霜的面孔，他握紧手中的木棍像擎着一面猎猎作响的大旗，当他与舞龙者们开始奔跑，憋紧的喉头突然醒悟般发出几声爆裂的音团——仿佛是发自体内的一声呼唤，短促而有力。板凳龙身上那由榫头与榫头摩擦发出的"咯吱"声清晰可闻，那声音仿佛发自骨骼。我注意到掌握龙尾的三位体魄强健的汉子，他们运足膂力衣衫汗湿筋肉鼓凸身体紧绷如弦弓，仿佛是在与肆虐的巨龙相搏斗。

我感觉心脏擂动如一面战鼓。

巨龙在游走，像波浪在翻滚彩练在起舞，火链般变幻的队形有如斗牛的狂阵。像疾风，像暴雨，像一种涌动，一种协调能力，一种团队精神。这恢宏的场面，让你领悟到什么叫翻江倒海什么叫汹涌澎湃，什么叫众志成城。舞龙者们汗如雨下，个个脸像熟透的高粱头顶上蒸气氤氲，他们不得不倾尽全力控制住身体，以免飞奔时被巨大的惯性所抛弃。

这场色彩纷呈、眼花缭乱的演出持续了大半个钟头，在如痴如醉的喝彩中，又像稍纵即逝的美景消逝于帷幕尽头。演出结束，我们这些酒足饭饱的舞文弄墨者得知，舞龙者们全体竟是空腹上阵,报酬仅为每人八元人民币一双的球鞋。为了给我们提供这片刻的欢愉,全镇人为制作板凳龙整整忙乎了半个月。

小小的春天的孩子,立在黄泥径上与我们依依告别。节日的盛装,纯真的笑容,令漂流者们热泪盈眶:此生何幸,得以领略一场听觉与视觉美妙交响的欢乐颂;这些小小的春天的孩子,不正是我们这个民族龙的脊梁?

我难以忘怀这场盛宴,如同难以忘怀浙南一个名叫安仁的藏龙卧虎之地。

漂流,漂流

道路开始变得飘忽。

山是绿的,水是绿的,满目绿意之中,一颗心也是绿莹莹的。

这里有清风明月的合奏,这里有鸟鸣山涧的清越。这里的山有着男人般伟岸,这里的水有着少女般多情。轻轻一掬,便捧住一个纤尘不染的梦。

水以最直白的方式接纳你,潺潺,淙淙。可以明目,可以清心,可以洗尘,可以濯足。水鸟翩跹,一只白鸟从芦苇间起飞,翅翼划落满树的星辰。

漂流在一条大河的最深处,无数的水向你涌来,无数的梦在水中浮现。

漂流,从上游到下游,从日暮到清晨。君住江之头,我住江之尾。

漂流,从彼岸到此岸,从目光到心灵。江畔何人初见月,江月何年初照人。

你懂得江水之畔,为何萦绕如许慨然泣下的传说。

你懂得古代的荆轲,为何在潇潇的河畔弹剑而歌。

漂流在一条大河的最深处。你懂得一切是为了融入,而不仅是阅读和描绘,你懂得生存的形式无论怎样残酷,灵魂永远在渴慕和追寻。

漂流,意味着告别,意味着寻找,意味着重新开始。你渴望一种沸腾,一种更为博大的呼吸,让百川纳海。

漂流,在江水之上,时间之下。一夕是百年,一瞬即永恒。

就像某种爱情被写进了诗歌

如果你在一个城市生活了几十年，那么自然会对那个城市的脉络了若指掌，你在那里消磨的每一寸光阴，像沙子一般从你的指缝间缓缓而过。

杭州这座南方的梦幻之城，它的质感与诗意曾被赋予无限的浪漫与遐想。当你的思绪触及它的版图并延伸到那些具体而微的细节，它们便像暗夜中的霓虹唇彩一般闪闪发光，它的每一条街巷都布满了温暖的触觉，像音乐一般流畅并且深邃。

我怀着如此眷恋的心情说到南山路，因为那里曾经走过我的童年和少年。那里有黑白相间的砖墙，矮而典雅的小楼，透过树叶的缝隙，蓝丝绒一样美丽的天空传递着慵懒。高大茂密的法国梧桐是南山路的标记，我曾无数次在暮色与晨曦中辨认过它们，我垂荡着书包，目光从一棵树移向另一棵树，仿佛追逐枝头跳跃的鸟儿，我以这种方式度过了许多寂寞时光。南山路最美的光景是秋天，飘飘洒洒的黄叶像流浪的小舟泊满街道。长桥公园、柳浪闻莺、中国美院、儿童公园是南山路沿途的点缀，河坊街离南山路也不远，那儿曾是南宋时期的皇城根儿：清一色的青石板路，林立的老店商铺，仿佛走在历史的册页里。

如今的南山路是一个灯红酒绿的场所，一到夜晚，各式风姿绰约的酒吧在梧桐树静穆的枝叶间传递着妩媚，那种被修改过的感觉，令你想到流逝的岁月多么无情地改变了一切。推开每一家酒吧小小的门，扑面而来的是欧美流行音乐和浓浓的酒香，在"真爱"、"牵手"、"流连"、"青石园"、"梦之湖"这些嘈杂暧昧的空间，"卡罗娜"、"嘉士伯"爱好者和骰子高手们正乐此不疲地挥洒着光阴。虽然心底里我从未真正远离南山路，然而当我每次驱车匆匆穿越它的腹地，仿佛都怀着一种惜别前的凝视。

　　无论白昼还是黑夜，明朗轻快的北山路都是迷人的。四季中的每一天，一天中的每一时辰，都有着不同的诠释。就我个人而言，北山路是一个冥想的对象，这种种冥想最初是由少年时一些关于断桥的素描和水彩画所唤起的。北山路不乏风情别具的茶楼、餐厅和小而雅致的酒吧，斑驳的街景与湖光山色透过落地玻璃窗尽入眼帘。与北山路相关的，有"断桥残雪"、"云水光中"这些碑亭水榭以及《白蛇传》、放鹤亭、系缆石、慕才亭、岳飞庙这些神话典故，沿着北山路你还可以上宝石山看流霞登葛岭品香茗。北山路令我记忆犹新的是一个名叫"莉莉玛莲"的怀旧吧和多年前邂逅的一场大雪：那精灵般的雪花在黛色的群山和湖水上旋舞歌吟，不一会儿，便将世界染成了一具空空的白。

　　长长的苏堤宛如一阕格调清新的词，映波、锁澜、望山、压堤、东浦、跨虹六座石拱桥，从南至北恰到好处地烘托出它的意境。走在含烟凝翠垂柳拂水的清丽氛围中，你的脑海里会不由自主地浮现"映面花红焰焰开，分袍草绿凄凄长"、"画舫停桡观翠袖，长堤勒马踏晴烟"这样的句子。夜晚的苏堤空气里漂浮着爱情的气息，衣香鬓影的恋人夜莺般隐现于绿荫草丛，在冷色调的夜灯下沿堤小坐，湖面上的桨声灯影和不远处璀璨的人间浮华，让你的心中交织起恍然若梦的虚空。

　　满觉陇弥漫着一种旧时的浪漫，宛如黑白影片的基调，这是一处可以将你的灵魂和目光吸引、夺去和消蚀的地方。最好是冬天的傍晚，刚下过一场小雪，清冽的空气中梅香隐隐而至，路上应该是没有人影的，除了你和他。你们相依走着，仿佛前生就已相识,他轻轻握住你的手,掖进温暖厚实的大衣口袋。偶有几星灯光,漏出路旁白雪覆住的桂树和屋舍,在黑暗中闪烁不定,于萧瑟中流淌着一种淡而暖的甜蜜,仿佛红尘之外的拥抱,和隐匿于月光和星子背后的长长的伤逝。

　　作为一个杭州人是有福的,它魅力无穷的山水早已融入你的血脉,现实中当你觉得正在逐渐远离它,是因为越来越多的人正趋之若鹜地爱上它,然而你知道,你们终将更为持久地爱慕,就像某种爱情被写进了诗歌。

北街梦寻

> 一条矜持的街/弧形的身姿/交织光影和情节/每一步都踩活一页历史/风雨将一切/消磨成一座座故居
>
> ——旧作《北街梦寻》

北山路,一条拥有无数庭院故事的梦之路。

梦的起源,是无数堆积的过往,以及那些与时间相关的雨丝风片。

那些湖畔的老房子,在时光的作用下,显出一种沉静的质地。这些迷宫般的建筑,大多有着风雅的名字,青石的柱子,落地的花窗,精致的庭院,显得清幽雅逸。

人声渐渺时分,推开木窗,听得到大鱼从远处跃起。当夏日的湖水被夕阳,妆成一抹胭脂色,早年,住在荷塘周围的人家,便会搬了小桌椅出来,摇着芭蕉扇,食着家常菜,对着波光,体味一份寻常人家那种温风如酒的惬意。

新新饭店中楼的一对红色圆亭,是经典标志,饭店小转门内,曾经穿行过多少衣香鬓影。新新饭店曾是首届西湖西博会总办公处,夜色阑珊之际,从青砖和高墙漏出的灯光,好似留声机黑白的颤音流淌。

扶着雕花铁栏杆,慢慢地想:人生究竟是一个梦,还是一出戏?

今年9月，G20峰会将在杭州举办，遥想起1929年的首届西湖博览会。那场规模空前的盛会，也在杭州召开，从筹备到开幕，长达八个多月，征集了近十五万件国货精品，在北山街、孤山一带，热热闹闹地开了四个多月，从荷花吐蕊，一直开到丹桂飘香。

那是民国十八年六月六号，这天，阳光灿烂，熏风和煦。下午两点，开幕典礼在葛岭大礼堂举行。升会旗，行启门礼，奏乐鸣炮之后，一位穿黑色长袍、面容清癯之人登台亮相，他的目光透过深度近视眼镜，朝台下一扫，话筒内，传出一个低沉而中气十足的声音。

"女士们，先生们！西湖为天下名胜，凡游览西湖者，莫不顿起爱慕之心，此次博览会，借以征集全国著名物产陈列，供国人研究比较，冠以西湖名称，并即在西湖开会，是欲使天下人，移爱西湖之心爱慕国产，则国产之发达，正未可限量……"他青灰色的面颊因激动渗出红晕，他的江浙口音因饱含真情，像一道电波传遍大厅，通过台下十口大缸，远播场外，缭绕湖面。这位身材瘦小的人，便是浙江省主席张静江，首届西湖博览会会长。

断桥砌得浅浅的石阶边，栽着鲜艳花草。桥上，立着一座杏黄色门楼，朱柱对联，字大如斗：地有湖山，集二十二省无上出品大观，全国精华，都归眼底；天然图画，开六月六日空前及时盛会，诸群成行，早在胸中。一幅大红色横幅更是引人注目：参观西湖博览会后要下决心不买洋货！靠外西湖那儿，开了一道水门，顶部置有一口大钟，钟内藏有灯光，到了夜间，这口钟会闪闪发亮，站在西泠桥头，也瞧得清几点几分。

各展馆主要集中在孤山一带。喜气洋洋的人们，走马灯一般，穿行于八馆二所。女人着轻薄的洋装，或短袖旗袍，撑着白洋纱遮阳伞。男人戴浅色礼帽，着纺绸长衫或夏布洋服。拉黄包车的、卖梨膏糖的、唱小热昏的，络绎不绝。湖边，卖酸梅汤、糖桂花、煮豆腐干、茶叶蛋的小摊,生意兴隆。走在西湖边,像是走在一本戏文里。

从阵亡将士墓到西泠桥,千米之遥的距离,凿了岩洞,铺着轻便铁轨,跑着小火车,这里人气最旺,坐火车的队伍排着长龙。农业馆设在忠烈祠、文澜阁和中山公园,主题是"教你当农民"。湖面上,一台抽水机,朝天喷溅着白花花的湖水。艺术馆的八个陈列室,分布在苏白二公祠、三贤祠、照胆台和莲池庵。放鹤亭被辟作了休息室,里面传出阵阵丝竹声。立于亭内,恰好与湖面上一座玲珑的九曲桥,抱了个满怀。

九曲桥上有三个亭子,中间一个大,左右两个小,大亭子八角造型,顶上还有个小亭,小亭子四角造型,相伴大亭子两侧,远远望去,好似一段段浮在湖面上的鲜藕节。细长的荷梗,从桥下的木缝隙中俏皮地探出,茎上托着粉色或粉白的荷,人行桥上,仿佛飘忽在天河中。此桥专为博览会而建,像一条缎带将孤山和北山连在一起。

工业馆内,人头簇拥,摩肩接踵。这座淡黄色的建筑,由杭州国立艺专刘既漂主持设计,光线从玻璃天庭洒下的光线,将馆内照得十分通透,各式广告扑面而来:

"西湖是美人!为何?因有博览会;我们要成美人,容易!常用双轮牙刷。"

"西湖之宝是什么?是博览会!人身之宝是什么?宝禾商标的手帕汗衫!"

丝绸陈列处,悬挂着一匹匹纺绣、丝绸、花襄绸、横罗、杭纺,像五彩斑斓的瀑布,口号也是气象万千:

"仕女们爱美丽服装的,请速购用本国绸缎!要人人乐用丝绸!要人人购置丝绸!"

"要人人倡造丝绸!要急起直追外国丝绸的进步!国产绸缎,比一切外国货耐久美观!"

湖水被夕阳妆成一抹胭脂色，空气中的热能，夹杂着地表蒸发的热闹，交织起属于初夏的浓烈。鸣笛在呼啸，看烟花大会的人们，早早占了临湖的石凳。没凳子的，就坐在草地上，小孩子戴着发光的牛角灯，欢快追逐。

苏堤上的灯亮了，银河一般射过湖面，灯光织出桥身的曲线和"西湖博览会"几个流光溢彩大字。西泠桥侧，一只硕大的螺蛳壳，底部朝天，内置一盏大电灯，灯珠的光芒随螺旋四射，左右两只方形喇叭口内，传出一首和缓优美的歌曲，这首西湖博览会会歌采用了宋词《风入松》之调：

熏风吹暖水云乡，货殖尽登场。南金东箭西湖宝，齐点缀，锦绣钱塘。喧动六朝车马，欣看万里梯航。明湖此夕发华光，人物果丰穰。湖山还我中原地，同消受，桂子荷香，奏遍鱼龙曼衍，原来根本农桑。

湖面上，一艘大船缓缓而行，这是燃放焰火的专用船。当第一朵屯溪焰火，挟着巨大轰鸣脱离大船的瞬间，突然放大的声音，像一卡车绵密细沙倾入水中，焰火在三面云山间升腾、绽放、流光飞舞，连保俶山上的树木，都被照得一清而楚。一朵朵焰火在空中绽放，落入了湖心，漾起了轻烟，另一朵又接踵而至，营造出令人无处躲藏的美丽，焰火的声息之后，便是鼎沸的人声。从三潭印月方向，相继变幻出神态酷肖的总理遗像、火焰划勾的总理遗嘱、万盏灯、读书亭、铁桶飞花、铁树开花、万花朝天以及鱼儿和鸟兽、蔬菜和瓜果、时钟和汽车、儿童和老人。皓月当空，水落繁星，电光通明，满湖笙歌，整座城市都被热烈的气氛笼罩，欢乐被月色和灯火衔着，从四面八方涌过来，又往四面八方涌过去。

那个遥远而纷繁的中国梦，像被苔藓剥蚀的岩石，在时间深处，固执地发着暗色的光。一年年，你的笔触，也像北山路的落叶，轻缓而耐心。1929年的西湖，跟2016年的西湖，已大不相同，面对当下的国际盛会，你想，会不会再现《外婆史诗》中描述的，那个发生在北山路上的美丽邂逅呢？

就中最爱霓裳舞

老子《道德经》曰：上善若水。认为水是最为接近"道"的事物。《诗经·卫风·河广》中有："谁谓河广？一苇杭之。"杭通航，有水才能有航。

杭州倚湖而兴、因湖而名，自古以来，就与水结下了不解之缘。

西湖是属于大众的，历朝历代，湖边总是红男绿女，游人如织。2016年，G20峰会在杭州召开，更是向全世界展示了一个韵味杭州。西湖不仅白天美，夜晚更美，杭州人的家门口，多了好几处观赏灯光秀和夜景的去处。西湖音乐喷泉可谓是最具人气的夜景了。

曾任杭州通判的大文豪苏东坡赞叹：杭州之有西湖，如人之有眉目。倘若把西湖称作西子美人的眉目，那么，西湖音乐喷泉，就是明眸皓齿的美人顾盼流转的眼波了。

家住西湖边，晚饭后我时常出门溜达，我的溜达路线通常有两条。一条是出家门，向左走，经柳浪闻莺，到长桥公园折返。另一条是向右走，经涌金池，到湖滨折返。两条路，前者清静，后者热闹，想走哪条路，全凭当时心境。西湖音乐喷泉就在第二条路上。

择一个傍晚，经西湖新天地，沿湖而行。湖水如美人风鬟雾鬓，在夕阳下静静舒展，水是烟波横，山是眉峰聚，偶有微风拂过，将倒映在水中的船影、飞鸟慢慢搅碎。走着走着，天就暗了下来，湖边的灯,也亮了起来,雷峰塔、城隍阁和保俶塔,梦幻一般熠熠生辉。一公园湖面上,那个周身发亮的小亭,叫集贤亭。古时,这一带水流弯曲,周围平沙浅草,专供八旗子弟骑射练武,故称"亭湾骑射",为清代"钱塘十八景"之一。晚上,这里吹拉弹唱,十分热闹,唱越剧的、唱流行歌的,三五成群,各得其乐,是遐迩闻名的市民文化艺术角。

走上大华饭店临湖的九曲桥,夜幕已降,不远处,湖滨三公园的湖面上,一场视觉和听觉的盛宴已然开启。伴随小提琴《梁祝》的乐声,七彩的泉水从湖底喷出,嫩绿的色泽仿佛垂柳纷披,含烟凝翠,横斜摇曳,流光溢彩,复又如星光万点,散入水中。迎面送来一阵凉风,水气扑面,如雨如雾,似花片满衣,丝丝凉意令人欣喜,孩子们更是嬉笑尖叫。这是从音乐喷泉飘过来的水雾。这水雾,落在脸上,仿佛春雪飘零,以手拭之,衣袂尽湿。只要风向不变,越是走近,水雾越是浓密,纷糅交错,虽沾湿了发丝和面庞,内心却是欢喜的。

湖滨三公园是西湖音乐喷泉的主场地,也是观赏湖光山色的最佳处,无论晴雨,总是游客云集。站在这里,面对万顷碧波,三面青山如黛,峰峦叠翠,西湖"淡妆浓抹总相宜"的韵味,最是耐人回味,因此,湖滨晴雨当选为"三评西湖十景"之一。

大樟树底下,观赏音乐喷泉的观众,早已里三层外三层,有饭后出门溜达的本地人,更多的是慕名前来观赏的外地游客,包括金发碧眼的老外,引着颈,举着手机或相机,拍着视频或照片。有的还拖着行李箱,估计是看完喷泉就在延安路坐地铁去赶高铁的吧。西湖音乐喷泉建于2003年,每晚两场,免费向公众开放。

湖面上,相继变幻出五颜六色的荷花、风火轮、钱塘江潮,摇落满地繁华。各种水柱、水雾和水球,或若烟雨江南,上下随风;或若柳絮万顷,左右摇摆。待音乐进入高潮部分,飞奔向天穹的串串水柱,像是在夜的宣纸上尽情泼墨,追随天籁之音,扶摇直上。及至月光晶沁，喷泉止息，簇拥的人群缓缓归矣，仍有袅袅余韵，回荡在青山绿水之间。

西湖之美，美在常态，春有百花秋有月，夏有凉风冬有雪，一年四季，都有风景可看。西湖之美，需慢慢品味，欣赏西湖音乐喷泉，春夏秋冬，亦是风光不同。

若是春天，柳绿桃红，水色清亮，感受夜晚的湖畔花态柳情，山容水意，诗意别具。夜幕下，灯火闪烁绵延；空中，一弯上弦初月。尽管看不清绿烟红雾，弥漫的也全是影舞光亮，盎然春意。身边，人群鼎沸，摩肩接踵，你的脑海会蹦跶出"灯火家家市，笙歌处处楼"，或"梨花风起正清明，游子寻春半出城"这样的诗句。苍茫中，波光漾动，音乐声起，每一滴飞向空中的水珠，似乎都带着力度，铿锵有力，向太虚而去。

夏季，看音乐喷泉是消暑的好方式。若是雨后初晴，空气清新，群山尽洗，苍翠欲滴，看喷泉在湖面起舞，心中一片澄明。时近七点，天还是亮的，好友佳人，或依树下，或坐湖边，空气里漂浮着爱情的气息，自身亦成为风景的一帧。倘若来得够早，还可占到前排座位，不仅可看树影婆娑，垂柳拂水，更可将音乐喷泉原原本本，瞧个仔细。喷泉乍现，舞姿翩跹，一曲蒙古族特色的《鸿雁》回响湖面，如缱绻乡愁弥漫，水澹澹兮生烟，若梅花点点拂面，疑似飘在云际。集贤亭附近的湖面上，荷花亭举，风过处，送来荷香阵阵，暗合了"菰蒲无边水茫茫，荷花夜开风露香"的意境。此时，若是下一点儿雨，那也是极好的，簌簌有声，打在樟树叶上，打在湖面与荷叶上，仿佛也带着颜色，共喷泉齐飞，像一道道酣畅淋漓的活泼泼光，在黛色的群山和湖面上空旋舞歌吟。

曾在一个金桂飘香的仲秋，应朋友邀约在汪庄乘画舫游湖。金风送爽，天宇朗然，山色葱茏，丝竹绕耳。纵目远望，但见皓月当空，湖天一色，一幕七彩喷泉编织的变幻水帘成为唯一动态，勾勒出西湖秋日之恬淡。酒过三巡，不觉间船已泊在水中央。近距离观赏喷泉的动与静，疏与密，或逸笔草草，清新可喜；或雄伟绮丽，明月浮花。回望岸上景致，但见霓虹流转，乍明乍灭，人间浮华，虚空缥缈，如同"蓬莱宫在海中央"，自身亦仿佛成为西湖里的一滴。此情此景，恐怕连西湖里的鱼儿，也会跃出水面，竞相赶赴这人间的笙歌夜宴。

冬季，千山鸟飞绝。冬日的西湖，有着"断桥残雪"的简约与清寂。明代鉴藏家汪珂玉在《西子湖拾翠余谈》中评价："西湖之胜，晴湖不如雨湖，雨湖不如月湖，月湖不如雪湖。"若逢刚下过一场雪，清洌中体味那份独有的韵味，让一曲《蓝色的多瑙河》似律动的生命恣意流淌，仿佛势不可挡的春天催开地底的花朵。雪湖加夜湖，美上加美，消受此般美景，又该是何等福分。

杭州的文化，讲究韵律与得体，西湖音乐喷泉，融合了市井生活与品质生活，雅俗共赏，不失为西湖文化在时空变幻中流动的美。有了它，西湖既增了一份柔美，更添了一份英朗，宛若一位仙袂飘举的旷世佳人，年年岁岁，自美自持，舞着一曲霓裳羽衣舞。

据传，唐代大诗人白居易任杭州刺史期间，疏浚治理西湖，造福于民，还在杭推广当时京城流行的《霓裳羽衣舞》，让人在望湖楼和西湖画舫上排练，且赋诗赞曰："千歌万舞不可数，就中最爱霓裳舞。"

西湖是杭州的诗意和灵魂。当你仰起头，痴痴欣赏音乐喷泉，便是触着了诗意，便是与西湖有了脉脉无语的交流，便是与悠远的历史和多彩的现实，获得了一种超越时空的对话。

来西湖边看音乐喷泉吧，与西子的灵魂共舞。

在榧林聆听秋语

秋日，出杭城，往浙中山脉而去。会稽山西麓，有一个全球唯一的香榧国家森林公园。

公园位于赵家镇，赵家镇位于诸暨东部，此处，正是越国故都腹地，亦是会稽山古香榧群核心区。公路盘旋而上，直插云霄，愈往高处，山的颜色愈深，景色也愈迷人，崇山峻岭间，分布着许多古朴小村。立于山巅，极目远眺，恍若置身世外桃源，眼前的山体敦厚，层次分明，到处都是漫山遍野的绿：墨绿、翠绿或粉绿。这是属于千年古榧林特有的绿。

已是9月，阳光依然炽热，落在榧树林上，经茂密枝叶一挡，洒到身上，竟有了几分凉意。山高林茂，空气格外清新，令人精神为之一振，忍不住就想大声嚷嚷或唱歌。人多，幸好山也大，包容了喧哗。大家一路走走停停，或拍照或眺望，不久便拉开了距离。

山道上，头顶是阴翳的林，脚下是青石铺的路，四周是水洗过一般的静，明媚的光线投在地面，烁动的光影如同湖面波纹。你的影子偶尔与榧树的影子交叠一起，不一会儿又悄然分开，像是彼此捉着迷藏。一路缓缓而行，伴着陡峭的斜坡，漫长的弯道，间杂着茶园、樱桃林和松树，既有所遮蔽，又有相对开阔的视野，这是你所喜欢的状态。便想，唯有放慢心灵与脚步，才对得起这方灵秀山水呢。

走在榧林深处，如同置身电影《聂隐娘》的场景，周身的神经末梢仿佛被调动起来。并未看过影片，只是对海报印象深刻：一个带刀的黑衣女子，孤身行走于幽冥。走一会儿，偶尔驻足，左右张望着，像是聆听盘根错节的榧树，秋日里的私语，却又听不清什么。

偶尔传来鸟鸣，以及不知从哪儿吹来的风，有若一种遥远却真实的情愫，忽左忽右，绵绵不绝，与此同时，呼吸和衣袂亦被一种迷人气息萦绕：近乎无味，细嗅，却带有花椒叶和迷迭香的沉醉，以及几许松香的清洌。好几次，你试图弄清风的来路，它却挟着难以名状的气息倏忽而逝。你不禁为这捕风的执念莞尔，于是，干脆放下，闭上眼，做一个深呼吸，感受山风抚过面庞的细腻，有若最柔软的羊毫，内心洋溢起一种富足与欢喜。或许，唯有拂过古榧林的风，才有着如此的富足与欢喜罢。

赵家镇古名"兰台里"。"焚香入兰台，起草多芳言。"这是李白的诗。兰台者，最早为古代宫中藏书地，后世亦泛称史官为兰台。倘徉榧林深处，你时时觉得这些身畔枝干漆黑、拔地而起的树种，犹如大地擎起的巨笔，饱蘸光阴的浓墨，遥对苍穹抒写着生生不息的大书。

循着袅袅梵音，朝觐了峡谷中的香榧王。这株活了一千三百八十余年的树,古朴、安详,带着黄昏特有的宽厚和神秘。这是怎样的一株树啊！有如图腾一般的存在，倨傲、暗哑，树皮龟裂，硕大的树冠闪着青铜器一般幽绿的光。这位静默的守望者依然供养着人类，年产香榧八百余公斤，被奉为香榧祖树。仰头细寻，只见一串串隐匿于茂密绿叶间的绿莹莹的香榧果，像一只只慈悲的眼，俯瞰世间。围着它转了又转，抱一抱它宽厚的树干，仿佛获得了加持。

榧树属红豆杉科，经人类横向移植嫁接，才结出被称为"坚果之王"的香榧果，早在一千六百年前，古越国先民便已掌握这门技术。榧树结果奇特,花和果交错生长,一颗芽上同时结三个果,今年熟一个,明年熟一个,后年再熟一个,故称"三代果"、"三生果"。

地球上,人类熟知的寿达千年,且果实盛产不衰的树种,除了银杏,便是香榧了,故有"一代种榧,十代受益"之说。一路上,不时看到蓝衣青裤的采榧人,脚踩蜈蚣梯,在十余米高的榧树上,高空作业采摘香榧的惊险画面。

徜徉榧林深处,你觉得这里的每一棵树,都沉着豪迈,苍劲古朴,各自独立,连绵成林,没有丝毫献媚与倦怠。它们从宇宙洪荒走来,朝四面八方蔓延,或昂然或低伏,与肃杀的光阴抗衡。有的在山泉边摇曳,有的在石缝中盘根,呈现原生态的风貌:或顽强伸展被白蚁侵蚀掏空的树干,或匍匐紧贴大地,低头生长——并非屈从,而是一种抵抗。活着,是为了不死去。

你不禁联想起匈牙利犹太作家凯尔泰斯·伊姆雷笔下那些与苦难相匹配的金光闪闪的文字:

"感谢奥斯维辛,而且还要感谢从奥斯维辛幸存下来的人。另外,也要感谢那些要求甚至逼迫我们讲述一切的人,因为他们想听到,想知道——奥斯维辛的所作所为。"

这位2002年的诺贝尔文学奖获得者,还说:

"……也许你会干脆这样认为,上帝之所以使你幸存,是因为他选中了你来发现隐藏在奥斯维辛背后的警示。"

生命原本脆弱,然而脆弱的生命一旦勇敢承担起使命和苦难,便呈现出非凡质地。你不由地将目光再次投向榧树林,这些光阴的幸存者,岁月的活化石,历经沧海桑田,依然扎根大地,捧出累累硕果,你的内心不由产生深深震撼,猛然觉得这些枝干苍劲、深邃顽强的古树,早已不是树,而是一尊尊群雕,一个个灵与肉的结合体,脚下这片越王勾践卧薪尝胆之地,土地上祖祖辈辈的采榧人,无不有着榧树一样的风骨:坚毅、质朴和大气。

爱因斯坦曾在写给女儿的信中说：爱是光，是地心引力，是宇宙中唯一的人类还无法驾驭的能量。你想，古椴林的始祖，若没有大爱大智慧，怎会在此高山地带，培植如此众多稀世树种造福后世？恐龙时代鸟兽的踪迹，早已荡然无存，作为第四纪冰川遗留物种的椴树，若没有大能量，又怎能存活至今并于沉默中守护尘世烟火？

一阵恣意山风驶过，无数橄榄绿的叶片交织翻滚，似光阴流转，又像幽咽的箫声，天堂的和弦。那一刻你确信自己听到椴林深处的吟哦，庄严、深沉而高古——

吾之佳果，日月凝噎。

状若泪滴，甘之如饴。

有匪君子，如圭如璧。

人间食粮，恩感天地。

群山之上，一片空镜头之外，唯有亘古的辽阔，与默然。

岱山四章

对一个地方的牵挂,有时像是对一个人,因为有着距离,所以存着念想。那种念想,既温暖又笃定,因为你知道,相见终有时。

对于你来说,岱山便是这样的一个存在。

秋天,适逢笔会,第一次去岱山。清晨,在吴山广场旅游集散中心乘大巴,三小时后就到了舟山,坐车前往三江码头,摆渡到秀山岛,恰是午餐时分。与大海相关的一切,便这样不由分说地扑入眼帘。

一

夜色像化开的墨汁在海面漂浮,朦胧月光下,远处的波浪像一道道烁动的五线音谱。仿佛是一种召唤,迎着风,情不自禁地走向海边,脚下的沙,细腻、坚实,踩下的每一步都不至于虚浮轻飘。黑暗中,亮起来的是篝火,干燥的木头在冷暖交加的秋夜,和着海浪的声息噼啪作响,听上去像是硕大的冰块猝然相遇,又像是刮过黑森林的风卷起的呼喊,使暗夜里的一切愈加深邃、神秘。

夜里,海浪声穿过露台,毫无遮拦地涌入枕畔,好像唱着一首纯粹而永无止境的歌。多年来,你已习惯寂静,安于寂静,有时大声说话,仿佛也只为尽早地获取寂静,而秀山岛的海浪却有意不让你这样，从远处宽阔地涌来，不知疲倦地吟唱着，富有节奏地絮叨着，编织成一张绵密的网，网住了你的世界。于是，枕着波涛，干脆让心意与海浪交融，感觉自己懒懒地、暖暖地被海水包围和簇拥，直至同频。

此刻，你是世间一位倾听者，倾听着大海的脉搏，地球的呼吸。你想，伟大的奇迹，或许就发生在一个人能够全然倾听之时吧。此刻，你感觉海浪的声息拥有精细到血脉流淌的音频，超脱时间的羁绊。你曾在自家的阳台上，听到小鸟啄食栾树结的红灯笼里的小果子的沙沙声，那些小鸟的羽毛是翡翠色的。你也听到过雪花落在桂花树叶上时带有金属质地的音色。此刻，你确信枕边的海水的声息是有清洁作用的，清除内心的杂草和樊篱，提示生命是绵绵不绝的接引，是滔滔不竭的善意，你就像天上的一片白云，白云底下，一棵随风摇曳的青草，了无挂碍，自由自在。

"兰山摇动秀山舞，小白桃花半吞吐。"你想，大学士苏东坡当年题写的这句诗，一定是枕着秀山岛春天的海浪写出来的吧。

二

一轮橙黄色的光亮划破迷蒙晨雾，奋力地从海中脱颖而出，光影瞬间被海水放大了无穷倍。刹那间，到处都是单一的、生机盎然的弥漫，在光线的急遽变幻中，天空、海水、岸边的景物，交错渗透，静谧、朦胧而深邃，有着印象派画家莫奈笔下的浑然意境。

早餐后，直奔大海，海面晨曦照耀，天边挂着浅月，头顶有海鸟掠过。在无人的海边，寂静的沙滩连绵。甩了鞋，与海浪嬉戏，一个浪头打来，脚下的沙子自动扶梯一般徐徐向后滑动。海风吹过，海水的纹路鱼鳞一般舒展、抖动，你仿佛目睹海水中的火焰，听见词语的歌唱，心头弥漫起动人的乐章。你的耳畔响起

希腊诗人埃利蒂斯的诗句:

我所喜爱的一切永远都在不停再生/我所喜爱的一切永远在起点。

你想起多年前,在喜马拉雅山脉入口,印度一个叫瑞诗凯诗的小镇遇见的一幕。那个晨曦微明时分,在恒河边,你遇见一位阅读中的老人,手中奶茶杯杯口冒着袅袅热气,一缕朝霞洒在他的身上和白色的胡须上,与橙黄色的长袍浑然一体,他的嘴角含着笑意,空气中流淌着一种难以言喻的宁静。

印度《吠陀经》曰:一切智慧与黎明同醒。或许,黎明本来就是应该献给伟大的阅读的。只要阅读,心灵就会有光,只要阅读,智慧就会来到,而对于人类来说,世间最伟大的书籍莫不就是大自然这本无字天书么?唯有在大自然面前,方能感知世界,反观自身,更敞亮而真实地面对自己,意识到,尘世万千道理,不过都是究明自己之道。

大海像一本百读不厌的经典,而阳光是殷勤的抒写者。

——要成为你自己的光。

一阵海风吹来,你的衣衫像一只展翅欲飞的白鸟。

三

它们是静默的。似龟背,似卧龙,似猛兽,似方舟,铺排成一个庞大的阵容,若隐若现,密密挨挨。当海浪拖着未知或已知之物,在岩石和峭壁间撞击,在惊涛与骇浪间疾冲,发出阵阵巨大且不规则的闪电般的怒吼之时,它们兀然屹立,任凭众声喧哗,波涛翻滚,寂静有若海底五千米下。

它们是安然的。当夕阳西沉,海面泛起碎金点点,松林在海风的照拂下发出阵阵温柔歌吟,将它们周身披覆的被光阴雕琢的深褐色皱褶呈现出金色的质地,它们依然引之不来,推之不往,仿佛得道的高僧，因为见惯了风浪，了悟了法则，漠然不动，使得周遭的万马奔腾，止于无形。

与此同时，黄昏幽深背景的映衬下，你还目睹了一位端坐礁石之上的海钓者。听任脚下浊浪翻滚，如同礁石的一部分，一个在喧哗中保持寂静的背影是迷人的，尤其是在日落时分的海边，有一种凌驾于滚滚红尘之上的定力。

"崚嶒"。你的脑海中闪现这个词。明代温璜《弟子问》云：凡为文者，必有文章之骨，意象崚嶒。清代秋瑾《宝剑歌》中也有：侠骨崚嶒傲九洲。崚嶒的意思，比喻特出不凡，刚正不阿，坚贞不屈。在你的心目中，还代表着一种坚守。

大千世界，总有一些东西是需要坚守的。倘若喧哗能够磨练人的意志，那么寂静则能滋养人的本质。拥有一颗宁静而敏感的灵魂，就能凭海临风，渔舟唱晚，就能竹杖芒鞋，孤舟笠翁，就能活得像蓝天一样舒展，清风一样自由，大海一样辽阔。

并且，对那些浪奔浪流的鱼族道一声：谢谢，你们真美。

"崚嶒"。这就是岱山岛海岬公园的礁石群，留给你的美学印象。

四

在岱山，你怎会有一个干女儿？同伴无不讶异。

是呀，这是十七年前，你与岱山结的缘。

2000年夏，参加浙江省作协"走向海洋"活动，在舟山千荷实验小学，你与一位五年级小女生结了对子，那所小学是专为经济收入在最低保障线以下的家庭开办的。那次，你结识了一位笑容明亮、略带羞怯的小女孩，小女孩有个诗意的名字：金琼瑶。

琼瑶家在岱山摇星浦村，爸爸因晒盐视神经受损双目失明。琼瑶为你系上红领巾，你们手拉着手，去食堂用餐，在宿舍谈心，缘分便这样开启。你们开始通信，你给琼瑶寄书籍、帮扶经费，鼓励她好好学习。琼瑶懂事，十分上进，时常把获了校奖学金的好消息告诉你。光阴流逝，琼瑶上初中、高中，一天天成长，十多年过去，当年参加结对活动的作家，大多与帮扶对象失了联络，而你与琼瑶的感情却日渐加深。

琼瑶大学考在杭州，在浙江商业职业技术学院读电子信息工程技术，你们见面次数增多，周末，琼瑶时常来家里玩，还经常帮你的两个上小学的双胞胎儿子们听写作业、背英语单词，陪他们打羽毛球，像个贴心的小姐姐，家里每个人都喜欢她，外出度假时也邀请琼瑶一起参加，留下许多快乐瞬间。一次，听说城里的盐含碘太高，身材娇小的琼瑶竟拎着十几斤海盐，从岱山带到杭州，又从学校辗转送到家里。

大专毕业，考虑到父母需要照顾，琼瑶回了岱山，在一家拆船公司上班，妈妈在食堂帮厨，业余还开了一家淘宝小店。你曾收到过琼瑶寄来的一大盒各种口味的红糖茶，有桂花、玫瑰、老姜、枸杞，责怪琼瑶不该乱花钱。她说，阿姨，我现在有能力了，你应该感到高兴。

夜晚九点，在中国灯塔博物馆，终于见到了四年未见的琼瑶，琼瑶更好看了，手拉着手，你们说了很多话。琼瑶告诉你明年电大毕业，有了文凭可以考公务员。说还参加了中小学教师资格考试，因为也很想带带村里的小学生。令你欢喜的是琼瑶有了男朋友，年底打算结婚。

一位高大帅气的男孩来接琼瑶了，腼腆地，把两箱紫嘟嘟的岱西葡萄交给你：

——葡萄是妈妈刚摘的，很甜。琼瑶轻声补充。

在午夜的岱山街头，你们紧紧拥抱，却没能忍住泪水。

第二天，在回杭州的大巴上，收到琼瑶发来的微信：

阿姨，你要常来岱山，网络时代，终究比不上见面时的一个拥抱。

　　阿姨，你要记得，在岱山有一个干女儿，永远惦记着你呢。

　　泪水再一次迷蒙你的眼睛。

　　汉语里，琼瑶，即美玉之意。《诗经·卫风·木瓜》云：投我以木瓜，报之以琼瑶。匪报也，永以为好也。意即：你赠给我仙桃，我回赠你美玉，非为回报，而是希望永不分离。

　　你想，琼瑶，不正是岱山赠予自己的一块美玉么？

　　岱山，山如黛，水如烟，情似海。不仅有阳光、沙滩、海浪和礁石，还有你的，亲亲干女儿。

神龙川一夜听流水

对于神龙川的印象，最初来自双胞胎儿子的作文。

十年前，退休后的父母跟几个老友，在浙江临安神龙川租了一处农家乐。每年夏天，父母都会去临安住几个月，躲避杭州的酷热。从小到大，我的儿子们也去临安过暑假，在外公外婆的关爱下，感受乡居生活的快乐。

我在孩子们的作文里，领略过神龙川的蓝天、飞鸟和大树，读到孩子们白天在溪水里捉鱼摸虾、打水仗，夜晚就着水声和蝉鸣，看星星、萤火虫，还举办纳凉晚会。我知道神龙川是天然氧吧，空气中的负离子是杭州的三百倍，晚上睡觉用不着开空调，最关键的是没有蚊子。

4月，从杭州出城往西北，和风驰荡。不久，天空变得明净高远，沿途群山如锦屏铺陈，满目绿意，青翠照眼，好似迫不及待的春天扑入眼帘。

从车驶入神龙川门楼那一刻起，扑面而来的是一种古意。神龙川因神农氏和卧龙溪而得名，林木修茂，有一种他处没有的繁且静的风姿。这里是华东地区天然生物宝库，生长着数百上千年树龄的各类树木，以及野生名贵中草药，绵延山间的银杏、山核桃、香榧、红豆杉等古树，犹如大山的灵魂，在晨昏中吐露精气。

沿蜿蜒山道徐徐而行，一路古树葱郁，青苔斑驳，清新空气交织着大自然的气息，有着泥土的质朴，翠竹的清芬，山花的馥郁,泉流的清澈。

天香园是神龙川景区园中园,依水而筑,曲径通幽。攀上一段坡地,植着大片桂树,时值春末,芍药开得正艳,粉色的花暗香袅袅,引得同伴们惊呼着频频举手机拍摄。雨后的树梢上,凝着许多蛛网,一个个非常匀称,亦幻亦真,正当我们猜测真假时,一旁的友人笑吟吟地说:神龙川的一切都是真的。

迎面遇着一处千年古银杏林,左边五棵,如五子登科,右边四棵,似四世同堂,九棵大树相距不过几十米。树下草地上,一头母鹿,两头小鹿,逍遥自在,顾盼有神,颇有《诗经·小雅》中"呦呦鹿鸣,食野之苹"之意境。

不经意间,眼前横斜出两幢古色古香的小楼,古韵悠然,这便是天香园民宿。房间的门牌号也很有意思,透着浓浓的禅意:琴韵、书香、棋乐、画境、随缘、舍得、悟馨、胜妙、羽仙。我分得的房间,叫"舍得"。

踏上木制楼梯,台阶上洒满下午斑驳墨绿的柔光,竹编的门扉,嵌着蓝色"舍得"二字。室内,中式桌椅,蓝印花布,采光温柔,床头墙饰别具匠心:以松果、树枝和水墨,晕染出一轮天心明月,令人瞬间忘俗。还未踏入阳台,便已听到水声,推开阳台门,不觉吃了一惊:眼前是一个绿莹莹的通透所在,三面巨大的观景窗,将窗外的山色、清泉引入室内,仿佛伸手便能将大自然揽入怀中。

对着满目绿意,沏了一杯茶,坐拥天然风光。溪水响亮,山色青黛,独坐其间,一杯清茶,便可让喧哗的更喧哗,幽静的更幽静,身心仿佛亦微微浸透了绿色。湍急的溪流欢悦地穿行崖下,溪中的巨石均覆着绿茸茸的苔藓,厚实、饱满、滋润,恰似铺着一床绿绒毯,不远处,一座小亭翘角探出浓绿树端。这条溪流的下游,就是父母的乡居小屋。那么,这条溪流也就是儿子们曾经嬉戏玩耍的那一条,想到这里,心头平添了一份亲切。

临安花艳、树奇、山险、岩怪、潭幽、水清，风光旖旎，有着无数的山中胜景，乃隐居佳所。临安的任何一处民宿，都是一个洗练素洁的存在，可坐观山色，卧看日出，将青崖翠谷、云卷云舒，尽收眼底。它们就像一曲悠远牧歌，回荡于青翠幽谷，似一朵空谷幽兰，绽放于青山绿水。沉沦俗世太久的城里人，来此小住，一颗心便会顿时安静下来，领略到山中岁月静好。

晚餐是农家菜，都是不可多得的绿色食品，新鲜时蔬，当季春笋，令人大快朵颐，沙甜软糯的昌化小番薯，也是十分好吃。饭后，又饮了一会儿茶，便返回"舍得"。

靠着枕头，裹着被子，就着明黄色床灯看了一会儿书。四周幽静，偶有山中栖息的鸟儿，发出低低的鸣叫。水声淙淙，仿佛比白天响亮了许多，像是踩着一个韵脚，平平仄仄，起伏奔腾，从古代一路奔来，令我联想起王守仁的诗作《龙潭夜坐》：

何处花香入夜清，石林茅屋隔溪声。幽人月出每孤往，栖鸟山空时一鸣。草露不辞芒屦湿，松风偏与葛衣轻。临流欲写猗兰意，江北江南无限情。

此时此刻，我感觉阳明先生这首诗便是为当下意境所写。

寂静的夜里，唯有这水声，深情地响着，像精致的瓷器发出微微清脆的碰击之声。我感觉脚下的地在走，身边的水在流，却又都笼在朦胧夜色中，可以感知，却捉摸不着，充满神奇力量。屋外的世界，是峡谷，是流水，天地间是如此干净、清晰。心无旁骛地倾听着流水声，兴许是喝了茶的缘故，黑夜中的思绪也格外清晰，仿佛流水从不可知的地方而来，往不可知的地方而去，在奇山异水上飞驰，又像燕子的翅膀，贴着起伏的波涛，疾驰。

想到大千世界，水是最柔软、包容的，可以有滋养万物的细致，也可以有摧枯拉朽的强大。

想到流水经过我，却不会为我停留。世间所有一切都是暂时的，唯青山绿水永恒。

想到生命亦是连续流动，只有开始，没有结束。保持对个体和周遭的敏感，便会有更多神圣、美妙的体验。

在这间叫舍得的屋子里，我也在想：什么是舍得？

人生在世，总会有一些需要放弃的执念。过去已去，未来未至，现在无住。唯有无住的现在，超脱了时间的羁绊。聆听神农川玉佩般的溪水声，便有了超然出世的洒脱。

我想，王守仁定然是拥有舍得境界的人。写《龙潭夜坐》时，他正生不逢时，然而诗中的俊爽之气，却溢于笔墨，一派遗世独立的隐逸风情跃然纸上，足见其坦荡豁达胸怀。

世间繁杂如过眼云烟，或许，只需拥有一颗舍得之心，与大自然耳鬓厮磨，便可踏"草露"，迎"松风"，便可任凭风吹衣飘，无惧露冷风凉，潇洒自在地行走于天地之间。

因为，活在当下，才是真实存在的片刻。百年的人生，亦仿佛流水，不过是一舍一得的重复。

舍得是对已得和可得的事物，进行决断的豁达和智慧。是放下，是包容，是云淡风轻。夜色中，万物生长，流水潺潺，轻巧地回荡，黑暗、烟花、匀速、恣肆、一往无前。

一夜流水，春天在窗外摇晃。生命原来可以如此丰盛。

这个道理，是临安神龙川的流水告诉我的。

门司港的夜晚

门司港的夜晚流淌着梦幻情调，到处都能感觉到无处不在的风，这座充满怀旧气息和异国情调的建筑的港口城市，被日落时亮起的灯火渲染得十分璀璨，连岸边光秃秃的樱花树身也荧光闪烁，仿佛一个梦幻般绮丽的童话世界。

我们一行五人，四女一男，在海峡广场上溜达，一边说着闲话，一边聆听着涛声。不到九点，当地商店多已打烊，只有店内的灯还亮着。团长凝凝（这是她给我们规定的称呼），走着走着，忽然没了影，一回首，发现她正在一家玩具店前猫着腰，鼻尖贴在玻璃上，打量着店堂内琳琅满目的玩具，嘴里嘀咕着：怎么这么早关门呀？其神情宛若小女孩。谁会相信这是一位正部级的著名作家。凝凝跟我们说，头一天她就到了东京，拜访了大江健三郎，次日在福冈机场跟我们代表团成员会合，一起坐中巴前往代表团下榻的门司港宾馆，凝凝的低调随和都是出了名的。

清冽的寒风拂过，海水的气息便从森林般的洋面翻涌而来，迅速淹没整个灯火编织的海洋，此刻，唯有无数隐藏于街巷之中的小酒馆，在寒风中传递着温暖的人间气息。

小酒馆门口，挂着许多可爱的鱼纸灯，这些酷似尼莫的鱼就是河豚鱼。据说门司港与下关是河豚鱼发源地。在一盏盏摇曳的小河豚鱼纸灯的指引下，我们拐入一条小巷，掀起门帘，温暖的烤鱼气息瞬间包围了我们。大家点了日本豆腐、烤鱼，在凝凝的推荐下,又点了两盅叫"菊正宗"的清酒。凝凝盘坐软垫,手端清酒,对大家发布规定:一、今天必须由她请客;二、喝酒时只许称呼对方小名。我杞人忧天地问:那,不喝酒时咋办?凝凝亲切地说:也叫小名啊,记住,咱们是一伙的!就这么说定了!

都说文人以气相接,朋友面前谁也不必装,于是,我们几个,也就扔了优雅,扔了矜持,彼此凝凝、莫莫、红红、丽丽、德德,叫了一圈小名,笑得前仰后合。面目慈祥的莫莫,是在座唯一男性,也是此行的团副,他腕套一串佛珠,十分文气地翘着兰花指,只喝大麦茶,滴酒不沾。莫莫对大家解释,前不久跟着凝凝去德国法兰克福开会,不幸闹胃出血,住进西班牙医院,输了2000毫升欧洲血,总算救活了一颗中国心。莫莫打趣道:现在我可是一个"混血儿"啦!

记得上世纪90年代,在湖州南浔第一次采访莫莫,也是个大冬天。那次,莫莫穿一身老棉袄,像一枚掉渣烧饼。光阴流逝,莫莫也时尚啦。出发那天,他早早在候机楼等大家,披着黑色羊绒大衣,脖子上拴条红围巾,一手支着行李箱,一只脚像周立波似地踮着,引得大家纷纷与之合影。莫莫自始至终,保持"我自巍然不动"的强大气场。事后他跟大家解释,踮脚尖,是因为脚后跟疼。

新闻发布会上,莫莫穿西装。用餐时,穿格子休闲衬衫。大气而不失端庄,烧包而外加得瑟,走到哪儿,都招来"名人效应",一班日韩粉丝,竞相找他签名、合影、题字,且以妇女居多,莫莫都是有求必应,毫不摆谱。虽然给自己取名莫言,其实莫莫的嘴皮子利索得很,听他的演说,那叫一个"全球化",那叫一个得体、一个轰动,掌声不断。人越多,莫莫讲得越起劲,跟人来疯似的。茶歇时分,我赞美莫莫的中式灯芯绒外套,他十分高兴地让我猜多少钱买的。我说猜不出。他伸出佛手,横着比划了一个枪毙人的手势。我问:八千?莫莫得意地说:八十。

莫莫爱给人起外号,他给八〇后苏德起名:苏八零。惹得陆天明好奇道：那我是不是该叫陆四零？韩国汉学家朴宰雨前来敬酒，凝凝跟大家介绍：这位，就是把毛主席《在延安文艺座谈会上的讲话》翻译成韩文的第一人——朴宰雨先生。话音刚落，莫莫就笑眯眯地给老友送上外号：朴（音：瓢）延文。朴宰雨教授听了十分高兴。

主办方为中、韩作家各出了一套日文版合集，中方合集叫《中国现代文学选集》，收录了铁凝、莫言、石舒清、我和苏德五个人的作品，我的这本叫《西湖诗篇》。活动安排得很紧，一场接一场：主题交流会、朗读会、座谈会、电影节……莫莫脚后跟旧疾复发，行路难。横横说日本足贴膏药很好，一贴就灵。于是，横横和我陪着莫莫，走到小仓城，四下打探，在一家超市买到了足贴膏药。但总不能在大街上贴吧，于是，三人拐进一家面馆，点了面，莫莫找了个座，悄悄贴好了膏药。贴好膏药，吃好面，横横对日本垫肩情有独钟，说想买几幅垫肩，于是，一行三人出发寻找垫肩。走啊走，找啊找，功夫不负有心人，终于在一条小巷内买到了横横中意的垫肩。莫莫的脚后跟更痛了，他对横横说：这副垫肩，得之不易，希望你用时务必标明：内有日式垫肩一副。

次日，我和横横忙里偷闲，又赶去小仓城血拼了一会儿，来不及吃晚饭，傍晚赶回驻地参加朗读会。根据安排，中方朗诵者是莫莫和我，为我们翻译的是茅野裕城子小姐。朗诵会设在一个老啤酒厂改造的会堂里，舞台布置富有创意，布艺长沙发，一盏暖色调台灯，营造出温馨舒适的气息。我一看茅野裕城子小姐，高跟鞋、旗袍、发髻一丝不苟，显得楚楚动人，而我一下午暴走，已精疲力竭。朗诵会开始了，三国作家，先用母语朗读，然后是翻译。莫莫第一个登场，用他的高密普通话字正腔圆地朗诵了他的小说《狗》的章节，我操心着自己，没听清莫莫朗诵了什么。轮到我上场了，我一坐上沙发，被聚光灯一照，感觉暖洋洋的，忽然很想打瞌睡。我手捧诗集，强打精神，眯着眼，空腹朗诵了《慕才亭》、《柳浪闻莺》两首诗。结束后,听到掌声好像并不比莫莫的少,这才放了心。

接着亮相的是日本女作家川上未映子,只见她头罩黑色神秘面纱,脚踏细高跟鞋,在一曲箫声中翩然登场。韩方也腔调十足,朗诵的诗人名叫都钟焕,大脸盘,一张嘴,嗓门倍儿亮,肢体语言丰富,一会儿做举头望明月状,一会儿做低头思故乡状,朗诵到要紧关头,两眼泪光莹莹。看看人家,比比自家,不免自惭形秽。晚餐时,莫莫端着自助餐盘坐在我边上,专门"总结经验教训",说:今天应该给你好好化个妆。听这话,仿佛责任全在我。我不甘心地问:那你呢?莫莫说:唉,我化不化都这样了。

莫莫的高密口音成为代表团成员调侃的对象,因为他"灯"、"东"不分。譬如,他把"电灯"叫"电东",把"东方大亮"叫"灯方大亮",把胡殷红叫"胡殷横"。在"胡座"料理店用完餐,临走时,有人故意大声提醒:大家别忘了带上灯西!美丽和智慧并存的凝凝团长走过来,边取围巾,边一脸严肃地说:那也得在有电东的情况下!

仿佛被老师揪了小辫子的学生,莫莫不好意思了,他在上台演讲那篇后来著名的《悠着点,慢着点——"贫富与欲望"漫谈》前,不无腼腆地叮嘱我们:你们不许笑话我。大家一本正经地连连点头。我们坐在台下,一边对着材料,一边聆听莫莫在台上口若悬河地,将"穷人"念成"情人"、"不公"念成"不耕"、"重大"念成"正大"、"灯红酒绿"念成"东横酒绿",实在忍俊不禁,在底下窃笑不已,心想同期声翻译的工作人员真不容易。

凝凝当场奋笔疾书,创作了一个段子,拍集体照时,在大家怂恿下,将创作好的段子进行现场朗诵,引得众人乐不可支,笑得人仰马翻。

莫莫静立众人身边,面对当众"糟践",神情自若,不辩不解,呈拈花微笑状。

樱花烂漫终有时

　　这是位于日本北九州若松区的吴昌硕公园。

　　放眼望去，山清，水秀，天蓝，林茂。矮而常绿的山，满目葱茏的绿，湖中静谧的岛，湖水中央，还有个微缩版的小瀛洲，于清澈阳光下，荡起一层层令人浮想连翩的涟漪。这些鲜明而熟悉的视觉符号，让我恍若置身于西子湖畔。

　　难怪，我们此行的向导、坐在前排驾驶室的师村先生，指着窗外飞逝的美景，频频回首提示：西湖，西湖！

　　顺着师村的指引，我们来到一尊半身雕像前。冬日的阳光和煦、温暖，散发着令人沉醉的气息。中国清末大家、西泠印社首任社长吴昌硕先生，身着中式立领，伫立在日本海边，静静眺望着明山秀水。这不期而遇的景致，令人心生感慨，感慨于这份一衣带水的友谊。

　　今年6月，我收到一封寄自日本的请柬，寄信人是师村妙石。收信地址是国货路四号杭州报社旧址。上世纪90年代，我在《杭州日报》当文化记者时，曾采访过一个西泠印社举办的篆刻展，我的采访对象便是西泠印社名誉会员、日本知名篆刻家师村妙石先生。

　　十六年后，我从这份请柬中得知，师村的创新篆刻作品展2010年5月至10月在世博会日本馆展出。因为工作忙，我没去上海看世博会，回信告知他年底到北九州开会，届时或可一见。

　　12月初，我到北九州开会，紧张的会议间隙，在门司港饭店大堂见到了这位老朋友。师村先生的头发已花白,笑容依然如十六年前那般憨厚。他让小儿子驱车,带着我与胡殷虹前往若松区。参观了吴昌硕雕塑、为纪念大连市和北九州市结为友好城市而建的大北亭之后,又马不停蹄带我们到家里玩。

进门悬挂的条幅,是沙孟海先生为师村书写的。他在堂前上了一柱香,双目微闭,我们才知四年前,师村痛失长子。其长子热爱中国文化,曾在上海工程技术大学、上海中医大学进修,骑自行车开展过中国之旅。师村用袅袅的青烟、清越的钟磬告诉儿子:家里来中国客人了。

师村美丽的夫人和女儿,为我们端上咖啡和茶点。一坐下,师村就兴奋地与我笔谈,在纸上飞快写下"1994 梦西湖 报道记事"字样。隔了十六年,这位老人依然清晰记得与我认识的时间和事件。他书房的书架上,是满满当当的关于中国文化的书籍,墙上触目皆是中国字画。我发现一幅吴昌硕的作品,师村说,那是他临摹的。

1972年,师村妙石参加日本青年代表团访华,第一次来到中国,得到周恩来总理亲自接见,一直致力于中日友好活动和文化交流,2008年被上海市人民政府授予"白玉兰纪念奖"。他在中国举办过一百二十余次个人书法篆刻展。这个记录,不用说外国人,便是中国艺术家搞过百次个展的,恐怕也是凤毛麟角了。

师村先生的创新篆刻是在中国传统篆刻艺术的基础上,借鉴并融合现代西方绘画技法形成匠心独运的创作。他将作品影印放大,再施以颜色,辅以装饰,风格独特,雅俗共赏。

我感佩于这些年来,师村对篆刻艺术的执着和他浓郁的中国情结:

2008年,为纪念《中日和平友好条约》缔结三十周年,祝福北京奥运会,他捐赠了"同一个梦想"篆刻系列作品,并在中国美术馆举办创新篆刻回报;为缅怀汶川地震死难者,他通过大使馆向灾区捐赠二十万元日币。

2010年，为上海世博会做了创新篆刻回报展，用代表古代日本的颜色：红、蓝、黑三联篆刻作品，来表现"心之和、技之和、联结"这个2010上海世博日本馆的主题。他的两件大型石材篆刻作品，也矗立在上海花园饭店门前。

2010年9月，在上海松江程十发纪念馆举办回报展，捐赠了珍藏的明代大家朱舜水的书法作品和程十发晚年的书法对子；在陆家嘴的吴昌硕纪念馆，举办了《大师与画童——中日友好创新篆刻绘画展》。

师村告诉我，2011年7月到9月，他将在杭州良渚博物院举办"师古妙创"回报展。他解释"回报"，意指回报中国文化对他的哺育，回报近四十年来中国人民对他的关爱。我说，我一定会来看的。

如果说日本文化是菊花与刀的文化，那么，当师村手中的篆刻刻刀，在石头上驰骋之际，其魅力应该神似菊花般飒爽、霜茫之美。从师村的作品中，我们能够感受到他是一位用篆刻表达思考的哲人。

与师村一家告别，门口一棵枫树灼灼若焰。师村与我们挥手告别，那一刻他宛如一方静默的石章，质朴、单纯，魅力无声。我的耳畔回响着这位可爱的日本老人，指着车窗外一溜溜冬天光秃秃的樱花树，用生硬的中文对我们连声呼唤：

"樱花烂漫！樱花烂漫！"

《樱花烂漫》是师村的一幅作品，充满活力与生机。是的，人生苦旅，即便寒冬肃杀，只要心怀梦想，憧憬春天来临时，那一树树刹那盛放的灿烂与娇艳，所有的风霜和苦痛亦成为一道独特的人间风景。沉浸于篆刻这一红白双色艺术，师村先生，也将迎来更加丰富的多彩艺术，获得他的大解脱和大自在。

一衣带水金石缘，方寸之间寄深情。师村先生，善莫大焉。

韩国姑姑

美丽的金秋,赴韩国参加由韩国体育观光局主办的韩中日诗人节。

从首尔行程三小时,抵江原道平昌,这里将是第23届冬季奥运会的举办地。此次会议主题是祈愿2018年平昌冬奥会的成功举办,祈祷东亚和平与诗歌的未来。开幕式上,三国诗人代表做了主题演讲,主办方不仅编译出版了两大部诗集和论文集,还把诗人们的诗译成韩文,烧制在精美瓷盘上,给诗人们带回国。

诗人节组委会中方代表团联络人朴宰雨先生,是著名汉学家,他也是韩国外国语大学研究生院院长。七年前,我随铁凝主席为团长的中国作家代表团,参加日中韩三国文学论坛,跟朴教授在日本北九州相识。这次,一路上,大家给他起了个外号"雨在飘"。

开幕式上,三国诗人代表做了主题演讲欢迎宴会和诗歌朗诵会,"雨在飘"过来,对我说,等下三个国家要有代表上台祝酒,"你代表中国上去说几句"。

我最怕当众发言,心里直打鼓。轮到我了,我硬着头皮,端着酒杯,走上台说:文学没有国界,诗歌没有国界。今天我们三国诗人欢聚一堂,尽管语言不通,但追求和平、美好的心愿是相通的。祝愿三国诗人的友谊和诗情,就像杯中的酒一样绵长、醇厚,干杯!

说完,才发现忘了给翻译小姐留出足够时间,也顾不上了。

返回座位，发现坐同桌对面那位面容慈善的韩国老太太，正微笑着对我颔首致意，她系一条蓝底浅花丝巾，戴着珍珠项链，黑色连身裙外，罩一件白色木耳边羊毛衫，显得优雅而端庄，她胸牌上的名字是：卢香林。

哎呀，你们两个是本家呢。首尔大学研究生朴春香小姐热情地当了我们的介绍人。卢香林女士好奇地指着我胸前的牌牌，问春香为什么我的卢跟她的不一样。春香解释，她的是繁体字，我的是简体字。春香告诉我，卢香林女士是韩国20世纪70年代的代表诗人，她的诗歌获过大韩民国文学奖，在韩国总统金泳山、朴槿惠就职仪式上，由卢香林女士的诗歌谱写而成的歌曲《日出之国的早晨》，由女高音金学南、男高音高成宪演唱，在韩国流传甚广。

卢香林女士说，她的原籍是全罗南道海南郡，父亲在世时就告诉她，他们的祖先来自中国。她说，她这个卢姓也是全罗南道光州的一个姓，与韩国前总统卢武铉同宗。

他乡遇宗亲，分外高兴。我对香林女士说，没错，韩国卢氏与中国卢氏，系出一脉，同气连枝，相传卢姓祖籍山东长清，卢氏远祖为姜子牙，韩国前总统卢泰愚曾到中国寻根问祖。我自我介绍，老家在中国浙江中部的东阳，在东阳，卢姓也是一个大姓，东阳卢宅的建筑很有名。2003年11月，东阳雅溪卢氏应韩国卢氏宗亲会邀请访韩，在青瓦台受到时任总统卢武铉和前任总统卢泰愚的接见。卢武铉胞姐卢英玉也曾偕女儿、女婿和外孙，到东阳寻根。这些照片如今都挂在卢宅肃雍堂。

舒婷朗诵《神女峰》后，是一位日本诗人朗诵。我朗诵《现在让我们谈谈爱情》之后，卢香林女士上台朗诵了《茶马古道》：

"口渴难耐才能接近的路／实在难以行走／却以坚忍走过／这是通往天上的路／思考着，随着铅笔的／模糊的笔尖走／背后，已然遥远的茶马古道／为了换取一把盐／沿着笔尖／走向隐约的国度／

丝绸之路的另一端/那久远的一端"。

  全诗感情节制,意象简洁、鲜明。正如韩国诗人协会会长、评论家崔东镐先生所言,卢香林女士的诗比其他任何诗都具有现代性。

  香林女士告诉我,八年前曾去过中国张家界,感觉那里非常雄伟、美丽。她说自己尽管写了《茶马古道》,其实并没去过,因为没去过,想象中显得更美。她兴奋地告诉我,她还写过一首她同样没有到过的《天山山脉》:

  "至今未去的美丽的远方/在苍鹭结冰的嘴上/最大最圆的太阳/被嵌住的地方。"

  次日,三国诗人被分为四个组参加当地的诗歌朗诵活动,我和其他分在平昌组的诗人,原地不动。用完午饭,其他组的诗人像出笼的小鸟快活地飞向大自然,我坐在朗诵会大厅,看到朋友圈中诗人们从束草、江陵和旌善等地,展示的蓝天、鲜花、各种Pose,内心唯有羡慕嫉妒。

  "卢……卢……"我听到有人低声呼唤并轻轻扯我衣裳,扭头一看,正是昨晚认识的本家卢香林女士,原来她正好又跟我分在一个组。她换了一身装束,围巾也换了一条素净的炭灰色纱巾。朗诵会后,在山东泰安籍翻译段晓虹小姐帮助下,我跟香林女士又聊了一会儿。卢香林女士出生于1942年,毕业于中央大学英文系,1970年在《月刊文学》上发表《冬日果园》与《火》而登上文坛,主要作品有《雪不来的国度》《不思念的人看不到押海岛》《有他在的理由》等。我把我的《西湖印象诗100》《亲爱的火焰》这两本诗集签好名,题了"诗歌无疆"这几个字,给香林女士留作纪念。香林女士在我的笔记簿上,十分认真地写了如下寄语:

  "诗是万国通用之语/是一个共同体/我们俩人/是诗的国度的成员/我们要彼此同行/同寻我们的根。"

写完，她打趣说自己的汉语签名写得不够好看。我们用各自的手机又拍了合影。共进午餐时，晓虹说，你们两个长得也像！我说是的，我们五百年前就是一家，按辈分我该称香林女士为姑姑，香林女士笑吟吟地连连点头称是。

分组讨论发完言，我走到门口，发现我的韩国姑姑正坐在大厅的沙发上，我看到她时，她也看到了我，我们几乎同时走向了对方。她拉着我的手，问我何时回去，我说明天。她说明天她也回首尔，她儿子在首尔工作。翻译不在场，我们只能用简单的英语交谈。她又问了我首尔的酒店名，从她的眼神里我能读到一种亲人般的依恋。我说，欢迎您常来中国寻找诗意，如果来浙江寻根，我愿陪伴您。香林女士高兴地一个劲地点头，说很盼望有那么一天。

闭幕式结束，晚饭后集体驱车赶回首尔。回到宜必思酒店，翻译春香给我发来微信，说卢香林女士问你明天几点的飞机，她想把诗集带给你。春香说她次日一早有课，无法去香林女士家里取书，香林女士说会让出版社把诗集寄给我。

回到杭州，我读到澳门郑炜明先生的诗文《因为诗的缘分》：

"只有因为诗的缘故，卢帝的女儿才在这里聚首。韩国卢香林与中国卢文丽两位女史，皆卢帝后裔，于此诗人大会聚首一堂，亦一佳话。"

是啊，相见不易。一周的聚会，诗情与友情共生，血浓于水的缘分，更是难忘且宝贵。正如这个初冬的午后，我在西子湖畔阅读《2017韩中日诗选集》中，我的韩国姑姑这首题为《梦》的诗：

"我怀念着人的气息／长长的走廊尽头……／想念着张开双手到处飞翔的／孩子们的声音／我抚摸着／大海的身躯／梦醒时分，我的心／沾满了／湿黏的盐分／大海经常来到我的面前。"

大海来到了我的面前。

一场似真似幻的雨

阳春三月,与友人赴"神州丹霞第一奇峰"江郎山踏青。

杭州出发至江山约四个小时,来到江郎山脚已是黄昏,白墙黑瓦的江郎山庄,雾岚萦绕,桃花含笑,透着一份远离尘嚣的意趣。

晨起,打开窗牖,山风顿时鸟鸣般清冽地扑入室内,江郎山坦陈着温柔的胸怀,静静迎候我恣意的目光。窗外白雾氤氲,松竹摇曳,田野里油菜花吐着慑人的金黄,正痴痴出神之际,同伴招呼出发了。

出了飞檐翘角的开明禅寺,刚才还好端端的天,开始下起了小雨,大家穿上旅游局小殷给的塑料雨披,赤橙黄绿青蓝紫,像一群彩色儿童。一路上,江郎山特有的丹霞地貌触目皆是,在一块巨盖般悬于头顶的石壁下,稍作停留,只见壁上赫然镶嵌着许多贝壳和鹅卵石,给人以沧海桑田的联想,更觉出自身蜉蝣般渺小。

细如牛毛的雨丝淅淅沥沥,渐行渐止之间,眼前的江郎山忽然裂而为二,转而为三,自北向南呈"川"字形排列,哦,著名的"三爿石"到了。郎峰、亚峰和灵峰,形似石笋天柱,状若刀砍斧劈,势冲霄汉。站在亚峰和灵峰之间的一线天峡口处,顿觉凉风习习,飘飘欲仙。一线天是一条首尾宽距相等、粗细匀称的奇峡异谷,抬头仰视,那茫茫天宇竟逼仄成了一弯残月,霏霏春雨,弹珠跳玉般向下溅泻,宛如九天飞泉从天而降。我们惊奇地看到,一线天的向阳绝壁寸草不生,朝阴绝壁却林草茂盛。经过蛤蟆石,出了一线天,就到了登天坪,众人小憩片刻,听凭清风,将一路的疲惫吹得无影无踪。经商议,队伍分成了两支:一支返回宾馆,一支攀登郎峰绝壁。

既来之,则爬之。我一猴当先,窜上石阶,开始了"登天"之旅。顺着崎岖山路,慢慢盘行在了秀美如画的郎峰之中。我们且游且行,左顾右盼,小殷介绍,江郎绝顶自古人迹罕至,郎峰最早由两个采药人花了三天三夜征服,如今的登巅盘道十年前开凿,从登天坪至峰巅,光石阶就有近四千级。穿行于悬崖峭壁,渐渐地气喘吁吁,那石阶窄处不盈尺,宽处不足米,我们攥着铁栏杆,壁虎一般小心翼翼地攀行着,衣衫被雨水淋湿了亦浑然不觉。空气是潮湿的,呼吸是潮湿的,从山腰望去,红的桃花,绿的翠竹,黄的白的油菜花,和漫山苍翠的植被,像一幅美丽的风景画。一片云飘过来,为景物抹上了暗色的一笔,一忽儿又飘走了,重现遗落的辉煌。

一边是刀劈似的危崖陡壁,一边是竹海松云的小径,走在这样的山道上,紧张又舒缓。雨下下停停,一会儿如大提琴沉郁缠绵,一会儿如小提琴空旷轻灵,一会儿铁骑突出,一会儿春江花月。雨珠渐浓,在伞上清晰地弹奏,又顺着伞缘滴入泥地,有着鸣筝般的乐声,仔细听去,耳中似乎又并没有声音,再听,又分明嗡嗡地,遥远而飘忽,如身边的雾。忽然叮咚一响,声如玉振,急抬头看时,却是一树樱花,从雾中顽皮地闪出,灼灼地颤着,笑得很痴。小殷提醒,爬山时走时不看,看时不走,以免意外。

如果说江郎山的雨仿佛美妙的音乐,江郎山的雾便有山水素描的意趣。那雾是很大很美的那种,朦朦胧胧,婆娑缥缈,如海市,如蜃楼,过来时白茫茫一片,过去时一片白茫茫。与天相接,与地相连,青色的山峦,粉色的桃花,在它的笼罩下倏然遁匿不知所终。目睹它梦幻般慢吞吞向你游来,心中忐忑却又无处逃避,只好眼睁睁任由它将你慢慢拥在怀中耳鬓厮磨,直至风轻轻地扯开浓雾口子,四周的景物和山峰如含羞的少女重露端倪。当云开雾散,一切重现,你的心中竟觉出一份失落,那一刻你想:天与地、人与仙,或许只是隔着一层薄薄的雾吧。

漫游在雨雾之中,早已分不清汗水还是雨水。连绵的音乐仍在继续,雾霭在风的吹动下,一会儿舒卷如云,一会儿轻舞如纱,最终化为百练环绕于郎峰之巅。绿荫坪上,幽兰古柏,山花烂漫,风清气爽,无数不知名的奇木异草茂盛地生长。采一茎石斛,放入口中细细品味,有一丝淡淡的甜。郎峰之巅生长着许多千年古木,却很少参天巨树,大多在二三米左右,深深呼吸这天然"氧吧"的清新空气,只觉心肺荡涤,清润无比。望天亭是郎峰最高处,仙风鼓衣,祥云托体,天桥北侧更是劲风扑面,百米深谷雾翻云滚,仿佛置身万顷大海随波逐浪,又仿佛进入虚无缥缈之境。雨点继续弹奏,轻吻着你的头发和面颊,深情而缠绵。许久没有和自然如此肌肤相亲了,你闭上眼睛,在内心许下一个愿,让清风浮云捎走。于是,你感到世间万物一丝一缕,都传达着上天的旨意;于是你感到这雨这雾这云便是江郎山的馈赠,你感到变幻无常的人生便是上苍的馈赠;于是你的心中混合着松针和天籁的气息:万物的生发都是一种缘,在春雨中感受一座山的呼吸,是有福的。

下山路途更险,依然是千寻绝壁,依然是万丈深渊,虽移步换景,却终因险象万状,尽量做到专心致志,目不斜视。到达山脚,雨水渐止,风过处,松林合唱。收起雨伞,红尘扑面而来,再回首,发现暮色中的江郎山仁者般安详,只隐约地从那一汪碧绿中传递出似曾相识的气息。你想那雾海背后隐匿着的山峰,它的丰姿和玄机已与你尘世两茫茫,而那场似真似幻的雨,更仿佛造化的安排,让你命中注定无法逃脱。

满口都是玫瑰花的香味

我想,世间品尝红玫瑰者,定然是前往玉龙第三国的爱人。

怀着旷世的忧愁,在边陲一座海拔五千五百余米的雪山脚下,我邂逅了一种供人饮用的葡萄酒的红玫瑰,并由此联想起一份世间真情。

其时,我们从一辆大巴上鱼贯而下,精力充沛地冲进一座名叫"参灵馆"的商场。在免费品尝据说可预防高山反应的雪梨汁后,仿佛阿里巴巴闯入宝库,众人的目光又不负导游之望地为商场内琳琅满目的物品所流连:各种红豆杉木制成的杯具、产自雪山的珍贵药材和宝藏。

商场正门,恰对着雪山雄伟的主峰,它宛如一柄巨扇兀然张开,与我们如此接近,放射出一种造物主般神圣而慑人的气势。那会儿,我看到门口那位梳辫子的纳西族少女,身穿一件红色的大襟衣裳,披一条雪白的羊皮披肩,呈片状的披肩上,嵌着七个直径约为三寸、以彩色丝线绣得十分规则精致的扁平圆盘,每个小圆盘中心装饰着两条麂子皮细带,这件"披星戴月"的艺术品以白色宽带绕结于她挺拔的胸前,非常引人注目。少女的面前,摆着一张大竹篓,篓内盛着一袋袋封装好的物什。

少女适时地捕捉住了我的惊异,热情的目光迎了上来,她介绍袋中之物,乃长于玉龙雪山脚下的野生红玫瑰,每年春秋二季采撷,可以泡茶喝,并随之递上一个暗香浮动的小匾筐。我接过她的好意，审视手中的玫瑰，带叶的花萼仅小指甲盖般大小，绛紫色的叶瓣宛如豆蔻少女紧闭，仿佛沉默的火焰，凝固的诗句。我猜想，它们定然是连着香气被一道采摘了的。与以往所见玫瑰不同，它们是如此娇小，让我几乎疑心是蔷薇的一类。少女告诉我饮用方法：取八克冲入沸水，加盖泡片刻即可饮用，清而不浊，和而不猛，清香四溢，具解暑醒味功效，常饮更有美容神效。

我的脚下是一块以至今存活的象形文字而闻名于世的土地。此间流传着一个古老传说：久命与羽排相爱，但受羽排父母阻挠，绝望之下两人殉情而死，被居住在玉龙第三国的爱神游主接纳，两人终于在开满鲜花的国度里幸福生活。据称，这个《东巴经》记载的传说，被后世青年男女争相仿效，殉情者们在享尽了美食和甘霖之后，穿上新衣，向生命作最后诀别，然后，从玉龙雪山高处双双拥抱着同归于尽。据称，这种进入极乐世界的殊为庄严、神圣、洒脱的仪式，还有专门的殉情调，纳西语称"游悲"。

我的目光再一次投向迎面的雪山，以及山头那覆盖的千年不化的皑皑白雪，想到这神圣的雪山曾收藏过多少殉情者年轻的肉体，心头油然生发出一种前世今生之慨。

怀着旷世的忧愁，我在江南的寓所冲泡了一杯来自雪山之麓的红玫瑰，非为解暑，亦不为美容。一阵滚烫倾注后，美丽的花朵们在透明玻璃杯内舒绽开洁净的身躯，水色因之亦蒙上一层淡淡的琥珀，并弥散出一种极为馥郁的芬芳。它们在杯子里热烈地翻滚、旋转、徜徉，仿佛是对生的逃避，又像是对生的依恋，像火焰在燃烧，像冰块在碰撞，像炽热的音符，像冷却的岩浆。啊，我觉得它们更像仰韶著名的彩陶罐上镶嵌的舞者，手拉着手旋舞歌吟在山涧水涯。

我想，世间品尝红玫瑰者，定然是前往玉龙第三国的爱人。不然，这激情的杯盏有谁能够享用，这浓郁的色彩又有谁能够领悟。我确信红玫瑰定然知晓爱人们献身前一吻的悲怆与幸福，我确信爱人们定然是畅饮了如此的甘霖后,才像壮士一般义无反顾、无怨无悔。

我虚妄的灵魂于是聆听到一种大音,仿佛用东巴唱腔咏唱的"游悲",它起句高亢、悠远,似在嘶吼和呐喊;第二句用低音,加颤音,仿佛突然跌落深渊;第三句回环往复,低吟咏叹,似在悲咽与叹息,听上去一字一顿,一字一吼,一字一咏,它在悲亢的末尾对我如此表述:世间所有的玫瑰都不复有那样的香味。

我是尘世的苟活者,徒怀不能一醉的隐痛。仿佛今夜,只有在一尊虚妄的杯盏中,追忆那亦真亦幻的人生,并由此联想起一句古老的谶语:满口都是玫瑰花的香味。

爱的信息

　　汽车在通往边陲的公路上行进。
　　如此寂寞的旅行，你已经历无数。从一个驿站到另一个驿站，变幻的是风景，寂寞的是内心。你的身体随着抑扬顿挫的节奏而晃动，好像已经成为了汽车的一部分。
　　汽车在通往边陲某古老王国的公路上盘旋。正是人间四月天，傍晚的高原，天光尚亮，阡陌纵横的红壤，黄绿相间的田野，错综起伏的山峦，自然美丽的风景，似乎亘古没有变过。山风拂过，山脚下的炊烟，像一缕记忆从薄暮中升起，和着村寨中的树枝和灯光，弥漫成异邦神秘的舞姿。
　　海拔渐渐增高，太阳收笼了翅膀。山脚下的灯光一晃而逝，温暖而短促。汽车在黛色的山峦间盘旋，像一个小心翼翼的探险者。这条山路，不知修于何时，不知修于何故，或许与这个星球同龄，见过恐龙的全盛时期。当夜色如大幕拉拢，山的颜色更深，四周黑漆一片，消失了青葱的树木，也没有了摇曳的繁花，奔流的山泉到此，只剩下清泠呜咽，与风中的松涛呼应。你的心头掠过一丝寒意，只有更紧地抱住双臂的轻衣。
　　天黑得不能再黑，这广大的黑到底孕育着什么，两道白炽车灯，射向茫茫夜色。汽车在九曲回肠中穿行，迎面驶来了另一辆车，双方并不按喇叭，车灯明灭不定地闪烁着，打着哑语一般擦身而过。莫名其妙地，脑海中想起一幅达利的油画：两人相遇，各自以为对方是更高等的人。

黑暗中，忽然有人发话：如果汽车在此抛锚，那就惨了。车厢中一时无语，大家屏气敛声，仿佛都在思考着什么。

那一定是化作了孤魂野鬼，或是野花闲草，你想。山风吹过，发梢被轻轻撩起又放下。但即便化作孤魂野鬼或野花闲草，一切又有什么不同呢？比如此刻，你们不过是一群暂别都市的过客，锈迹斑斑的灵魂亟待自然的抚慰。谁都是被命运之手随意虚掷的一株野花闲草，地球也不过是宇宙中一颗微不足道的石子。你的心和地球一样孤独。

隐隐的耳鸣中，山势越来越高。不知不觉中，心头陡然一惊，你迫不及待地瞪大了双眼：悄无声息之间，漆黑的天空上遍布着繁星，似君临天下，天女初现，它们离你那么近，仿佛伸手可触；它们又离你那么远，你知道自己穷尽一生也无法抵达。天地之间洋溢着一种静美，繁花一般盛开的星星，正含情脉脉地注视着你，隐秘而璀璨，带给你一种史无前例的感动。渐渐地，你发现星星越来越多，越来越亮，化岑寂为沸腾，似一场盛大的聚会，最终弥漫成天地的主宰。

你无言地凝望着它们，在这漆黑的异乡之夜，心潮起伏却欲言难尽，层层包裹的情感仿佛破茧而出。你知道，那是发自几亿光年之前的语言，它们穿越时空的阻隔，只为在此刻与你相遇。

那么，爱就是星光传递的一种语言吧。你想。爱的传递，一定是用光年来计算的吧。你知道这沧海桑田的变迁与相逢，都是命定的劫数。你知道一切正因为遥不可及，才显得珍贵无比。你的泪像漫天流动的星星。

汽车在通往西南边陲的公路上行进。如追光灯下的舞者。茫茫大海中的小舟。马不停蹄的忧伤，迢遥而无期。像宇宙间一个被放逐的发光体，你怀揣未被破译的密码，期待着茫茫天宇之中发来的爱的信息。

像时间一样缓慢

20世纪的最后一个周末,你与同伴在一间叫"东海堂"的酒吧临街而坐,巨大的落地玻璃窗外,凝着铅色的云,悬铃木与路灯交织起的斑驳倒影,仿佛霓虹深处衣着入时的人影闪烁不定。

夜晚的上海像一个复杂而性感的女人,空气里飘浮着香水、酒精和女歌手慵懒的声音。歌声是缓慢的,如同一段回忆,从容地、遥远地、无意识地在空中弥散着,你摆弄着手中的银色小匙,听出那是一首名叫《潸然泪下》的英文老歌,它伴着你的思绪飘浮、上升,又从天花板上反弹回来,手中的咖啡竟有了几分微醺。

这个寒冷的正午,你来到这座城市,在一个叫大柏树的地方下了出租车。走过五金店、修车铺、饮食店,不一会儿就到了南区的后门。你看到那条灰白马路边的围墙上,与十年前一样爬满了不知名的植物,在冬日的余晖中透着寂寞生机。那些遥远的夏日夜晚,你常和同学们来这里苏北人摆的小吃摊上吃小馄饨、炒螺蛳。铃——一声自行车的脆响打断了你,身手矫健的男生一闪而过,自行车座后,女孩鲜花般娇艳的脸庞一闪而过。

南区的旧貌已换了新颜,原先的空地上,增添了好多幢新校舍和一个有假山的花园,阅览室、小卖部、食堂、开水房、海报栏,一切历历在目,仿佛昔日重来。食堂二楼悬着一条"庆祝第十届南区人节"的横幅,在冬天的风里飘。对你来说,南区的食堂是一个幻像,它源于周末如同旧上海十里洋场般鼎沸的人声与音响；源于年少轻狂的青春年代所交织的隐秘和兴奋；源于一首老歌，一首叫作 Casablanca 或者 Woman in love 这样的经典曲目。

拐角的两棵枝叶茂盛的夹竹桃，令你的心跳加速，十二号楼突破了周边的粉墙高瓦，老情人一般静静伫立在你的面前：自行车棚、传达室、锈蚀的楼道……连空气中淡淡的忧伤也恍若从前。你梦游一般穿行在层层楼道间，仿佛穿行于时光的迷宫：娜朵、巫兰、梅菁、阿婷……你惊异于尘封的记忆豁然打开，竟一下子记起了这些遥远如花的名字。你在507室门前止住了脚步，一阵灿烂的笑声穿透紧闭的门扉，像春天的雨水般将你浑身淋透，你像一个飘泊的孩子在天地间丢失了自己。

那些逝去的日子，究竟到哪里去了？在茂名南路的这座怀旧吧内，你疲倦地回想。也许，那些遥远的岁月，只是一种无意识的存在，一种模糊不清的幻觉，"一个曾经存在的记忆，如果未曾被充分理解和意识，那它就是不存在的"。但是，那些不存在的东西，为什么会将你屡屡打动？

"蓝山"已尽，请来一瓶"卡罗娜"。窗外的云层，已转幻成了一抹青紫，时光的细沙缓缓流泻。是的，你感受到记忆的滋味了，这种无可名状的东西，它是温和的、缠绵的、奢侈的。但是，你却无法凭借一块小玛德莱娜甜饼，重返那并不遥远的过去。

推门而出，寒冷像命运一般将你裹挟，你把双手埋入大衣口袋，仰望那片滞重得几乎要漏出光亮的苍穹：给我一片雪花白吧，雪花白。

但雪毕竟没有飘落。它只在浮世投下迷离的影像，像时间一样缓慢。

春天的诗意之旅

阳春三月,随中国诗人代表团赴爱尔兰科克和法国里昂参加文学节。从北京出发,经十多个小时飞行后抵达爱尔兰首都都柏林。

爱尔兰素有"翡翠岛国"之称,面积不大,却孕育了许多世界级文学巨匠。都柏林更是王尔德、贝克特和萧伯纳的故乡,被联合国教科文组织命名为"文学之城"。

我们抵达时,爱尔兰最盛大的节日——圣帕特里克节刚结束,都柏林街头许多建筑仍妆点着绿色,洋溢着节日气氛。一条穿城而过的利菲河将都柏林分成南北两部分,整个城市显得灵动而充满生机。"意识流文学之父"乔伊斯在《尤利西斯》中,以近千页的宏伟篇幅,记录了主人公布鲁姆在都柏林街头游荡的生活,他戏言:"如果有一天都柏林被毁,人们可以根据我的小说一砖一瓦地重建。"

爱尔兰作家中心、爱尔兰诗歌组织等文学机构聚集在帕奈尔广场。我们于第二天拜访了爱尔兰诗歌组织。之后参观了英国女王伊丽莎白一世1591年创建的圣三一学院。这里藏有爱尔兰的国宝《凯尔经》,该书绘制于公元800年前后,有四本拉丁文福音书的手抄本,装饰华丽,内容精深,令人惊叹。我们还去了位于爱尔兰银行内的诺贝尔文学奖得主希尼展馆,又去了叶芝纪念馆。在一众老照片和物件中,叶芝的墓志铭,也是其晚年作品《本布尔本山下》的最后三句诗令人印象深刻:"投出一道冷眼/向生,向死/骑士,策马向前!"

  无论是清晨圣殿酒吧区铺着鹅卵石的步行街,还是利菲河上翱翔的神灵般的海鸥,是黄昏时凤凰公园肥美的草地、夕光中的十字架,还是日落后融化于城市灯光的梦幻般的古老建筑,都令人心驰神往。便想,或许正是这优美的风景、厚重的历史,才使爱尔兰孕育出如此众多杰出的作家、诗人和剧作家吧。都柏林书店林立,很文艺,我们跟着西川逛书店、唱片店,每个人都有收获。我买了希尼和叶芝的诗集、詹姆士·乔伊斯小说《都柏林人》。在著名的 Hodges Figgis 书店,我买了一本英文版《唐诗三百首》。

  从都柏林驱车抵达科克已是华灯初上的傍晚。风很大,空气中闻得到大海的气息。四川籍青年诗人方商羊已在酒店大堂等候我们,这位在美国米切纳作家中心学习的小帅哥,获得了本届科克国际诗歌节最高奖。

  创办于2012年的科克国际诗歌节每年举办一次,来自爱尔兰、中国、美国、英国、波兰和爱沙尼亚的40余位诗人、诗歌期刊编辑和出版商,以及近2000名当地诗歌爱好者参加了本届诗歌节。正值"世界诗歌日",我们拜会了蒙斯特文学中心,这是一幢两层小楼,有扇大红色的小门,据中心主任科特介绍,此地正是著名短篇小说家奥康纳的旧居。当晚,我们还参加了在科克艺术剧院朗诵会,团长吉狄马加现场朗诵了诗作,并与同场朗诵的波兰著名诗人鲁日斯基就母语写作等问题进行了交流。

  次日上午,科克市图书馆举办了"四位中国诗人"朗诵会,四个诗人依次登台,我用英语朗诵了《龙井问茶》,用中文朗诵了《九溪烟树》《长桥公园》,三首诗歌均取自我的《西湖印象诗100》。诗人冉冉的诵读韵味深长,浙江老乡树才当过中国驻塞内加尔外交官,他用法语朗诵了自己的诗。压轴的西川更是出彩,一段中英文混搭的京腔 Rap 将现场气氛推向高潮,引得粉丝阵阵喝彩。

朗诵会结束后，一位穿灰色棒针毛衣的白须老者向我走来，他自我介绍叫吉恩，科克本地人。吉恩递给我一本青花瓷封面的英文诗集《中国诗歌》，告诉我这本诗集陪他三十多年了，我注意到这本1961年出版的诗集译者就是英国汉学家亚瑟·威利。我问吉恩去过中国吗？他说没有，"但诗歌把我们连在了一起"。

从科克飞巴黎，转机飞往里昂，到酒店已是半夜。里昂"魅力春天"诗歌节艺术主任、"潘多拉空间"诗歌协会主任勒纳尔先生，介绍了每年春天在法国举行的"魅力春天"诗歌节系列活动。我们在次日参加了在圣·科伦布市图书艺术中心为当地艺术家举办的"幽灵及其面相"展览暨中国诗人欢迎会，主持人为前市长、诗人伊阿科维拉，他说，在全法人民举目关注习近平主席国事访问之际，近距离地接触中国诗人、聆听中国声音非常有意义。法国艺术家们呈上了精彩的太极表演，中国诗人进行了诗朗诵。

随后赶往坐落于里昂古城的新中法大学。1921年创立的里昂中法大学，石堡城门上用汉字和法文镌刻的"中法大学"的石匾仍清晰可见。进门，有座蔡元培、戴望舒等十名中国学生的青铜群雕。校长拉帕介绍，在2016年习近平主席访问里昂后，中法双方共同决定恢复重建该校，这是对当年历史的见证，更是中法友谊的延续。我们还参观了"花落知多少"雕塑展开幕式，墙上陈列着戴望舒、潘玉良、常书鸿等当年的成绩单。在朗诵环节，我邀请妹妹同台朗诵了我的两首诗，我念中文，妹妹念法文，姐妹搭档，殊为难得。

美丽的爱尔兰，美丽的里昂，神秘、难忘，充满了诗意。这种情绪，有如叶芝著名的《茵纳斯弗利岛》中的吟唱："我就要动身走了，因为我听到/那水声日日夜夜轻拍着湖滨/不管我站在车行道或灰暗的人行道/都在我心灵的深处听见这声音。"

第二辑　爱与哀愁

李老师

李老师是我小学时的班主任,她中等身材,皮肤白白的,说话柔柔的,剪一个京剧《杜鹃山》里女主角那样的齐耳短发,看上去清清爽爽,身上经常有一股好闻的香皂味儿。

那时,我穿一件蓝底碎花土布衣裳,脖子上拴一把钥匙,我的瓦爿头是母亲打理的,像一个小男孩。每次去食堂买馒头打开水,那帮炊事兵老是嘻嘻哈哈取笑我,羞得我恨不能变成一只田鼠往地下钻。因此从小我就很自卑,并对女同学辫子上跳跃的蝴蝶结很是羡慕。

我读的学校叫劳动路小学,隔壁就是孔庙、碑林,但那时都关着。从我家出发,走到学校一般是二十分钟。但有时候也不一定。有天放学后,我边看《高玉宝》边以乌龟般缓慢的速度行进,一直走到太阳下班月亮上班,还没到家,急得家人四处寻找,最后父亲终于在一盏昏黄的路灯下逮着我,那顿深刻的教训至今袅袅于耳。

我上学走的那条小路叫铁冶路,沿途栽着几颗梧桐树,稀稀拉拉一直延伸到尽头处的小岗亭。与南山路上的大岗亭不同,小岗亭的解放军,有时站着,有时坐着,有时是一个,有时是两个,有时笑眯眯,有时凶巴巴。出了小岗亭,左侧有个斜坡,下了斜坡,就是省轻工业局的宿舍楼,李老师的家就住在那里。

我每天上学跟李老师走的基本上是同一条路,这让我感到很光荣。李老师手里总是挽着一个白色棉布袋,拿现在的眼光看很有环保意识,棉布袋里装着备课笔记和我们的作业簿。在路上遇见我,李老师会温柔地喊我一声,拍一下我的瓦爿头,然后牵着我的手一块儿走,她的手很软很温暖。端庄慈爱的李老师愿意牵着我的手一块儿走,这说明她并没嫌我长得不好看,想到这一点,我幼小的心灵就洋溢着幸福。但是,由于自卑心理作祟,好几次,我明明看到前头李老师熟悉的背影,却不敢追上去,而是别别扭扭地跟在她的身后,活像一个小特务。

李老师工作勤勤恳恳,是大家公认的好老师。我记得这样一桩有关李老师的不公正待遇。一天,上完语文课,李老师神情落寞地告诉我们,她这次工资又没加上,说着说着竟落了泪,泪水滑下李老师光洁的面庞,打在她的备课笔记上,令我们这帮十岁的小伢儿又害怕又难过——我们对加工资并没什么概念,却从来没见过老师哭鼻子,连李老师这么好的老师都气得哭鼻子了,可见事态有多么严重。于是,教室里顿时抽泣声呜咽声四起,连班上最调皮的男生也抹起了眼泪。

李老师教语文,我一直是语文课代表,她时常在课堂上念我的作文。在李老师栽培下,我还当过两年中队长,这也是我半生中当过的最大的官。自打胳膊戴上那块白底子上有着两条红杠杠的塑料牌牌,我的思想认识提升得也特别快,在学校争做值日出黑板报捡到一根牛皮筋半块橡皮也急哄哄地要交公,至于烧饭刷锅喂鸡给弟弟妹妹洗澡到清波小店打酱油这类家务活干得更是欢。

那时候,父母工作忙,中午都不回家,我中饭没着落,每天跟着李老师吃食堂,李老师帮我打菜,还常常带自家做的菜到学校给我吃。李老师有一儿一女,女儿跟我同校,比我低一年级,儿子在上清波幼儿园,但李老师的心里好像只揣着同学们。她常常在放学后给孩子们义务补课,有时周末还叫到家里补,拿出大白兔奶糖给孩子们吃，但大家依然东躲西藏，不肯补课，这种时候，李老师还要去做家长的思想工作。我刚开始写作文时，"的""地""得"常常混为一谈，李老师看了十分着急，她逮住我，十分严肃地让我礼拜六上她家去一趟。那次，我爬到李老师位于六楼的家，李老师费了大半天时间对我进行了教育，总算让我弄明白那三个字的用法，而美味的大白兔奶糖更让我记忆犹新。

有两件事，让我什么时候想起李老师什么时候就后悔。

一天，李老师经过小岗亭，前来家访，我正啃着一本比砖头还厚的《万山红遍》，她和蔼地拍着我的瓦爿头告诉我父亲，学校将选派我参加杭州市小学生作文比赛。比赛那天，李老师带我转了好几趟公交车，陪我来到考场。比赛的题目是"我的老师"，我写的当然就是李老师。当描述李老师生活方面细节时，我卡了壳，情急之下，我想起一篇关于周总理穿打补丁棉袄的文章。于是我灵机一动，满怀深情地写道：我的班主任李凤仙老师，艰苦朴素几十年如一日，在寒冷的冬天，她的棉袄破得连棉絮都露出来了还舍不得扔，缝缝补补又三年，她这种献身教育忘我工作的精神值得大家学习。出了考场，我不无得意地向等候在外的李老师汇报，当汇报到棉絮时，李老师的表情似乎有些尴尬，那一刻我忽然意识到自己犯了错，但李老师只是像往常一样，在我的瓦爿头上轻轻拍了拍。

小学毕业前夕，李老师推荐我报考杭州外国语学校，我因为数学成绩不理想最终未录取，后来我也没考上重点中学杭四中，自卑重新找上了我。最后一次见到李老师仍是在铁冶路上，其时我已是玉皇山下杭师附中的一名中学生，瓦爿头上新扎着两根小辫。那个黄昏我正在岗亭附近漫无目的游逛，冷不防看到李老师迎着晚霞向我走来，她的脚步有几分疲惫，手中依然挽着那个白色棉布袋，我想躲开但已经来不及，便佯装低头踢着脚下的一粒石子儿与她擦肩而过，我不知道李老师有没有看到我。走出大老远,我回转头朝李老师偷偷看了一眼,她的背影还是那样熟悉而亲切,那一刻我忽然想喊一声李老师,但是那个声音却像一团棉花堵在我的嗓子眼里团团打转停滞不前,只有羞愧的泪水吞噬着我的心。那一刻我终于意识到我的小学生涯已经结束,而我有可能再也碰不上像李老师那样的好老师。

我的初中

我的初中时光是在杭州师范学校附中度过的。它位于玉皇山脚，西湖的东南端，其前身也叫西湖小学和反修中学。从我家出发，出大门向左拐个弯，沿着树木葱郁的南山路和长桥公园一直走，十五分钟左右就到学校。

母校环境优美，花木茂盛，至今都称得上全市最漂亮的中学。坐在教室，可以望见远处的玉皇山和山顶上隐现于云雾的寺庙。特别是秋天，校园内处处芙蓉绽笑，丹桂飘香，一阵阵馥郁的香气总令上着课的我们心猿意马。放学后，我和小伙伴们沿着长桥公园一边玩一边往家走，一路看人家在西湖边钓鱼摸虾，也可远眺孤山宝塔、平湖北山，近观夕阳雷峰、玉皇松岭，大片散落的村舍和一泓湖水在岸边菜花和稻麦的呵护下，静静地流。

班上大半同学来自部队家庭，且海、陆、空齐全，因为学校隔壁就是"海疗"，离西山路上的"空疗"也不远，我们军区大院一块儿长大的同学就有十多个，有几位还是汪庄幼儿园的"老战友"。那时，穿军装仍是一件很神气的事，大院里的孩子，男生一年四季军装军帽打扮，只不过没了肩章和帽徽，腰间拴一根又宽又沉的军皮带。女生则胸前横挎一只军书包，显得英姿飒爽。我记得坐在最后一排把门的高个儿男生，爸爸是副司令员，男生的军上衣有四个兜。

学校的后山，很大，连着万松岭。放学或课间，我们经常沿着逶迤的坡道上山玩。春天，漫山遍野都是壮阔的蛙鸣和斑斓的野花，各种颤颤巍巍的小花开得一蓬蓬、一簇簇，煞是热闹。站在山顶上放声吆喝，回音不绝于耳，特别过瘾。后山上有许多可以充饥解渴的刺莓，竹篁间有无数啁啾跳跃的鸟雀，和煦的阳光从高大的松柏间漏下，每一片树叶都泛着舞蹈般的光。夏天时，若是落了一点小雨，山上便响起蟋蟀的奏鸣，男生们杀到山上，将蟋蟀捉了来，放在泥罐、纸盒里残杀。后山是我们的乐园，也是我们认识大自然最好的课堂，三年里我跟小伙伴无数次上山挖笋尖、采草莓、摘桑椹、挑马兰头，结识了许多的树木，也认识了许多的鸟雀。有时正疯玩得起劲，冷不防迎面撞上一块墓碑，寂寂青草在石板缝中随风飘动，不知谁怪叫一声："鬼来喽！"我们便尖叫着飞奔下山，任凭书包里的铁壳铅笔盒，像一颗狂乱的心脏一阵乱响。

学校原来只招师范生，好像到我们这届才设立初中部。入学第一天，胖胖的教导主任叮嘱我们：另外两幢教学楼里的大哥哥大姐姐，都是未来的"灵魂工程师"，平日少去打扰。我们经常看到男女"工程师"们，课余时跑步、打球、弹琴、画画，看上去高高兴兴，特别轻松自在，心中煞是羡慕。有一阵子，我跟几个小女生抑制不住好奇，从窗户爬入琴房乱弹琴，把满屋子钢琴、风琴弄得叮叮咚咚噼里啪啦乱响，后来发展到每天吃过午饭，就惦记着翻窗乱弹一阵。可惜好景不长，这项练习很快被迫中止，教导主任把我们叫到办公室，站成一溜，我们被告知从此不得再去捣乱，否则就要处分我们。

令人欣慰的是，我们的校徽与"工程师"们是一模一样的。记得刚入学时，我们这些个头矮小的小学毕业生，在老师率领下到灵隐秋游，在飞来峰上与一群外地游客邂逅，那些游客看到我们胸前"杭州师范"四个白底红字的校徽，冲我们大呼小叫：哟，这么小的师范生，敢情都是跳级的吧。听得大家心花怒放，恨不得睡觉都戴着校徽。

初一下半学期,年级安排了各种兴趣小组,有音乐、美术、书法、化学、文学、生物,等等。我参加了生物兴趣小组。辅导老师是我们的生物老师,姓金,四十开外,在我们那时的眼里看去,像个小老头。金老师说话声音绵软,表情生动,大家都特别爱上他的课。金老师的全名叫金燮阳,中间那个字我们不认识,也很难读,加上金老师给我们上课,一张嘴就是细胞壁细胞膜的,于是,我们便管他叫"金细胞"。

每周五下午,"金细胞"都会带领我们生物兴趣小组的学生开展活动。我喜欢植物,对动物从小深感畏惧,在实验室,观看到浸泡在透明玻璃瓶中的青蛙尸体,我的内心十分震撼。我们时常跟着"金细胞"到后山采野花野草,捉蝴蝶昆虫带回实验室制成标本。记得有次,我们穿着套鞋捏着竹竿,推推搡搡,大呼小叫地跟着"金细胞"上山捉五步蛇,每走一步都觉得风声鹤戾,有如探险一般刺激。

一晃十多年过去,初中生涯已很少回味。前不久看电视,知道母校迎来了九十华诞,还知道了鲁迅、李叔同也曾在此游学,我不知道这所历史悠久的学校在他们眼里有怎样的印象,但那段难忘的中学时光,早已成为我记忆的一部分,让我铭记并感怀。

在老家读高中

高中时，父母费了九牛二虎之力，把我送到老家念书。

那是一九八四年深秋的下午，我拎着铺盖，在外婆和母亲陪同下，来到位于六石镇的上卢中学。

初来乍到，觉得一切都很新鲜。学校就像一个大家庭，外地插班生也不少，我们年级就有三个"杭州佬"。我们每人有一个带锁的课桌，桌面上摆着书籍、课本，抽屉则被米袋、饭盒、菜罐子塞得满满当当，像一个五花八门的杂货铺。晚上，五六十个女生挤在一间有上下铺的大屋子里，那份叽叽喳喳的热闹可真叫壮观。

我们的生活基本属于半军事化状态：早上六点起床跑步，接着早自修；晚上，正是城里孩子看电视辰光，这里的教学楼却是灯火通明，夜自修一直要到九点半。乡村里，停电是家常便饭，因此大家的抽屉里都备着蜡烛，停电时点上，星星点点的烛光仿佛流萤舞动。我的同桌晓虹家住镇上，遇停电，她就会拎着一盏煤油灯来教室，有时我的蜡烛亮度不够，晓虹便会把煤油灯朝我这儿移，给我借光，我看书稍不留神，发丝便被火苗吸了去，发出焦味儿，我的刘海被烧焦过好几回。夏天，灯光招来教室外田里的成群蚊虫，大家伙儿用麦秆扇、芭蕉扇、塑料扇拍打脸颊和大腿的噼啪声响成一片。熬不住的同学，就悄悄溜到小卖部去买清凉油、蚊香，一个个苦读的夏夜就这般度过。

对我来说，最痛苦的要数冬天。清晨，寒风凛冽，天还黑得伸手不见五指，就得从暖烘烘的被窝钻出，睡眼惺忪地赶到操场排好队，在体育老师的口令声中，按年级依次出发进行晨跑。至今我仍清晰地记得全校师生呼哧呼哧跑在山岗上的情景，急促的脚步声和尖锐的哨子声，被清冽的山风传得很远很远。跑完步，个个红光满面，汗流浃背，回教室早自修，朗朗的读书声持续到七点半铃响后，各人便前往食堂低头寻找自己的饭盒用餐。

我从小学起就偏科，上语文课时趾高气扬，因为老师十有八九要在课堂上读我的作文，上数学课则像矮了半截，生怕被提问。有一次，我被数学老师喊起来背函数公式，我结结巴巴怎么也背不灵清，老师罚我当众站了一节课。夜自修时，班主任金一初老师身披外套前来巡视课堂纪律，金老师穿外套的方式很特别，不是穿在身上，而是披在肩上，看上去很权威。金老师板着脸，一言不发地，用遒劲的笔力在黑板上写下顶天立地的"慎独"二字，便扬长而去。

同学们大多家境清贫，为了跳出农门，潜心苦读，有的同学大冬天的，仍然衣衫单薄，写字的手又红又肿，长满冻疮。一日三餐，他们吃的都是周末时从家里带来的霉干菜，条件困难的同学的霉干菜几乎没有油水，好像晒干了炒都没炒直接装进了杯子。这种极富家乡特色的霉干菜，如今有一个好听的名字，叫"博士菜"。读书的日子每天都馋得慌，学生食堂开头还有红烧肉卖，后来因为买菜的学生少，干脆取消了供应，害得几个外地插班生兜里有点钱，也没处买。农忙假后，我们可以吃到农村同学捎回的玉米、番薯和甘蔗，一饱口福。

劳动是必修课，每个班都有一块试验田。早春时节，我跟同学扛着锄头、洋锹，挑着粪桶、畚箕从试验田返回，满目绿意的天边，常常有一只斜斜的风筝在飞，唱着歌儿哼着曲儿走在又软又湿润的田埂上，很有点"浴于沂，风乎雩，咏而归"的意境。

劳动课上,也有倒霉的时候,有一次插秧,我被田里的蚂蟥咬了一口,腿上肿起个大包。还有一个中秋节,学校改建操场挑土方,我的额头不小心被石块磕了一下,鲜血直流。那个晚上,我咬着母亲寄来的月饼,望着窗外明晃晃的月光,躲进被窝莫名其妙流了一夜泪。下午上完课,我常常带着一本书走到田埂上,深秋季节,农夫在收割的田野里烧草木灰,氤氲的白烟在矮矮的村舍和屋宇上飘,含着淡淡的愁。

学校所在的镇上每隔一段时间就有一次集市,当地人叫"赶围墙"。其时,远远近近的农户都挑着担子赶着家禽络绎而来交易,那份熙熙攘攘的盛况决不亚于张择端笔下的《清明上河图》。每逢那样的日子,上课时大家老是要走神。因为教室外面不时地有赶集结束来探望孩子的父母,他们卷着裤腿、挑着箩筐,挤挤挨挨地呆在教室和窗外,有时,一些家长也不顾是否在上课,在教室外操着大嗓门,呼唤自家孩子的乳名,长一声短一声,如同集市上的吆喝,这种时候,讲台上老师的目光就会紧紧地盯着那个被叫到的孩子,而那个孩子则是面红耳赤,恨不得将头埋进课桌里。作为外地插班生,我自然少了这份惊喜和尴尬,心底有一种说不出的虚空。

第一学期我住集体宿舍,因受不了条件差,第二学期蒋时晖老师安排我住到了永萍家。永萍家在张麻车,父亲做水泥预制板,她家有一幢崭新的三层洋房,当地也称得上首屈一指。每天夜自修一结束,永萍就会胳肢窝夹一本书,一手拿手电,站在教室门口等我。我们挽着胳膊往她家走,穿过街道和田埂,从学校走到永萍家,大约十五分钟。我和永萍姐妹住二楼,从窗口望出去是一片非常广阔的稻田,夏天时蛙鸣阵阵。我们的隔壁,住着几个同校男生,老家乡风淳朴,大凡住房条件稍好的农家,都会免费收留学生住宿。农忙时,男生们会帮永萍家割稻割麦,我帮不上什么忙,只帮永萍家割过一回小麦。

永萍奶奶胖胖的，穿一件蓝大襟外套，头发梳得油光光，对我们这些寄宿生非常和善。我在永萍家住了两年，每学期开学那天，永萍奶奶都会亲手打好手擀面，煮好蛋，喊我们这些"读书人"下楼吃，每人一碗面条，外加两个鸡蛋，说是吃了功课考一百分。夜自修回家，经过永萍奶奶窗口，她听到动静，就在房间里大声喊永萍，交代她灶上焖在锅里给我们留的点心，永萍就会把热乎乎的烤番薯、芋艿什么的端上楼给我们吃。永萍后来考上了杭州大学教育系，后来分配在衢州师范当老师。光阴似箭，从上卢中学毕业已十年有余，不久前，随父亲回母校参加四十周年校庆（父亲是学校第一届毕业生），发现六石镇和校区都已旧貌换新颜。蒋老师面色依然红润，头发早已斑白。我去永萍家中拜访，没有看到奶奶，永萍父母告知，奶奶已在两年前过世了。

那时

　　那时，我家住在省军区司令部大院，门口有个岗亭，站在南山路上，可望到一条绿树掩映的笔直大道。进大门，向左拐，迈上一条很陡的台阶，迎面便是一幢四层楼的建筑，背依一根大烟囱，这就是铁冶路四号。我家住一楼，门前对着小卖部，门后对着仓库，管仓库的是个小战士，我们经常打照面，却从未说过话。我家后门有个小菜园，种着青菜、小葱、辣椒和牵牛花、五角星花，夏天时，爸爸会搭起绿荫荫的丝瓜藤、葡萄架，十分荫凉。

　　大院里面很大，绿化也很好，除了大院外南山路上的大礼堂，可以看戏看电影，大院里面还有小礼堂，小礼堂后有个花果山，是我们小孩子的乐园，从那儿可以一直翻到万松岭。

　　那时，我羞怯、内向，对自己渐渐发育的身体充满自卑。大门口，每天站着两个手握钢枪的解放军。白天，他们立在一个圆台面上，晚上或下雨的时候，就躲在岗亭内。每天，当我背着书包，低头含胸地从他们眼皮底下经过，心头都像小偷一样打着鼓，那几个小战士，也爱捉弄人。有时，他们看到我背着书包，顺着南山路墙根磨蹭而来，当我拐进大门当口，会有一只正义的大手伸出来，拦住我，盘问我是哪一部分的，这种时候，我总是撒腿就逃，一直跑到听不见身后的笑声为止。

　　我的发型都是母亲打理的，无论从哪个角度看，都像一个小男孩。我的头发从小又黑又密,母亲说那是她吃了很多香榧的缘故,母亲杭州商学院毕业后,分配在诸暨食品厂工作过一段时间。周末,当光线移到鸡棚的油毛毡上时,洗完头发的我立在菜园前,母亲早已踌躇满志地等着我了,她麻利地往我脖子上围了一块毛巾,又围上一块塑料布,我的脖子顿时变得又凉又硬。母亲像电影《女理发师》里的那个女理发师那样,左手捏一把梳子,右手捏一把剪刀,开展工作,边梳边剪,潇洒自如。我屏住呼吸,看着自己的头发纷纷扬扬飘落在地,一忽儿像一堆冬天的枯枝,一忽儿像一群折翅的蝙蝠。母亲剪一会儿,就停下来,按住我的脸,眯细两眼,把头朝后一仰,打量一下剪刀下的作品,仿佛画家作画一般认真。这种时候,即便有那么一两只讨厌的苍蝇蚊子,在我耳边眼前嗡嗡乱飞,我也是不敢轻举妄动的,一来怕母亲生气,二来更怕影响了自己的发型。修剪好后面的头发,母亲拿起一把绿色塑料剃刀,开始处理我额前的刘海,那把剃刀的形状像一条鲳扁鱼,打开来,中间夹着薄薄的剃须刀。母亲工作得细致而认真,好看的鼻梁沁出细细汗珠,当她拿起一个圆棉拍,蘸着痱子粉往我脖子上拍打时,我便知道大功告成了。我如释重负地吁了一口长气,扯掉脖子里的塑料布和毛巾,跑到洗手池前,只见洗手池上方的镜子里,映出一个大眼睛黄皮肤瓦爿头的傻乎乎的小姑娘,那个人就是我。母亲是一位喜爱创新的人,当她发现瓦爿头的款式不太适合我妹妹,就干脆给我妹妹烫了一个狮子头,妹妹回家抱怨,她的发型跟班主任宋老师一个样。

家中我是长女,与同龄人相比,仿佛有干不完的活。我七岁学会生煤炉,八岁给弟弟烘尿布,妹妹自打两岁起就跟我睡一张床,直至我出嫁。每天一放学,脖子上拴一把钥匙的我,就急匆匆往家赶,到家首先打开鸡舍门,把"毛蛋"和"一粒谷"放出去散步,"毛蛋"和"一粒谷"是两只芦花鸡。我手执一根前端用铁丝箍成一个精美网兜的毛竹竿,猫着腰,往鸡窝里捣鼓。这根毛竹竿叫取蛋器，是我的外婆发明的，有了取蛋器，即便芦花鸡们在窝里，我也能隔着鸡笼把蛋取出来，如探囊取物一般稳妥。取出蛋，我在蛋壳上用铅笔写上日期，放入碗柜。

淘好米，洗好菜，我开始切鸡食。我常常一边剁菜，一边分秒必争地在地上摊一本课外书，一次，我边切鸡食边看书，一不留神切着了左手小拇指，流了许多血，我吓坏了，一方面是疼，更担心父亲的责骂。我将剁好的菜，倒进一只鸡专用搪瓷碗，用冷水把饭锅里的冷饭泡开，再拌上米糠，给扑棱着翅膀咕咕乱叫的芦花鸡们吃。伺候完母鸡，我拎着两把热水瓶去打开水，下了斜坡，来到食堂后侧的开水房，那些穿白褂戴白帽的炊事员，喜欢开玩笑，一见我便呵呵地取笑我的瓦片头，叫我"小男孩"，他们说笑的时候，脖子上的喉结滑轮一样滚上滚下。

小时候，我天不怕地不怕，就怕父亲，父亲的一个眼神，一个表情，甚至吐一口痰，都会让我紧张。我的父亲一身戎装，英俊潇洒，脚蹬一双黑皮鞋，鞋后跟嵌两枚腰子型铁掌，走起路来，脚下生风，嚓嚓作响，煞是威严。一开始，父亲命令我打开水，每次拎两把热水瓶，后来，要我每次拎四把热水瓶，我跟父亲提出，能不能少拎一把？没想到他一瞪眼，指着一位擦身而过健步如飞的小战士瞪眼喝斥：你看看，那个解放军叔叔都拎六把热水壶！吓得我再也不敢吱声。太阳下山时，父亲的皮鞋声和着自行车铃声，就会适时响起，正趴在骨牌凳上做作业的我一跃而起，打开碗橱门，抓起饭菜票，拎起红漆小饭篮飞奔出门，去食堂打馒头，那只细竹篾编制的红漆小饭篮，是外婆从老家带来的，红盖头跟电影《甲午风云》里清朝大臣戴的花翎帽一个样。打好馒头，我搂着温热的饭篮子一溜小跑往家赶。小时候，我嘴特馋，有时会忍不住掀开饭篮盖，热腾腾的包子或馒头立刻露了出来，散发着诱人香味，最上面那只白面皮上还蘸着饭篮染上的淡淡红印儿。我很想拿起一只，狠狠地咬上一口，但是我却不敢，因为少了一只,会被发现的。一次,食堂卖肉包子,我在激烈的思想斗争之后,下定决心多买了两个,在短短的回家路上,趁着夜色,一口气吞了下去,因为吃得太快,噎得我十分难受。

我们玩各种游戏。跳皮筋玩得最多,至少要三个女孩子一起玩。还有丢沙包,沙包是自制的,找一块花布头,缝成正方形,灌上沙子,玩丢沙包时,中间来回奔跑的人若被打着,算输。用手抓住"打手"扔过来的沙包,得分。还有抓棋子,讲究的是眼疾手快,赢者趁一只手将沙包扔向空中当口,另一只手必须把所有棋子或麻将牌翻成正面朝上或全部竖起。还有踢毽子、跳房子。我们也会把家里板凳搬到门口,两三张凳子一拼,打乒乓。我也跟男孩子一起蹲在地上打玻璃弹子,或者捏着厚厚一摞脏乎乎的画片拍洋画。我们也玩斗鸡,单腿蹦跳着,用膝盖将对方撞翻。

岗亭门口,有两扇绿漆铁栅栏,上汪庄幼儿园时,我和小伙伴等接送三轮车时,常在这两扇铁栅栏间钻进钻出。我们先将身子弯成虾米状,把脑袋伸进栅栏,再将肩膀斜过来,跟进去一个肩膀一只脚,再跟进去另一个肩膀另一只脚,然后,整个人就钻了进去。上小学后,我也常去钻,站岗的解放军会从圆台阶上下来,大声喝斥着并做出捉拿的架势,我们像麻雀一样四下逃散,不一会又围聚在了栅栏边。有次放学后,我突然想试试身手,因为好久没钻栅栏了。我把书包先扔进栅栏,吸一口气,将脑袋往里送,但不知怎么搞的,那个栅栏好像变小了,我左挤右搡,脑袋钻了进去,可肩膀却怎么也进不去,我卡头缩身猫在栅栏边,进退两难。小伙伴们跑过来,内外站了两部分,有的将我的脑袋往里拽,有的将我的身子朝外扳,五马分尸一般,扯得我浑身疼痛。她们七嘴八舌地议论,有的说我的头太大了,有的说,只有用锯子把铁栅栏锯断才能救我出去。天暗了下来,我像一只待宰的长脖鸭,奄奄一息地蹲在栅栏边,我想起家中的"毛蛋"和"一粒谷"还饿着肚子,米还没淘,菜还没洗,而父亲就快要下班,急得哭了起来，我一边哭，一边攀住栏杆，将脑袋往外使劲挣脱，我的头终于拔出来了，两只耳朵却好像快要掉下来。此后，我再也没敢再去钻大门口的那两扇铁栅栏，当我意识到，自己日渐发育的身体已不允许我通过它们时，心头充满莫可言状的悲凉。

  暑假里，我带着弟弟妹妹回老家，我左手牵着弟弟，右手牵着妹妹，从杭州坐长途车，先到义乌，再转车到东阳。多年以后，回忆起这一幕，母亲每次都会倒抽一口冷气，感叹道：唉，我和你爸胆子也太大了，那时的你，也不过是个小学生呢。中午的太阳灼烤大地，我打发弟弟妹妹吃完蛋炒饭，便命令他们午睡，然后打开前后房门，在过道搁了一把躺椅，开始我短暂而快乐的读书时光。那个夏天，我在躺椅上看完了《万山红遍》、《金光大道》、《苦菜花》，夏天的风夹杂着暑热，穿过弄堂吹在我的脖子、手臂和小腿上，我体会着惊心动魄的书中世界，感受着一种从未有过的阅读的单纯快乐。那个夏天，我也将自己的眼睛看成了一个近视眼。下午四点左右，我将屋后和窗台用水泼湿，让热气蒸发。拖完地板，再给妹妹弟弟们洗澡。妹妹六岁了，打好水，她会自己洗。弟弟比妹妹小一岁，很调皮，洗澡的事只好由我动手。我使出吃奶的力气，把弟弟抱到洗菜龙头下，在海绵上涂好肥皂，往弟弟身上擦，这种时候，他总是哇哇怪叫：痛死了！痛死了！不知是故意还是当真，令我十分恼火。

  当高压锅里的稀饭吱吱叫得欢时，我开始做麦糊烧。用一只蓝瓷大碗，从袋里舀出适量面粉，往碗里打两个鸡蛋，跑到菜园里采几棵小葱，洗净切碎放入碗，再加入盐、味精，和上水拼命搅拌。我脚踩矮凳，这样既使我够着了锅灶，又显得十分权威。锅子一热，我把火调小一点，用一块火腿皮往锅内迅速一抹，锅子四周立刻就油汪汪的了，我用勺子捞出一勺面糊，在锅内摊开，握紧锅柄顺时针旋上一圈，锅内，随着面糊领域的扩大，一个圆乎乎的面饼就成形了。我站在凳子上，红光满面地把麦糊烧，码入一只小藤筐,将边角废料给围在身边的弟妹解谗。忙完这些,我将一张折叠的红漆小木桌搬到丝瓜架下,将霉干菜蒸肉、凉拌海带丝、小葱拌豆腐搁上桌,将滚烫的稀饭盛在五个碗里待凉,等候父母下班。

弟弟妹妹是我的跟屁虫,那时也是令我头疼的事儿。父母会多,白天开,晚上也要开,有次,听说父母晚上有会,放学路上,我坦坦然然看完一本《大林和小林》,到岗亭时,天已很黑了,我看到妹妹领着弟弟,站在门口等我回家做饭,一见到我,就哭着扑了上来,如丧考妣,他俩的狼狈样让我感到很丢脸。还有一次,我跨进家门,看到他俩肩并着肩,跪在地上,闭着眼,嘴里念念有词,桌上搁着个火柴盒,火柴盒里嵌着一张我的照片,旁边点了两支香。妹妹睁开眼,一见到我,欣喜地边喊边从地上一骨碌爬了起来:阿姐!阿姐!我们求菩萨保佑你早点回来,你真的回来啦!对他俩搞的这种装神弄鬼的封建迷信,我十分恼怒,一个箭步冲上去,折断了香,气急败坏扔在地上。

刚学会骑自行车那阵子,一个傍晚,父亲派我去给人送大礼堂的电影票,妹妹硬要跟我去,但我不会骑车带人,就顾自骑车走了。回来的路上,我看到一个小女孩沿着清波门大马路一路狂奔而来,瘦小的身上套着那件我小时穿过的白底黑点连衣裙,尖利的哭声在南山路上空回响,妹妹的脸上涕泪交加,一颗卷毛头看上去也很糟糕。妹妹看到我,跑得更快了,经过汽车队门口时,小小的身子一歪,跌了一个狗吃屎。我歪歪扭扭骑过去,将妹妹扶起,讨好地说:阿姐带你骑车吧。她立即破涕为笑。其实,我心里一点也没底,只好硬着头皮将妹妹扶上后座,我左脚踩在脚踏板上,摆了一个金鸡独立的造型,摇晃上了车,骑了不到十秒,车龙头一阵乱扭,我俩连人带车栽在水泥地上。妹妹悲愤交加,哭声震得我头皮发麻,我连滚带爬地起来,发现妹妹的膝盖蹭破一层皮,连衣裙也摔出了一个窟窿,殷红的鲜血梅花般洇在旧裙子上，此情此景，让我至今心痛。1989年6月1号，我们全家搬出生活了十四年的省军区大院，后来我常在梦中回到那里，每每醒来，内心充满了温暖伤感。

外婆给我送菜

快临近高考,学习紧张,十多天没回外婆家了。那天中午,正上着最后一节数学课,坐在我后面一个叫许海滨的男生,把我的凳子踢得"砰砰"响,压低着嗓门喊:文丽!文丽!你外婆来了!

我的心立即狂跳起来,扭头往教室后门的走廊看,一眼就看到了外婆,她穿着熟悉的藏青色斜襟衣服,拎着一个沉甸甸的尼龙网兜,瘦小的身上斜背一只黑色人造革挎包,看上去有些滑稽。

铃声一响,我奔到走廊上,把外婆带到我的位子上坐下,同学们叽叽喳喳围上来,外婆灰白色的旧松紧鞋上,沾着黄泥浆。外婆从网兜里取出黄澄澄的地瓜片,分给大家吃,地瓜片上沾着黑芝麻和小橘皮,嚼起来又香又脆。她又解开一只布袋,一瓶颜色暗沉的沉甸甸的补脑汁、一只杯底有些暗黄的搪瓷杯,搪瓷杯的杯盖和杯身之间,牢牢地箍着两根牛皮筋,里面装着我的最爱霉干菜扣肉。

外婆变戏法一般,笑眯眯地从人造革包里,取出一盛满芝麻核桃肉的圆口玻璃瓶,这种圆圆的玻璃瓶,原是盛糖水菠萝或枇杷什么的,我在外婆家睡的床上,沿墙就靠着一溜七个这样的玻璃瓶,里面装着冰糖、饼干、地瓜干、麻酥糖、葱管糖等零食,这些都是外婆为我置办的。芝麻核桃肉,是外婆为我特制的补脑益智圣品,她从集市上买来核桃,用榔头一个个砸开,把肉装入斗笠,戴上老花镜,捏着鞋锥,把卡在壳里的肉剔出,再将它们全部弄到砧板上，用刀背碾碎，用擀面杖磨成细小颗粒，放进锅里炒一会儿，弄得满屋子香喷喷的，再将黑芝麻炒熟、碾碎，加入混合，冷却后，用白糖混合，盛入圆口玻璃瓶，把铁皮盖子旋紧，外婆说常吃芝麻核桃肉可以补脑。

一到礼拜四，外婆就开始忙碌，打扫屋子，晒被褥，把七个圆口玻璃瓶装满好吃的。用铁皮水桶打上井水，盛入一只暗红色的半人高的腰子形木桶，把木桶提前浸泡。一到礼拜五，外婆就像一名临战的士兵坚守在灶头，煮茶叶蛋芋艿番薯六谷棒，烧洗澡水也是必修课。若是冬天，光靠泥风炉不够用，得动用柴灶，她爬上咯吱作响的楼梯，在布满蛛网的旮旯里长久地发出悉索声，用一根栓着木勾的绳子，从阁楼自动地、缓缓地垂下一捆稻草，下楼，把稻草从勾子上解开，抱到灶旁。她坐在蒲垫上，时而抽出一些稻草，顺手一扭，把打好的稻草结，塞进发烫的炉膛，用铁铲一直捅到锅灶下，时而拿起一根粗大的空心毛竹，鼓着腮帮子，对着火苗吹上一阵。

我的床是两个衣柜拼起来的，醒来，躺在床上，我只要顺手一摸，就可以摸到一个瓶子，打开瓶盖，在被窝里吃将起来。记得冬天的某个早晨，我在被窝里吃着外婆煨得热乎乎的番薯，心情突然激动了起来，我让外婆拿来纸和笔，歪着头，趴在枕头上写了一首名叫《永恒的注目礼》的诗，这首讴歌对越自卫反击战的诗，在学校引起轰动，后来又发表在县文联《东阳江》头版头条。记得课堂上，班主任让我跟大家介绍一下创作体会，我红着脸，吞吞吐吐地说：我是在被窝里写出这首诗的。我的回答引起哄堂大笑，金老师认为我的态度很不严肃。但我的确是躺在被窝里，边吃着外婆的煨番薯边写出这首诗的，不仅如此，我还在被窝里吃过玉米棒、芋艿头、糖氽蛋。一次，我正在被窝里吃着荞麦面，听到外公责备外婆：你这样会把孩子宠坏的。外婆大声抗辩：她在学堂受苦，到家还不准享享清福啊？当时我听了十分感动，觉得外婆要比外公好。

我给外婆倒了杯水，先去食堂找饭盒子，然后跑到蒋老师窗台上取菜。蒋老师是外婆的远房表弟，也是我的数学老师，因为学生食堂的菜几乎没什么油水，我的中餐都是蒋老师在教工食堂替我打好的。三年来，无论刮风下雨，蒋老师替我买好菜，就把碗搁在窗台上，这样即便我下课晚，或他有事出去，我也能吃到菜。我跑回教室，让外婆跟我一起吃饭，外婆摆着手说，早上吃得很饱，不饿。外婆看着我狼吞虎咽霉干菜肉，目光中透着怜爱。吃完饭，聊了一会儿，她拍了拍腿，起身说：你外公等着我回去做晚饭呢。她摸出两盒"双宝素"，让我带给房东永萍奶奶。

我们手拉着手，走到校门口，穿过黄泥路，来到对面车站。一辆浑身作响的汽车尖叫着驶进站台，这种车只有车头和车尾有两排座位。一个戴头巾的女售票员，探出车窗，用铁皮票夹使劲拍打着车身。汽车吐出全部人员，连门也懒得关，兜了个圈，调好头，新的人群在门边涌动着。

外婆将人造革包背好，朝我挥了挥手，转身走向汽车。我的鼻子开始发酸。我看到她以吃力的动作抓住扶手，整个身体呈九十度弯曲，费力地朝汽车踏板抬起了一条腿，尖尖的臀部向外突出，与车门构成一个奇怪角度。售票员又按了一遍铃，汽车抖动了一下，宣告不耐烦。外婆刚挤上车，门就沉重地关上，人造革包被夹在门外，车门咣当一声打开，包被一股力量迅速拉了进去。我看到外婆努力地站在门口，鼻尖贴着窗，揪着衣领，像是要把蹦出喉咙的心脏塞回去，露着牙，突然想起什么似的，冲着窄窄的橡胶门缝对我喊：外公要你好好读书！车门沉重地关上了，汽车发出夺命一般的尖利呼啸，留下一片飞扬的尘土，翻过一道山丘，不复存在。

县城到学校的公交车，一天仅两班。记得高二新学年开学那天，吃过午饭，外公发现他那张夏季汽车时刻表过期了，本来下午两点的车,提前了一小时,我错过了去学校的车。我的倔脾气发作了,嚷着非当天去不可。外婆悄悄从门后取出一根扁担,说,婆陪你去。外婆将我的铺盖、脸盆、米袋子、菜缸,挑在扁担两头,戴上笠帽,递给我一个草帽,我们上路了。与我们同行的,还有同村一位叫凤的脸上有许多雀斑的女同学,她挑着行李,脚步飞奔,令我暗暗羡慕。

虽是秋天,正午的风吹在身上,仍是火辣辣的。我跟在外婆后面,很不是滋味。内心我很想跟外婆说,明天再去学校吧,但又不好意思反悔,再说我们已经出发了。外婆走了一段山路,衣领完全被汗水濡湿。我说,婆,我来挑。她说,你挑不动的。我从外婆肩头拽下扁担,提起一口真气走起来,很快就走得像一个喝醉酒的人。外婆的笑声从背后追上来,我提着气又走了差不多十几步,扁担几乎勒进我的肉里,把我的肩胛骨磕得生疼,我龇牙裂嘴地把担子撂下。外婆解下巾包袋上的毛巾,笑着为我擦汗,我懊丧地跟在她身后,揪着沟渠边的狗尾巴草,将泥块随时踢进沟渠。

空气变得滋润,充满了江水味,我们来到东阳江边,江面停着蚊虫似的竹排,岸边的卵石和细沙闪闪发光。秋天的风,像一只粗糙而温暖的手,摩挲着大地上的万物,又像一只万花筒,在水面变幻出各种色彩。调皮的江风一直跟外婆做着怪,把那顶用棕丝、油纸和箬叶编织的笠帽,吹得像要破掉一般,两只吊起的裤脚管,紧贴着她没什么肉的臀部和大腿,仿佛猎猎作响的战旗。风灌入她的衣领,使她走路的样子显得迟疑不决,她抓着扁担,像是跟风进行着搏斗,网兜两头的东西发出凌乱的叮当声,她低着头,像一只逆风而上的蓝鸟,尽管我们这里并无这种鸟类品种。一粒沙子借着肆无忌惮的风,钻进我的眼睛,我停下脚步,紧闭双眼。外婆回到我身边,把自己那张皮包骨头的脸对着我,眯缝着眼,用两根长着老茧却出奇柔软的手指,小心地扒开我颤栗的眼皮，噘起嘴，鼓着鼻翼，她从那两片被江风吹得几乎干裂的唇间，小心地吹送出一阵均匀气息，帮我赶走眼里的沙子。

十几里的山路，中间还有三四个山坡，我们走大路，抄小路，走走停停，到学校已近傍晚。校园里人来人往，很是热闹，一暑假没见，同学碰在一起格外亲热。但是，从同学们的目光中，我感觉出了异样，因为全校只有我是由七十多岁的老外婆挑着担子送来上学的。我觉得羞愧。糟糕的是偏偏又碰上了蒋老师。蒋老师协助外婆放下担子，他们握住对方的手，身体前倾，构成一个不等边三角形，又像两棵下面各自生长、到了上面连成一块儿的合欢树。外婆松开手，像记起什么似的，解开网兜，亮出装着鸡蛋的小饭篮。没有必要啊，老姐姐。蒋老师连连摇头。外婆摊开巴掌，摸了摸圆滚滚的鸡蛋，把小饭篮递给蒋老师：别大惊小怪的，时晖。

外婆安顿好我，从寝室出来，又碰上了蒋老师。老姐姐，今朝还回上卢么？不回啦，去泗庭坊阿姐家宿一夜。夜饭食了再去吧。去我阿姐家吃呢。他们就我的伙食问题聊了一会，外婆又说：好弟弟，你可要照顾好我的外孙女，她读书不用心打也没关系的。说这话时，她特意伸出巴掌朝空中比划了一下。你要多多保重啊，我的老姐姐。你也要多保重啊，我的好弟弟。外婆朝我挥了挥，转身朝后门走去。蒋老师用他那特有的、探询数学奥秘的目光盯住我，严厉地说，还不快去送送？

我拔脚跑向学校后门，在一块已经收割了的稻田旁追上外婆。已是白露，空气里有了寒意，从学校到四町坊还有一里地，外婆的两个姐姐都嫁在那儿。我们在田埂上走了一段，然后相互告别，我开始往回走，走了好几步，回头去看外婆，发现她也正好回过头来看我，站在深秋暮色四涌的田埂上，朝我挥着通关手，风吹着她的扁身体和灰头发。我的眼睛开始发酸，头也不回地一口气跑到校门口，扭头用目光再次捕捉外婆，发现她依然立在原地，像一盏微弱而颤抖的灯,她抬着手,继续朝我挥动,意思是快进去吧进去吧。外婆的身影终于越来越淡了,最终模糊在一片遥远而混沌的暮色之中。

我的作家同学

包爷

十年前,我怀揣文学梦到作家班学习,班上同学来自天南地北,年龄不等民族各异,包爷便是其中之一。

包爷三十多岁,长得膀宽腰圆,脸大眼小,脏兮兮的牛仔裤兜后常年揣着一只小酒瓶,据称他是王爷的后裔。有一个段子,说的是包爷与同乡老高来上学,俩人面对面在火车车厢的小桌上插两把蒙古刀、搁两瓶"烧刀子",喷着酒气啃着鸡腿谈着文学,一路行来竟无人胆敢与之毗邻,他俩的硬座于是便成了硬卧,舒舒坦坦一直从包头躺到了上海。

我压根儿也没想到我的大学生涯,竟然始于跟包爷的一场争吵。

那天夜里十一点多,一阵急促的敲门声催我开了门。伴随着一股浓烈的酒味,包爷面红耳赤进了门,身后跟着形影不离的老高。包爷屁股往凳子上一砸,酒瓶往地上一撂,开始咋咋呼呼:金载玉阿婷你们赶紧统统爬起来陪爷们儿喝酒!

金载玉和阿婷跟我一个屋,平时常与包爷他们在一起玩,她俩已睡下,躲在被窝里支支吾吾不置可否。包爷很不耐烦地立起身,点上一根烟,龇牙裂嘴地抽着,从屋子东头窜到西头,活像一只没头苍蝇。当他一眼瞥见兀自在角落里看书的我,气仿佛不打一处来：江南美女！快来陪老子喝酒！

我为引狼入室后悔不迭，正色道：对不起，要喝酒请到外边去。包爷一愣，好像压根儿不认得我。我攥着书清了清嗓子：请别在这儿污染环境。包爷一双小猪眼瞪到了极限，好像一下子认出了我：哈哈！你还看什么鸟书你以为这里是搞文学的地方吗我告诉你文学是个屁只有傻X才搞文学！

他骂我不打紧，骂文学，好比往我心目中圣洁的缪斯女神头上扣了一只屎盆子。我想，这书是没法看了。于是平生跟人最不体面的一场架便这么吵开了：

——你凭什么说文学是屁我看你连个屁都不如

——你知不知道我是谁我写的书就有我半个人那么高

——我不知道你是谁你写的书有你一个人高我也偏偏不看你的书气死你

——你知不知道我爸爸是市长我是作协理事国家二级作家

——你爸爸是市长你是作协理事关我屁事你是二级作家说明你离一级作家还很远

——你他妈真不知天高地厚知不知道老子白刀子进红刀子出南区也是出了名你再老三老四老子今天非把你揪派出所不可

——你深更半夜跑女生寝室来撒野还不知道谁揪谁到派出所去呢

——你丫今天敢情是活腻了看我怎么收拾你老子手里这把热水瓶一松你可就毁啦

——你扔啊你扔啊你不敢扔就快滚本姑娘身边这把热水瓶也不是吃素的

——哼！！

——哼！！

我宁死不屈地盯着包爷。只见包爷狗熊般可怕地高举着一只手，手上擎着一把蓝色塑壳热水瓶，口吐白沫五官挪位，脸和脖子涨成了猪肝色。在这千钧一发之际,在旁一直一声不吭的老高突然拽住包爷衣领子死命一拎,挽救了革命挽救了党。包爷冷不丁吓了一大跳,手上的热水瓶一松,"砰"地一声在离我三米之远处爆裂。管楼的阿姨破门而入。整个楼层的女生破门而入。包爷酒醒大半,在老高的推搡下,像一只斗败的公鸡悻悻离去。浑身哆嗦的鞠和阿婷战战兢兢问我:包爷你都敢得罪?我说:去他妈的包爷,整个儿一无赖!说完,想想刚才一幕,不免心有余悸。

次日在南区舞厅跳舞,阿婷溜到我身边,问:包爷让我问问你,为什么那么恨他?我说:你告诉他我一见到他就恨没有理由没有原因。阿婷回去传话。我看到阿婷凑在包爷耳边嘀咕了句什么,包爷倏地停下了他那奇怪的舞步,在变幻的霓虹灯下看去活像一只呆头鹅,我便觉得很开心。过了几天,散步时阿婷又告诉我:包爷说你这人还够意思,没把那天晚上的事汇报班主任。我听了大笑三声,当场对包爷这种鼠肚鸡肠的想法表示嗤之以鼻。

有道是不打不相识。此后,我和包爷仍没什么来往,狭路相逢,也会不自然地打个招呼,有时我先开口,有时他先开口。但是包爷再也没上过我们五楼,有事找金和阿婷,就在楼下直着喉咙喊。

一个雪霁后阳光灿烂的午后,我去男生宿舍还老高一本画册。走进又黑又臭的宿舍,突然听到一种低沉浑浊的声音,好像狼的呜咽,又好像狗的呻吟,若断若续,十分恐怖。费了好几秒钟,我才辨认出一个蒙头捂被的人在黑暗的床上含混哭泣,那个可怕的声音正是从这张床上发出。我逃出门,问老高那是谁。包爷。老高眼皮也不抬地说。我以为耳朵出了毛病:包爷?他为什么哭啊?写不出东西呗。他写的是什么东西啊?儿童文学。我的天!我万万没想到壮如野牛厉如恶鬼的包爷居然是搞儿童文学的,而搞不出儿童文学,居然会痛苦得像个儿童,心里不禁升腾起一种复杂之情。

二十世纪最后一个平安夜,当我与老高等人在北京三里屯酒吧久别重逢，追忆往昔，感慨万千。老高已从内蒙到北京工作，他告诉我包爷一直在新华社，现在没什么联系。我百感交集地对老高说：这些年，我再也没碰上一个能够痛痛快快吵一架的人了，为此我是多么怀念包爷啊。

阿婷

阿婷睡我上铺，长一张娃娃脸。那个春暖花开的日子，我俩拖着行李一起来到松花江路2500号。

阿婷是个井井有条的人。每天清晨六点，她比闹钟还准时地从床上蹦起，套上运动服穿上球鞋去跑步。阿婷的课桌和床头上，五花八门贴着作息时间表、课程表、每周所读书籍目录、学习写作小计划，等等。阿婷从不旷课，在我们这种班里，这种情况是罕见的。阿婷的课堂笔记，也是全班做得最好的，几可与老师的备课笔记相媲美。阿婷的书桌上有一只水晶花瓶，里面时而插两三朵雏菊，时而插四五根狗尾巴草，从这一点可以看出，阿婷更是一个热爱生活的女孩。

班上大小事情，比如开会啦、聚餐啦、郊游啦、罢课啦，等等，我都是通过阿婷才知道的。阿婷脾气好，人缘也好。无论谁来寝室串门，她都会笑眯眯搬来凳子给你坐倒上茶水给你喝，如果你是抽烟的主儿，阿婷抽屉里常备不懈的那包香烟便是专为你准备的。阿婷笑眯眯地给你递上烟，用自备打火机"啪"地一声替你点上，当你喷着烟圈翘着二郎腿信口开河说着废话时，阿婷那张娃娃脸始终笑眯眯地瞅着你。不过，阿婷也有豪放的时候，小酒过了三巡，也会红扑扑着小脸蛋开唱，她是绍兴人，唱的当然是越剧，那段"天上掉下个林妹妹"，真的范瑞娟听了也自愧不如。忘了哪个高人说过：女人是水做的。阿婷比水更水，称得上水中之水，倒在杯里是一个形状，倒在碗里又是一个形状。

第一学期,我们的课程有"外国文学史"、"西方后现代主义文学"、"台湾文学研究"、"中西比较诗学"、"中国现代文学"等等一大串。那时,我不好好学习,总想逃课睡懒觉,有时躲在寝室睡,有时坐火车回杭州的家里睡,错过了很多掌握知识学习文化的机会。记得有一门课叫"作家学",老师姓唐,第一堂课只讲了一个名词解释:什么叫灵感——灵感是作家生活、知识、思想、禀赋的萌芽和作家思维中质的飞跃,具有突发性、专注性、创造性三个基本特征。这种课很深奥,听起来累,我这种不愿意动脑筋的人,常常听着听着就睡着了。有时唐老师就站在我身边,我也不知道。碰到这种情况,阿婷就用胳膊肘提醒我一下。为了不至于在课堂上出丑,我就逃课。但那个唐老师想了个点名的招数,上课前,先打开花名册,阿猫阿狗一一点名,唐老师报一个人的名字,那个人应一声,唐老师就会在他名字旁画一个勾。唐老师报一个人的名字,如果下面没有反应,唐老师就会在他名字旁画一个叉。这一招端的是法网恢恢疏而不漏。

我恢复了上课,但还是改不了在课堂上打瞌睡的毛病。不久,我看到一篇描写红军长征的文章,讲红军长征途中,脚下有雪山草地,头上有国民党飞机,整日摸爬滚打地赶路,很是艰辛,不少红军叔叔于是磨炼出了一边行军一边睡觉的过硬本领,看上去健步如飞,其实大脑已处于休眠状态,幸好因为行军是排着队的所以不会掉队。我决心像红军学习,上课时毕恭毕敬坐着,大脑却进入了休眠状态。后来我又想了一个办法,我托阿婷在唐老师点我名时,代我答应一声。没想到,这个办法居然还挺管用。

我正经课不上,却选修了"欧洲历史音乐名作鉴赏"、"绘画鉴赏"等课程,我出勤率最高的是绘画鉴赏,当那位温文尔雅的男教师,用幻灯机将图像投在雪白的墙上,从新石器彩陶文石一直讲到毕加索米罗夏加尔,磕睡虫就一点不会来烦我。阿婷跟我去听过几堂音乐鉴赏课,我俩早早吃了晚饭,骑着自行车赶到本部。音乐老师是个胖呵呵的中年人,浑身最有魅力的当数额前那绺头发,根据课程的需要,它们会精灵般伴随音乐老师那颗硕大的头颅抑扬顿挫眼花缭乱极富激情地舞蹈。音乐老师搁在讲台上的那架老式录音机也是一个宝贝,我和阿婷坐在第一排,常常被它振聋发聩的音量激发得热血沸腾。那些个令人激动不已的初夏之夜,我们聆听了莫扎特的《费加罗的婚礼》、柏辽兹的《幻想交响曲》、格里格的《皮尔·金特》以及西贝柳丝的《芬兰颂》这些荡气回肠的古典名曲。

有次,我和阿婷去听一个文学讲座。偌大的阶梯教室,座无虚席,台前立着一胖一瘦两个男的,仿佛相声演员,一个弱不禁风,一个人高马大,后来我们知道他们一个叫格非,一个叫马原。大家以递纸条的方式提问。一男生问马原:你认为当今中国最好的小说家是谁?马原微微一笑,以左手一根手指指着身边之人,答:格非。一个女生问格非:你最欣赏的中国作家是谁?格非一笑微微,以右手一根手指指着身边之人,答:马原。没想到这么严肃认真的气氛里,阿婷也递了一张纸条,问那个弱不禁风:格非,你的名字是不是 Girl friend 的缩写?将现场气氛推向了高潮。

寝室里扫地、取信这类事,阿婷干得最多。事隔十年我仍然记得阿婷的好处,两年来,我的早点基本上都是她买的。阿婷锻炼好身体,在食堂用好餐,就替我打上一份,再小心翼翼地一直从食堂端到寝室。为了我的早餐,阿婷煞费苦心,不断变换花样:稀饭、油条、豆浆、麻球、包子、小笼……有时油条不小心沾上稀饭,或者包子冷掉了,阿婷便一脸歉疚,好像这一切都是她的错。而今,当我一回想起阿婷不管刮风下雨,每天清早左手拎一把热水瓶,右手叮叮当当端着好几只碗跑到食堂为我买早餐的情景,心里就感到特别难受。我至今也不知道阿婷为什么要对我那么好,当时的我却丝毫没有为自己腐朽的资产阶级生活方式感到羞愧,心里琢磨的只是:将来哪个小子若讨阿婷做老婆,真是八辈子修来的福气哇。

有一首歌叫《到哪里找那么好的人》,这首歌一定是写给阿婷这样的人的。如果还有可能,我多么想当着阿婷那张笑眯眯的脸郑重地道一声谢谢。如果还有更大的可能,我多么想有朝一日替阿婷买上一回早点。

红尘

诗人大多瘦骨嶙峋,长发垂肩,目光深邃,胡子拉碴。红尘不是,他不仅拥有广东人少有的高大身材,并且气宇轩昂,衣着得体,远看像徐志摩,近看像周润发,不失为一个干净而富魅力的男孩子。

跟红尘相识于《西湖》杂志举办的一次诗歌颁奖会上。在宝善宾馆大厅,一个黄裳飘飘的少年一边招着手,一边向我疾步走来——"我知道,你一定是门立!"他热情地摇着我的手,旋即介绍身边的一位络腮胡子——"他是陕西的八几!"红尘的广东腔,逗得我和秦巴子忍俊不禁。那次诗赛,红尘以一首长诗《油画农民》获了最高奖。

红尘十七岁出诗集,作品在当时的文学刊物上四处开花,各种诗赛上更是一名"常胜诗人",传言红尘每月稿费收入是所有学员中最高的。红尘对我说,他原想当一名画家,后来一不小心爱上诗歌,大学没念完就辍学回家写诗了。

才子身边,自然少不了佳人。红尘的普通话不好,但这并不妨碍他对女孩子的吸引力,事实上,他的身边经常有一些"美得令人心碎"(红尘语)的女孩。红尘众所周知的女友,是中文系一名研究生,上海人,长得跟童话里的白雪公主似的,红尘为她写下许多诗篇。他俩一高一矮,一大一小,手勾着手迎着朝阳沐着晚霞走在南区各个角落的情景,曾是一幅诗意经典的画面,令多少人又妒又羡。

到校不久,我很荣幸地参加过一场红尘的诗歌朗诵会。那晚,复旦园横幅招展,烛光摇曳,人头攒动,就像过节。慕名而来的学生们成群结队,差一点就要将教室门都挤破了。声情并茂的朗诵者,在背景音乐伴奏下,或激昂,或沉郁,或热泪盈眶地朗诵着红尘写的诗,将那个春风沉醉的夜晚搅和得诗意盎然。朗诵会结束后,在潮水般兴奋的人群和尖叫声中,红尘面带笑容,落落大方从座中站起,跟同学们握手签名合影留念,风度翩翩,热烈的气氛一直持续到深更半夜。后来,我到了报社,干了多年"娱记",大小明星老少名人见得不算少,都没有红尘那次诗歌朗诵会给我的印象深刻。

红尘交际颇广,应酬也多,全国各地有名无名亦真亦假的诗人到上海,一般都找他。红尘请他们在"干训餐厅"吃饭,在"银座"喝茶喝酒喝饮料,慷慨激昂地探讨"诗人高踞孤独之顶"、"世界之黑已达夜半"这样深奥的问题。红尘对我的创作也很关心,经常语重心长地告诫我:一个诗人,一生能留下几首好诗就不错了。

红尘经常指点江山,激扬文字,令我印象颇深。试举几例。暑假,我们几个同学结伴游千岛湖。先从上海到杭州玩,中途在建德逗留,那晚,我们五人租了一艘小舟夜游新安江。是夜,明月高悬,山色如黛,万籁俱寂,妙不可言。不知不觉中,夜色加深,江面起雾,无边无际的雾霭仿佛一张大网,由远及近,轻易就把我等困在网中央,一时令大伙儿伸手不见五指张眼找不着北。四周一片岑寂,只听得见艄公船桨划动江水的声音。我忽然感到紧张。此时,端坐船头的红尘冷不丁于大雾中发问:门立,你感觉如何?我强作镇静道:很美啊,像做梦一样。然后,我低声对红尘说:倘若艄工起了歹念,将我们一桨打落水,我不会游泳,那可就死定了啊。红尘不语,我觉察他的失望如大雾弥漫。稍顷,红尘缓缓道出自己关于大雾的顿悟:世界是一个谎言。

旅途漫长，坐了车又坐船，坐了船又坐车，一路颠簸，疲惫不堪。车窗外山峦起伏，和风驰荡，令人三分心旷，两分神怡，睡意也开始像小鸟栖落我的枝头。不曾想坐在旁边的红尘，一声棒喝，将我的小鸟打得无影无踪：门立，你看那座山像什么？我觉得它像一头大狗熊。我不假思索地答。红尘摇摇头：你看到的别人都能看到，诗人表现的应该是别人看不到的东西。那你看到了什么？我不甘心地问。红尘停顿片刻，满脸深沉又不无得意地回答：我只看见摇晃的风。

以上两段禅宗似的对白，令在场的白雪公主抚掌大笑，乐不可支。笑归笑，我没料到其中一些细节，还被白雪公主记下，收进红尘的第三本书，我收到那本书时，曾一度尴尬不已。

你们是我的诗篇

去年黄梅雨季,身怀六甲的我走出省妇保,看着B超单上A、B两组胎儿的成长数据,简直不敢相信自己的眼睛——啊,我的肚子里竟然有一个A,此外,还有一个B!

消息一出,亲朋好友或惊羡或赞叹,唯一不觉得意外的是我八十六岁的老外婆,她摇着老家带来的麦秆扇,撇了撇没牙的嘴,道:有啥稀奇,你像外婆的哎。溯本清源,外婆正是双胞胎的始作俑者,我的小舅舅即双胞胎之产物,这份隔代遗传的幸事落到我的头上,我想,可能是自己打小跟外婆的感情特别深吧。

那段时期,我每天都是饥肠辘辘的,如同"七把叉"转世。初期,杭州大厦"三缘"的早茶、体育场路"德寿宫"的冷面、南山路"金田中"的料理、西街酒廊的套餐,皆是所爱。后来,发展到每天一个老早,固定坐在"新丰"包子店熙熙攘攘的环境里泰然自若地吞下两只肉包一碗馄饨一抹嘴再拎着半只西瓜去单位。中午,将小餐厅足可供两个大老爷们吃的一大盆蛋炒饭一盘里脊肉一碗咸肉冬瓜汤谈笑间灰飞烟灭;晚饭钟点工阿姨烧的一桌佳肴更不能放过;半夜准时瞌眬懵懂爬起来吃掉一锅绿豆红枣汤。一次到香格里拉吃自助,我不顾笨重的身子频频出击,从干的吃到稀的,从咸的吃到甜的,整整吃了一下午,令在座者和买单者无不动容。

怀揣A、B,感受亦非同一般,试举三例:

大腹便便之际,总受到不同程度呵护,连男同事也会于众目睽睽下凑上前拍拍你雍容华贵的肚皮，关爱地问一声："孩子们都好吧？"让你感动得想哭——要是在平时，这种举止怎么着都称得上是"性骚扰"了吧？

某日下班后，昂首阔步于小巷，看不到脚下敌情，不防被一枚铁钉暗算扎入穿凉鞋的脚后跟，弓腰侧身折腾了老半天总算拔出钉子，鲜血直淌热泪盈眶地一直走到家。

末期，辗转难眠。右侧卧怕挤着了A，左侧卧怕压着了B，朝天睡更觉得连呼吸都快停止，深深体会到旧社会中国人民遭受三座大山压迫时那种水深火热的痛苦。

去年金秋，A、B呱呱坠地，是两个小男生，一个叫快快，一个叫乐乐。生活重新书写，客厅成了停车场：童车、学步车、玩具车堆起堆倒，书房成了卧室，卧室成了儿童乐园。原先形同虚设的壁炉，如今是搁澡盆便盆的好地方，雕花妆台成了摆奶瓶奶粉玩具的好场所，红木摇椅理所当然成为了阿大阿二的翘翘板。我从各地辛辛苦苦采集来的瓶瓶罐罐、花花草草，或束之高阁或拱手送人，我像对付日本鬼子大扫荡般实行了坚壁清野。

当了两个孩子的妈，开车不再像从前飙车般风驰电掣，遇上别人的伢儿会自作多情地搭讪"几个月啦"，读的书从《孕妇指南》跨越到《育儿宝典》，每月记得拍下孩子们的成长瞬间。此外，还要考虑一日三餐的食谱是否又该调整，橙子和弥猴桃哪个维生素含量更高，外出活动孩子们的着装问题等等。另一重大转变是购物。产假不失时机四处旅游，到阿诗玛老家买阿黑哥穿的小坎肩，到丽江买纳西人做的刺绣布鞋，到大连"迈凯乐"买韩国童装，到海参崴用英语从俄罗斯小贩手中杀价买来的鸭舌帽背带裤回到家才发现是中国制造。

现在，两小儿已经能够眺望晚霞，观看明月，目送空中的飞鸟，对周围世界的感情与日俱增。同胞兄弟，心灵感应，平日里，两鸟相鸣，嘤嘤成韵。下班回家，他俩会张开胳膊各露十余颗白生生的小牙,连哭带喊地一拥而上,我抱起阿二,阿大急得顿脚嚎啕,抱起阿大,阿二急得眼泪飞溅,争风吃醋,不相上下。当他们的老娘"左牵黄,右擎苍",一手一个,把五十多斤的分量沉甸甸地揽入怀中,那份成就感,决不亚于摘取奥运金牌的占旭刚。

当了两个孩子的妈,苦乐甘甜皆是双份,生活也在忙碌中,渐渐变得更为充实而有序。这个丹桂飘香的清晨,我写下这些文字,作为对快快乐乐一周岁的纪念,我愿说:你们是我的诗篇。

故园的爱与哀愁

暮色重了,卢宅的天空渐渐幽暗,白云成了浅灰,卵石天井上空,隐隐流来的戏曲声凉如阄草的席子,又似磨砂玻璃上覆着的白霜。肃庸堂内,华丽的宫灯光线如雨丝拂落,洋溢着无言的静美。

卢宅以北,十里之外的上卢村。八月的乡村柔软安详,老屋门前的大青石光滑圆润,熟悉的老巷水塘,迂回的转角长廊,说不出的亲切与通透。微风吹过,树叶翻来覆去,像一面面发光的小镜子。

一

清晨。洒水车在街上留下湿润痕迹,早起的居民从巷口冒出,自行车轮划出一道道沉默射线。穿月牙色罩衫卖粽子的妇人,已在街边选好了位置,热乎乎的粽子埋在蒲包里,清香却藏不住。

店铺相继开了门,洁白的茉莉在窗台摇曳。凉风习习,脚步轻快,不一会儿,一片黛瓦粉壁和封火山墙映入眼帘。照壁上,有砖雕双狮滚绣球、鲤鱼跳龙门,"大夫第"石牌坊上记载着宅院的荣光,雕着"一品当朝,加官晋禄"图画的捷报门楣,恰对着一座形状酷似笔架的山峰,气宇轩昂。

小时候就知道卢宅,听外公讲过它,讲它的庄重和典雅,它的渊薮和传奇。卢宅三面环水,长五百米的老街和东西两条雅溪形成交通干道,东西两面,环绕着雅溪——你喜欢雅溪这个名字,让你联想起《圣经》中那首著名的《雅歌》。作为一处以宗族血缘关系布局的村落,卢氏自宋代定居于此,雅溪之畔,曾有过四十多处园林、书院和二十六座牌坊。"丹枫乌柏间青松,尚有棠梨花发秋。徙倚高秋空怅望,凭栏何处采芙蓉。""来非有意去无心,流水闲云自在行。青简尚存楼阁渺,一泓桥下泻琴声。"……这些优美辞章,均是先人对雅溪秀色的咏叹。

作为全国重点文保单位,卢宅的存在源于北方望族南迁,这处世代为官的家庭聚居地,以整个家族的兴旺为背景,随着时光推移,渐渐从一个巨大的古代园林建筑体系缩减为现今的规模,从一个贵族生活冶游的场所,演变为一座民间博物馆。

卢宅的空间序列与北京故宫紫禁城如出一辙,卢氏大宗祠由复荆堂、肃雍堂、树德堂三条轴线延伸出去的建筑拱月般环绕,如此超规格的建筑只有皇宫和个别宗庙允许拥有,满堂的彩绘龙凤亦是皇帝专用,然而卢氏家族却没有这般禁忌,故有"北有故宫,南有肃雍"之美称。

流连在曲巷长弄,青苔斑驳,两壁已呈暗色的石灰悄然剥落,露出青白色紧紧叠压着的疲惫之砖。狭窄幽深的小弄,被两边高高的马头墙夹击,细长的天空透出头顶绵延。宅院因为这些充满情节感的幽深细弄,在漫长的岁月中拥有了呼吸与生命。

眼下的卢宅已融入城关镇,仅剩以肃雍堂为主体的建筑群和附近街巷,庭院香堂四壁的楹联和水墨,仍能想象当年主人忘忧的闲情,以及那种皇恩眷顾世家望族的特权。几百年前的宅院,几百年后的过客,一院幽香,一襟晚照,深深一嗅,心事便一点一点洇开。

明神宗时设立的锦溪(今上卢),已逾四百年,东有枫塘,南有洋塘，西有钦塘，北有湖海塘，一湾古老清澈的锦溪穿村而过。每逢农历三、六、九是上卢集市。昔日，义乌的红糖、小百货，南乡的仔猪、草席、土棉丝、土棉布、土绸，永康的小五金，以及嵊县烟、天台盐、诸暨竹、木、柴、炭和邻县各地粮食均在此交易，商客云集，熙熙攘攘。

上卢仍是旧时模样：公路边古老混沌的站牌；乡卫生院门口的摊贩；热闹的上卢小馄饨店铺；所剩无几的老屋，门上残存端午时的菖蒲；铝合金门窗的砖楼、洋房；中药店堂里褪了色的木柜台、潮湿的青砖地、旧台扇，空气里是消去了暑气的阴。市基有座戏台，小时候你常来这里，在后台看嵊县来的戏子们，甜糯地对白，有的勾好了脸，穿着月白的衬衣裤、厚底的靴子，混在人堆里说笑。

拐角的小路拓宽了，铺了水泥，路边，那口壁上覆满苔藓的老井还在。那时，周末从寄宿中学回家，你老远就能望见外婆在路口眺望，有几次，你忍住激动，故意平静地走到她跟前，她却没反应，你扶住她瘦削的肩头唤她，她才梦醒般一把攥住你，擦拭起昏花老眼。

循着小路，很快能找到一扇年迈的门。此刻，院门紧闭，上着锁，丝瓜藤结满了寂寞的小黄花，门前晾晒着豆荚和农具，看得出许久无人居住。两棵高大的泡桐探出围墙，与你老友般深情对视，你认得它们，每当夏日熏风拂过，那些伞似的小花便会扑簌簌地落满院墙内外。

院后，有座小桥，桥下是锦溪，锦溪前方是一望无际的田野和静寂的天，那儿经常有棉絮般的云，无声地飘。童年记忆中有很大一部分，便是与那条溪流连在一起的，在你的记忆里，确切地说，那是由两边高高的芦苇和菖蒲分开游动的小鱼和静卧的卵石蜿蜒而出的一条缎带。

二

公元前数个世纪的严冬,雪花飘飘,北风啸啸。银须白发,耄耋之年的姜太公手执钓竿,立于渭水边,"背水肩竿,直钩短线,距水三尺而钓"。据《雅溪卢氏家乘》记载,源自河北涿州(古称范阳)的卢氏,为姜子牙后裔。

北宋天禧年间,翰林学士卢琏提举江南学校,迁居东阳西部乡巧溪,又传三世。卢氏中的卢员甫择笔架山的灵气,迁至雅溪之畔,雅溪卢氏由此发祥。卢氏家族历经元、明、清、民国八百年长盛不衰,曾为江南名门望族。

卢氏多才子,卢宅的墙头厅堂,多见名人词句,当年"吴中四大才子"之一的文徵明、明代书画家董其昌、清廷重臣刘墉都曾是卢宅的座上宾。虽然你一直无法准确描述卢宅之夜,曾经怎样的灯火流淌,鼓瑟吹笙,衣香鬓影,杯盏交错;曾经怎样的车水马龙,宾朋满座,张灯结彩,歌舞升平。你依然相信,当一扇扇紧闭的雕花大门忽然向外敞开,那一幅幅曲水流觞,那一场场家族盛宴,定然是有着《韩熙载夜宴图》般的豪华奢靡。

当年的卢氏兴旺发达,可谓称颂一时,营建了占地五百余亩的建筑群落,整个村落三峰屏峙,雅水流芳,空间变化韵味有致,建筑色调朴素淡雅,布局主次分明严谨有序,步步入景,处处堪画。

肃雍堂是卢宅精华,斗拱式样华丽。脊饰、角饰上,青龙、白虎、朱雀、玄武镇守四方,均非普通民居所能拥有。"肃,肃敬也,礼之所以立也;雍,雍和也,乐之所以生也"。《诗·周颂·有瞽》中曰:"潘厥声,肃雍和鸣",堂名因之而来。大厅高悬"翰林""进士""恩荣四世"匾额,东西两侧的"雪轩"是卢氏家族的三味书屋。前四进中,有可以分合的移动式石库门,大厅双跨顶上还有防水天沟。

"其形也,翩若惊鸿,婉若游龙,荣耀秋菊,华茂春松。仿佛兮若轻云之蔽月,飘飘兮若流风之回雪……"流连肃雍堂内,耳边萦绕《洛神赋》的咏叹，这座堂皇建筑之所以能在天高皇帝远的浙东保守机密数百年，不仅依赖卢氏家族独霸一方的权势，更有森严的宗法制度，族人不敢泄密，外姓则难察其究。

青砖高墙，庭院深深，花窗绿影，风月无边。卵石路面嵌着几何、动物、植物图案，图腾和太极八卦，隐藏玄机。路径虽短，因曲折而漫长；回廊有尽，因婉转而幽深。古拙的天井，别致的窗棂，疏植的桂花、芭蕉、蜡梅、黄杨……即便匆匆过客，亦不能惊动它们一点。

卢宅美在园林，美在传说，美在于格律中寻求变化，于岁月中延续血脉，这座蛰伏江南中部的古老宅院，在有限的空间，获得了时光无限的赦免。

穿过深深浅浅的巷陌，阳光散淡，清风流转，树叶翩舞，行板如歌。

上卢与卢宅同出一脉，村中卢氏占百分之九十，清《(康熙)东阳县志》载：族人以"读者历青云，耕者勤黍牧"为祖训，自古以来，崇文重教，清末民初，私塾、蒙馆渐多。

在翻阅一本有关家族的典籍时，你了解到"九支卢"在浙东的繁衍。上卢先祖卢琰，字文炳，原居河南，后周世宗时，任都点检工部尚书膺紫金荣禄大夫开国上将军。宋太祖爱其才，封为越国公。962年，卢琰淡出江湖，怀抱周世宗幼子柴炯（原讳蕲王熙诲），来到吴越临安，改柴为卢，更炯为璇，视为己子。

春节，你曾在上卢老年协会所在地六经堂，目睹越国公卢琰、武烈侯睿公、嘉京公卢宣公的画像。卢琰的画像上有题字"宋封越国公显德元年御赞"，落款为：民国六年春嗣孙品藻敬录。这幅祖宗像记录了皇帝对其高度评价："卿貌而古，卿德而丰，抚下事上，以仁以忠，噫斯人也，媲美乎伊周之风。"卢琰之人品可见一斑。

上卢古老而不木讷，个性而不附庸，市井生活亦见风雅。寻常人家通常会有几幅家传字画，低门短巷通常会飘来一曲悦耳笛音，那些如戏台上的前尘往事，亦会随着一管笛声一把水袖荡漾开来，仿佛一伸手，便可触着。

978年，吴越王纳土归宋，卢琰和孙惟愠（原柴世宗之女婿，永康人），又自临安迁徙永康孝义乡躲山下（今磐安县新渥镇大山下）。炯稍长，公妻以女，公生八子一女，女名锦配璇，按年龄序列为第三支（即女支卢）。

至卢琰公十四世孙卢宣公时，某日，宣公自永康陟巍山眺东白，宿小岭陈家村，夜梦一神曰："龙从此山卸下。山如狮，水如锦，即尔居也。"顺势寻找，在四五里外之处发现了锦溪，便挈家带属，定居升苏乡二都锦溪（即今上卢），号西山居士，亦称百岁泰然翁，为锦溪之始祖。

因长期聚族而居，上卢十三间头、廿四间头、前厅后堂结构的三合院、四合院较多。你小时候住过的"九记"，曾是上卢最精美的老屋，后失火，迁到了廿四间。恍惚间，你仿佛看到幼时的自己，顶着童花头，捧着粗瓷碗，碗里盛着热腾腾的米粥和咸菜，在卵石小弄内奔突嬉戏，一阵风般。

那些漂浮在村庄角角落落的声音与背影，像秋天随风而逝的叶子等待拣拾。慢慢地，就有风吹来，先是头发觉得，到后来是鼻子和嘴，吹到最后是泪花。你发现，被风吹着或迎风流泪，都是一场彻彻底底的痛快。

三

东阳的街道洁净，空气青涩，散发一种来自木头的香，那是木雕的香味。不光是香味，还伴着叮叮当当的敲击声，那是打铁铺子在制作雕刻木雕的工具。

卢宅老街上，卖的几乎全是木雕：门板、窗棂、匾额、樟木箱、雕花床、木柜、红漆橱、五斗橱、太师椅、条凳，也卖一些乡下收来的绣品：古老的缎鞋、精致的荷包，绣着深深浅浅的花，更多的则是巧构细镂的东阳木雕。

传统东阳木雕的技艺和风格是卢宅的灵气精髓所在。肃雍堂有两头木雕狮子，刀工圆熟，苍劲有力。东吟堂一只三十余厘米的镂空牛腿上，是一只活灵活现独立荷塘的仙鹤，高处的荷叶似乎被酷热难耐的仙鹤，不小心啄出窟窿，旋即向四周卷曲，火辣辣的阳光亦栖息的一对鸳鸯不知所措，历经几百个春秋依然让仰望者感受到夏日拂面的醺风。

肃雍堂内，可凉亭说书画同源，柳荫论禅茶一味，诗酒雅集小酌微醺，即便止不住高墙外的红尘纷扰，亦可平静内心的喧哗骚动。漫步曲径通幽，亦会浮现南宋永嘉乡贤赵师秀的意境："黄梅时节家家雨，青草池塘处处蛙。有约不来过夜半，闲敲棋子落灯花。"便想，把自己养在卢宅里的人，真是如水一般的风雅啊。

"文革"时，肃雍堂、东吟堂曾是供销社的办公楼和物资仓库，幸好当时的负责人、"红卫兵"头头是木雕厂职工，对卢宅采取的"革命行动"，便是把老祖宗传下来的精美部件一一拆下、包好，小心埋藏在地窖，数以万计的精品几乎毫发无损地被保存下来。

在卢宅，你必须凝神屏气，调动起全部的心智，才不至于错过里面的每一根梁柱，每一处细部，感慨今人无法超度的古人的讲究，花样繁杂的厅堂、门楣、牛腿、门窗，极尽精致的隔扇、裙板、绦环板上，有岁寒三友、渔樵耕读、二十四孝、梅兰竹菊等传统图案，更有八仙过海、百寿图、姜子牙遇文王、岳母刺字、关公夜读等历史故事，古人将愿望暗藏于或堂皇或幽密的角角落落，寄托着对后人的祝福。

卢宅像一部丰富的典藏，让今人了解曾经的人们怎样劳作和生息，怎样追求和喜爱。卢宅，门户重重，檐廊环绕，古往今来，开发着几代人对于经典的想象，明艳和妩媚是原本的底子，只是上了年纪后，便越发地沉默安稳起来，偶尔艳光一闪，亦被通透的岁月压住了阵脚。

上卢通往市基路口处，原有明正统年间造的大台门，上书"纶音族义"，毁于"文革"。二十世纪八十年代，村里尚存大、小祠堂和新祠堂、俊九公堂、敦睦堂、永和堂、六经堂、彝叙堂、贻经堂、滋德堂、永远堂、叙伦堂、小书堂、大厅、中厅等颇具东阳古民居风格的明清建筑。

戏台边的老年协会叫六经堂，也是外婆爱去的地方，推开虚掩的门，厅堂挂着灯笼，电视机前有几溜长凳，边上有几张麻将桌。老年协会的厅堂是由一间堂屋改造的，拱斗、扦顶严谨轻巧，琴枋、牛腿粗犷古朴，内容多为戏曲人物、小说故事或二十四孝之类，几位老人泥塑般滞留于暗处，身影散发着落寞。

村头有座濒临拆迁的旧宅，门窗脱落、腐朽的牛腿垂于残垣之上，上面的假山、楼阁依稀可辨。一所你几年前关心过的老屋，东倒西歪在草丛中，基本散架，残损的窗扉迎风摇曳，似乎马上要掉下来。经过一老宅，后院堆着柴，有稚童快活嬉耍，人们依然进进出出，随遇而安，墙角的瓦盆内，一束鸡冠花火焰般燃烧。你想，或许只有木结构的老屋，才能固执地支撑这隐忍的生活吧。

廿四间被一些外地打工者占据着，灰色的山墙上，布满雨水和青苔的印痕，旧居的门上拴着锁，门板上雕着的许仙、白娘子的小横板还在，衣饰、发髻栩栩如生，好像要跳将出来一般。天井里，堆着农具、稻草和水缸，栽着橘树，四周的青石板已无当年的光洁，这里，也是你的长篇小说《外婆史诗》故事的发生地。

每次回上卢，都发现廿四间的东西，一件件地少了，美丽的镂空窗棂不是被偷了，就是被住家从墙内用砖块填实，再也窥不见内里乾坤，取而代之的是水泥墙面。堂屋墙上的捷报和外公高小毕业奖状已消失无踪，最令人扼腕痛惜的是一对狮子滚绣球的牛腿，两头活灵活现的羚羊，已在两年前的一个雨夜，被人偷盗。

堂屋已旧，那种旧，是一种洗尽铅华的旧，一种让心隐隐作痛的旧。尽管村人都知这间堆满杂物的老宅是无价之宝，因财力、物力有限，只能任尘埃、杂物和蛛网占据这片曾祭祀祖先的场所。这里也曾停放过两样冰冷物什，一具叫"梦"一具叫"安"，外公说"梦"是他的，意指人生如梦，外婆辛苦一生，就用一个"安"字吧。它们曾让你体会时间的残酷和老人那难以理喻的平静。

风儿在轻轻地吹，吹得满园花儿醉。只是不会再有人为你开门，不会再有人痴等你的足音，不会再有人惊喜地从桌旁立起身，伸出苍老温暖的手。独立檐下，茫然四顾，心便徒然暗淡，暗淡得有些刺痛。恍惚间，耳畔响起约翰·丹佛的《乡村小路带我回家》，你看到金黄辽阔的田野上，有一群孩子在飞奔，那里面有你。

四

你试图从卢宅开始，辨认它的根脉深入泥土的所有走向。你试图用目光和镜头，触摸卢宅的青山绿水、屋宇梁栋，辨认每一道纹路和虬结。你试图仰起头，倾听屋瓦滴落的每一声私语，你还想进一步弄清楚，似水年华给予卢宅的深情庇佑。

喜欢在卢宅静谧的时空里，翻阅桌上的线装书，读一读这样的句子：唯恐夜深花睡去，故烧高烛照红妆。喜欢在卢宅向晚的庭院内，回味白居易的诗意：绿蚁新焙酒，红泥小火炉。晚来天欲雪，能饮一杯无？喜欢在卢宅迷离的传奇里，看一看历史屏风后露出的一截红袖。喜欢在卢宅斑斓的家谱里，想一想曾经的清虚朗净、纷芸尘埃，曾经的喧嚣车马、钩心斗角，曾经的低婉辗转、仰天长啸。

月明风清，天空地静，笛声呜咽，袅袅悠悠，一场八百年的梦，怎能说醒就醒？

"有美人兮,见之不忘。一日不见兮,思之若狂。凤飞翩翩兮,四海求凰……"耳畔流来戏曲,琴音松透响亮,歌声字字清,唱它的人可以是曾经沧海,听它的人可以是感同身受,曾经的残梦依然明艳,隔了几百年,在繁花似锦之后,再度开出姹紫嫣红的千百朵。

卢宅的夜,疏朗淡泊,被缤纷的宫灯所勾勒,精致、浓烈而完美,透着古典。一切沉淀,听得见草叶在空气里生长,一只晚来的蜻蜓在枝叶间努力保持着平衡。满园的扶杨弱柳,依旧如烟,像极了舞台上的帷幕,草吟叶唱,落花有情。

歌画尽聚笔架山,故宫原本在民间。大红灯笼亮了,衬着游园惊梦的脸;鼓乐笙箫响了,明月清风自无价。出卢宅,来到传说中的雅溪,平林漠漠烟如织,雅溪仿佛一道时空之界,溪水的另一侧已是现代化住宅。水面发着青铜般的光,载着爱与哀愁,无声无息地流淌,譬如时光的步履,同样地寻不着来路觅不着尽头。

就这样兜兜转转,一步一回头,像一个出嫁的新娘。

那时候,你只有四岁,邻家孩子因好奇点着棉花玩火,酿成的火灾烧掉了"九记"和你们所有的家当,你跟外婆外公搬至廿四间,那里有条又黑又陡的楼梯,你从不敢单独上去,每晚,你地瓜一样笨重地压在外婆瘦骨嶙峋的背上,患肺气肿的她两只手攀着楼阶将你背上楼睡觉。

那时候,你与外公起个大早,一老一少戴着斗笠,扛着鱼竿,背着外婆打点好的水壶和干粮,赶在夏日热辣辣的太阳之前出门,在青草茂盛、水质明澈的水塘边钓鱼、捉虾、摸螺蛳,一待就是大半天。

那时候,外婆要去走亲戚,吩咐你待在家,你号啕大哭身子一歪赖在门前的青砖地上打滚,一不留神栽到阶下的排水沟,弄得浑身又臭又脏,外婆第一次给了你屁股两巴掌。

那时候，你正慢慢长大，穿着土布衣裤童花头飞扬，你抱着外公的锡酒壶一溜小跑，跑过小巷雨后温润的石子路，跑过土黄色的老墙去小店打酒，回来的路上嘴馋偷喝老酒，还没走到家，红彤彤的脸蛋就露了"馅"。

那时候，外婆用井水将门前泼凉，你与表哥表姐几个小淘气，争食完玉米糊，四脚朝天地躺在竹榻上乘风凉，外婆一边摇着麦秆扇一边给你们讲戏文：林妹妹和宝哥哥、梁山伯和祝英台、薛丁山和樊梨花……外婆讲戏文时目光遥远地望着，脸上的皱纹很光彩很慈祥。

那时候，你学毛笔字，外公架着老花镜陪你端坐小桌前，在毛边纸上书写宋濂的《送东阳马生序》，外公一手端正的繁体小楷字没有句读，散发着淡淡的烟草气息。

那时候，你在六石读高中，开学当天错过了去学校的汽车，七十多岁的老外婆挑着铺盖、脸盆、米袋、菜缸，走了十几里山路爬了好几个山坡，硬是将你送到女生寝室。

而当你长大，于他们又有多少益处？逢年过节极短暂的探望，一切能提供给他们的惠处极少，老人们在自己的天地里一日日地挨过，夏日里依旧忍受发痧暑热之苦却舍不得买一只西瓜，清晨依旧颤巍巍地穿过一条街巷端回两角钱一杯的豆腐花，饭桌上依旧是吃了一辈子的霉干菜，身上依旧是一袭浆洗得发白的衣衫。

后来，当你以一个怀旧者的身份重返故园，记忆的凭证已逐渐散佚。村庄像一本打开的书，任你徘徊在还没来得及读完的句读间，更像是一个人的转身，让你的目光再也无从寄托。

村庄安静，月光西移，你知道，只要月光再倾斜一些，那巨大的乡愁必将把你淹没。

落雨了，起初是几颗，继而是成群结队地，滚落屋檐和心头，仿佛古老的叮咛，一遍又遍地提醒：

所有出发的目的，最后都是为了回到起点。

部队大院的燃气生活

我家用上液化气,是在上世纪八十年代初。那时,我家住在铁冶路四号,这是位于省军区司令部大院内的一幢三层楼房。

之前,我家住在水沟巷的部队家属院,挨着河坊街和四宜路,铁冶路四号落成后,分到房子的人家就搬去了那里。我家住一楼,门前有个军人服务社,门后有块小菜地,被爸爸伺弄得很精神,种着青菜、辣椒和小葱和牵牛花、五角星花,夏天,搭着绿荫荫的丝瓜架。

那时,我剪着童花头,脖子上拴一把钥匙。我是家中老大,家务活很多。每天放学回家第一件事,把两只芦花鸡放出去散步,然后淘米做饭,再去食堂打开水、买馒头,食堂每天有馒头和包子供应,因为大院里有很多山东籍干部。若是发现炉子熄了,我还得发煤炉,这是最令我头疼的一件事儿,碰上煤饼发潮,我时常灰头土脸地忙乎半天,也发不好炉子,爸爸下班我就会挨骂。记得1976年冬天弟弟出生,那个冬天特别冷,西湖结冰,我还在煤炉旁边帮妈妈烘过弟弟的尿布。

一个傍晚,我从清波小店打酱油回家,发现厨房多了一套锃光发亮的家伙,看上去十分高大上,墙角还站着一只圆滚滚的钢瓶,爸爸神秘兮兮地对我说:卢文丽,今晚我们烧煤气!

我把妹妹弟弟叫到厨房,我们欣喜地围成一个半圆。只见爸爸划亮一根火柴,凑近煤气灶,另一只手一旋开关,呼地一声,灶具火圈上顿时腾起一股蓝色火焰。我们惊喜地拍手欢呼，随即，爸爸一旋开关，啪地一声火焰又灭了。我们大吃一惊，想不到煤气可以像水龙头一样可以自由开关呀，好神奇！爸爸演示了两遍，命令我操作。我小心翼翼划亮火柴，拧开关，没拧动，眼看火柴快烧到手指总算成功，吱吱作响的蓝色火焰仿佛在向我欢快祝贺，我兴奋的心情不亚于点燃亚运圣火。爸爸将红漆折叠小木桌搬到外面，桌上搁着红烧油豆腐、韭菜炒蛋、凉拌海带，一家人围坐在丝瓜架下吃晚饭，那顿煤气做出来的饭菜感觉吃起来特别香。

当时，杭州的煤气都是限量供应的，使用煤气的家庭不多，因为铁冶路四号是洋房，才有条件装。自从家里有了煤气罐，我的警惕性也特别高，有时半夜还爬起来去厨房察看情况。爸爸叮嘱我，用完煤气阀门务必关紧，他还在煤气罐背后的墙上贴了块胶布，写着指令：向左开！向右关！

换煤气罐的活儿非爸爸莫属。在万松岭路口有个燃气供应点，对着长桥公园，隔壁就是征兵办，爸爸每次都去那儿换煤气。爸爸带上一个夹着煤气专用卡的小红本，以及一个特制的U形铁架，卸下空罐，踩着急促的皮鞋声，将空罐勾在自行车后座U形架上，跨上车，猫着腰，猛踩几下脚踏板，潇洒地俯冲拐过操场大斜坡，快经过岗哨时，右腿像体操运动员似的轻松朝后扬起，跳下车，跟站岗的解放军互敬一个礼——若家中情况紧急等着做饭，爸爸的脚尖就装装样子似的在柏油路面上点一下，旋即飞身上车，礼也不敬地朝万松岭方向猛蹬。爸爸通常都是骑车去，推车回。

换好煤气，爸爸都让我检查是否漏气，因为他嗅觉不太灵敏。这种时候，我背着手，探着脖子，把鼻子凑到煤气阀门那儿东闻闻，西嗅嗅，好像一台专业的煤气检测仪。这种时候，爸爸会以十分难得的耐心态度，观察我的表情和反应，我若是皱眉或说有煤气味儿，爸爸是断然不敢点火使用的。记得爸爸告诉我一个救急方法：煤气快用完的时，摇一摇，还能坚持一会。暑假的一个正午，我给妹妹弟弟做麦糊烧吃，要紧关头火苗奄奄一息，我叫妹妹和弟弟来摇煤气罐，他俩不干。我答应下午去服务社买赤豆棒冰给他俩吃，他俩才答应帮忙。他俩龇牙咧嘴，满头大汗地，把煤气罐摇得地动山摇，在弟弟妹妹的努力下，垂死挣扎的火苗一直坚持到我做完麦糊烧才终于熄灭。

如今，生活越来越便利，家家户户都用上了天然气，不仅能用于做饭，还能用于地热、暖气片。燃气的发展史也是一个城市的发展史，那些在部队大院最初使用燃气的温暖记忆，时常亲切地浮上我的心头。

怀念昌耀老师

一

昨天，我听到了千里之外传来的噩耗，却不敢相信这个事实——2000年3月23日上午九点四十五分，您那颗坚强的心停止了跳动。

昌耀老师，自从一个月前得知您病魔缠身，痛苦就主宰着我。十二天前探望您的病情归来，痛苦就变得更为沉重。无论在西宁还是在杭州，在天上还是在地上，只要一回忆，疼痛便弥漫心胸令我无法呼吸。可是，我依然祈望奇迹的发生。虽然我知道您对死亡早已"无所畏惧"，虽然我知道您的"每一根骨头都在痛"，虽然我知道那些迟到的药物对您也不起任何作用，可是，我依然祈望奇迹的发生。

现在，一切可能有的希望都破灭了。一个电话能够毁灭那么多东西。我的枕边是那本《昌耀的诗》，封面是熟悉的脸庞：瘦削、仁慈而刚毅。扉页上是熟悉的笔迹：一笔一划，十分工整。我的桌上是几天前您嘱人转交的诗篇——《一十一枝红玫瑰》。这束临别时捧给您的祝福，此刻又回到了我的手中，它们是如此宿命而哀绝。

打开音乐，屋子里飞翔起《蓝鸟》。十年前，一位朋友送了我一盒名为《蓝鸟》的音乐盒带，这组由著名的詹姆斯拉斯特乐队演奏的排箫乐曲,我很喜欢,就转赠给了您。于是,您也爱上了排箫,您说惟有排箫那种被山林田园化了的朴厚音质才能表达心中特殊的感受。我坐在音乐中,想到十年的友情就这样梦一般地结束,不禁潸然泪下:

  三天过后——十一枝玫瑰全部垂首默立,
  一位滨海女子为北漠长者在悄声饮泣。

  早晨昏昏沉沉醒来,我感到虚弱而恍惚。窗外,正是草长莺飞的江南,在我暂居的郊外,不时有飞机起落的声音。但我仍执迷于昨夜的梦中,我好像还在飞呀飞,旷远无尽的荒原雪峰,赭黄原始的山峦大地……我听到您痛苦的咳嗽,听到您说"可能要辜负你们了"。
  我想起前几日《新民晚报》上的一则报道,说您"因家庭负担重,生活不宽裕,曾一度放弃治疗,为了省钱还住过医院走廊……";
  我想起您的友人告诉我,病痛发作时,您疼得在床上打滚,不得不独自用膝盖顶住胸部……
  我想起曾经问过您:为什么不告诉朋友们,让我们替您想想办法?您说:朋友们都忙,我不好去麻烦……你也刚生完孩子……
  想起这些,我就觉得阵阵悲痛。是的,您是一个只知顾及他人的人,您是一个到死都不愿麻烦别人的人。

二

  在这不眠的长夜,我回忆着我们的交往。那些弥足珍贵的片断,便又一一出现。
  那是1990年夏天,《西湖》杂志举办的"西湖诗船大奖赛"颁奖仪式上。您是评委之一,出席诗会的评委尚有公刘、谢冕、唐晓渡等人。印象中您说话不多，显得羞涩且木讷。那时的我，于您也仅是一个以数码表示的编号。在随后安排的活动上，我们有了几次短促的交谈。记得在绍兴大禹陵拍照间隙，您小心翼翼地递给我一张稿笺，原来是您为我的获奖诗作《瓶花及其它》撰写的评语，您淡淡地说：昨晚专门誊抄了一遍。令我有着受宠若惊之感。在富阳造访郁达夫故里时，天开始下起雨，仅有的两把伞，由我与另一广东籍青年诗人照顾了您和谢冕教授。记得您给过我一张淡黄色的名片，上书"男子·百姓·行脚僧·诗人"。这些就是那次诗会给予我的美好回忆之全部。

不久以后，我收到了您的信，您说，在《浙江作家报》公布的"奔马杯"获奖诗歌名单上，看到了我的通讯地址，就冒昧写了此信，并将在大禹陵给我们四个女生拍的合影，各印了一张，让我分别转寄王玲婷、郭小橹等人。完成了所交予的任务后，我给您回了一封信，并对您替我们拍照片印照片之事表示了感谢。但是，没有想到，随即我却收到了您一封措词生硬的回信，您在信中，批评我"非常客套"，认为与"自己曾经评点过的《瓶花》的作者所具之慧心莫不判若云泥？"您的信令我既惶恐又委屈，我没有想到自己的一片感激之情，竟被认作是吹捧之词。但很快，我又收到了您的信，您说"可能伤害了一个文学青年的心"，并寄赠了我一本《昌耀抒情诗选》和《圣经抒情诗选》。于是，我们因为误解而开始了通信。

坦率地说，当时我只是一个二十出头的女孩子，对人生和艺术认识肤浅，但这似乎并没有影响我们的交流，因为您说，"大狗叫，小狗也应该叫"——"小狗并不因为有大狗粗豪的吠叫而为自己的尖声细嗓感到自卑或觉多余，大狗似也不曾为小狗的参与而予训斥挑剔或认作是对自己职分的僭越，它们都享有'吠'的权利，那是多么有趣的平等一致啊"。我的第一本诗集《听任夜莺》，便是请您取的书名作的序。在您的邀请下，我亦曾不知天高地厚为您的诗集作过一篇"序"——虽然我至今为自己这篇可笑的序言而羞惭，现在回头再看那篇序，发现自己并没有真正理解您和您的诗歌，仅仅是一些空泛辞藻的堆积而已。因为直到现在，我也不敢说理解了您的人生和您的艺术。

1991年夏天，您到桂林参加诗歌创作座谈会后，折道湖南老家，并到上海看望在复旦中文系作家班进修的我。那三天里，我虽然正忙于考试，上海交通又十分不便，但生怕伤了远道而来的您的心，仍陪您在上海街头和复旦校园奔波观光。人潮汹涌的西藏中路街头临别时的握手，成为彼此记忆中最珍贵的一帧。

想不到您回去以后，给我来了一封感情炽烈的信。但是，对我这样一个在军人家庭中长大、不谙世事的女孩子来说，对您这样一位比我大三十多岁、有家室、有子女、诗名显赫的长者的感情不仅难以接受，甚至感到恐惧。因为，无论在内心、在我给您的信件，以及在上海与您的短暂交往中，您其实都可以真切地感觉到，我一直把您当作一位值得尊敬的长辈和朋友恭敬相待的，这是一种敬仰之情，一种友谊之情，却绝非男女之情。但既然"爱是人人都应享有的权利"，对您的感情，我依然理解和尊重，对您热情洋溢的信件，我只好姑妄收之，并"王顾左右而言他"。我相信，依您的阅历和智慧，假以时日，您会理解我的苦衷的。之后，随着年龄的增长，我也愈来愈感觉到，其实您的这种感情，并不是对我一个人的，我只是偶然地成为了您精神上的寄托，这是上帝制造的误会。而您的这种感情，不仅仅是对于异性的追求，更是一种对于美的追求和挚爱，只是我感觉到，自己不配承受您的这种高贵的感情而已。一年之后，您在给我的信中说："我猜想你是不会爱我的，你从来没有这种确定的表示，而我又特别看重这种确定表示。我的婚缘注定是一场贯穿始终的痛苦的人生磨难了，至死方休。"我想，您总算是理解了我的心情。您病危之际我到青海探望，记得在病榻边，您对我表露："我只想为自己的灵魂找一个依托",因为,"我一直觉得自己像一个流浪汉"。我完全理解您这份珍贵而美好的感情,但是,即便时光倒流,我也只能是尊重您的感情并为之深深感动。昌耀老师,请您的在天之灵原谅我吧。

三

1997年秋天,我跟随旅行社进行丝路之旅,在西宁短暂的逗留,仅来得及在青海宾馆大厅请您喝了一杯咖啡——因为,我曾听杭州诗人嵇亦工君说:昌耀这辈子肯定连一杯咖啡也没喝过。于是,我就莫名其妙地想请您喝一杯咖啡。与六年前相比,您看去憔悴而苍老,并且心事重重,几次欲言又止(当时我还不知道您已经第二次成家,并且身边已经有了知己)。我问您为什么不把掉了的两颗牙补起来?您说不想补。您问我还写不写诗,我说这些年几乎没写什么诗。您问我去过西藏没有,如果想去,明年陪我一起去。我说明年不一定有时间。当我收下您专程为我捎来的礼物——一本诗集、两瓶虫草酒及一方刻有"文丽女士青海之旅志念 昌耀赠涛石刻一九九七年九月十日"的印章时,心中涌起一份受之有愧的感伤。把您送到宾馆门口,我让您打个的,您却执意走回去,目睹您孤独的背影消失于夜幕,我才惊觉告别时竟然忘了与您握一下手。

从丝绸之路回杭后,我收到一个包裹,原来是您寄来的两位藏族女歌手的盒带。那次喝咖啡时,我无意中流露喜欢听藏族歌曲,没想到您竟记住了,还给我寄来了磁带。出于感激,我给您寄了几张CD,包括喜多郎的"丝绸之路"和排箫独奏。后来我打电话问您好不好听,才知道原来您没有CD机,没法听。在您生日前夕,我寄了一千元钱让您买个CD机,我想,这样您就可以听那些唱片了。

患病前一年，您终于装上了电话。我偶尔给您打电话，您都会一本正经地问，你是在单位打的还是家里打的？如果我说在家里打的，您一听，赶紧说，电话费太贵了，谢谢你。就匆忙挂了机，每每令我哭笑不得。我时不时给您寄一些我编的《西湖周末》报纸，一次，您在电话中认真地说，你们报纸《西湖月老》上的征婚者，看上去条件好像都不错，是否可替您在杭州物色一个对象。我说报纸上的征婚广告，都是骗人的，您可千万别信。有几次我问您饭吃了没有，您说没有，不饿，现在一天吃两顿就够了。我不免为您的健康隐隐担忧。有一段时期，您说正潜心书法，站着写上一天的字也不觉着累。您还不无自豪地告诉我：已有人向您索取书法，当初如果学书法、画画或者搞音乐什么的话，成绩也许比写诗大。对此，我深信不疑，我说，您的诗已好得招人妒了，如果再又写书法又画画，把别人的饭碗都抢光了，那可让别人怎么活呀！您在电话里开心地笑了。有几次，您特意打电话告诉我，说中央人民广播电台夜晚几点几分有介绍您的节目，遗憾的是，我家没有半导体收音机，所以一次也没听成。

那年夏天您来信，说将到张家港开会，有空也许来杭州看我。然而，您人没来，却来了一封信。您在信上说：此次未去杭州看望你（虽是如此向往），正反映出了内心的矛盾，因为如果一旦见面只能掩饰内心的感情，会是如何一种隔膜的情景。您又说：对于"终未去成"而"又感后悔"。此信亦让我徒增几分惆怅，也让我感到，您的感情宝贵，但无论是对我还是对您，都是一种无穷的折磨。当时我就暗暗地祝福您：昌耀老师，愿您早日找到心上人。我给您打了电话，邀请您随时来杭州散散心，来回一切费用由我负责。但是，您毕竟没有来。

四

　　1999年夏天，即将做母亲的我，将出版我的第二本诗集。考虑到您对我创作的了解，仍请您为我的诗集作序，您亦欣然答允，并于7月份寄来了序。因为我怀的是双胞，妊娠后期，我因肝损提前住院保胎。记得住院期间曾给您打过一个电话，您的声音听上去有些疲惫，说最近身体不太好，也在住院。我问是什么病，您说可能是肺积水，因为无法忍受医院的嘈杂，每天都溜回家。10月4日，我剖腹产下一对男孩，两小儿因早产了一个多月，又是脐炎又是肺炎的，加上月子里连着挪了三次窝，搅得我神魂颠倒苦不堪言。及至孩子们痊愈回家，回过神想起给您打个电话，却再也无人接听。我不知道您去了哪里。直到次年的2月26号这天，还专门到邮电局给您发了一个问候电报，但依然没有回音。

　　春节后一个春寒料峭的日子，我带着儿子们到父母家玩，父亲刚从北京参加会议回来，说与浙江省作协党组书记黄亚洲住一个屋，黄书记说：给你女儿写序的那个昌耀先生得癌症了。听了父亲的话，我吓了一大跳，想到自去年10月起就与您失去了联系，一种不祥的阴影笼罩了我。

　　通过114，我终于辗转找到了住在青海省人民医院的您，在电话中听到那声熟悉而微弱的"你好"。您问：你的诗集出来了吗？我说：您都这样了，还关心这种事，还是多想想自己吧。您又问：我怎么没收到书呢？我说：1月底我就寄了，但没寄挂号。事隔一年多之后，我读到一篇文章才知道，我寄到您单位的那本书，不知怎么后来竟流落街头地摊，最后被一位爱诗者"高价"收购了。您说已住了大半年的院，转过几个科，现在情况越来越不好了。我说，昌耀老师，我想来看看您。您说，不要来，这里条件差，又没人接待你。我说，我会来看您的。

　　挂了电话，我立刻去了民航售票处。杭州没有直达西宁的航班，需到上海转乘，并且仅每周二、四才有。我买了3月9号赴西宁、11号回来的往返机票。回家后左思右想，又去售票处提前改签到了7号。然后，去超市买了一堆食物、铁皮枫斗精和几张CD唱片，将才五个月的一对双胞胎托付给家人照料。

五

　　3月7日早晨九点三十分，我带着一本诗集独自上路。坐民航班车到上海虹桥机场，遇飞机晚点两个多小时。整个旅途中，我都在读那本《昌耀的诗》，说实话，在此之前，我并未认真读过您的这本书。但是，我的眼睛不断地被泪水所模糊——因为此刻，无情的病魔正一分一秒地吞噬着您的生命。四个多小时之后，飞越了千山万壑，我终于到达了黄土覆盖的青海高原，赭黄的山峦肃穆庄重，加上心怀的悲痛，让人有一种凛然的肃杀之气。

　　天渐渐黑了，我不敢打的去市区，就坐了民航大巴。到达西宁市区已暮色笼罩。我向大巴司机打听离省人民医院最近的宾馆，司机推荐了西宁宾馆。找到西宁宾馆，办好手续住下已近十点，胡乱吃了一碗方便面后，打了一个电话到医院，护士说三号床已睡了。我想还是明天一早去看您吧。我继续翻着您的书，才知道这些年对您实在缺乏关心和了解。经过一天的长途跋涉，我又累又乏，一头栽倒在床上，但心中又悲情难却。

　　3月8日一大早，打的直奔医院。这是西北高原初春的早晨，风有些大，将太阳吹得稀薄。十多分钟后，我终于看见了青海省人民医院。这是一座三层楼的略显陈旧的建筑，灰蒙蒙的天，灰蒙蒙的树，灰蒙蒙的建筑，春天似乎在很远的地方徘徊。我提着东西从住院部的一楼转到三楼，绕了好几个圈，还是找不到干部病房。已是早上九点多，医护人员开始了忙碌，医院里有很多少数民族病人，在一个拐角处，我甚至看到两名身穿红色僧袍的僧人。顺着指点，好不容易看到了干部病房，却发现通往干部病房的走廊门上，拴着一把大锁。我重新下到一楼，绕到另一幢楼内，从一楼到了三楼，走廊内一片肃静。

我不会忘记推开三楼三床房门时出现的一幕：啊，眼前这位骨瘦如柴躺在病榻上打点滴的人就是您吗？您的头发因三次化疗已开始脱落，您的面孔瘦得只剩了一张皮，您灰白的满是针眼和淤青的手臂像是冬天的枯枝……您是那样孤独而寂寞，您是那样虚弱而痛苦。而您微闭的双眼倏然睁开，苍白的面颊仿佛因听见了响声微微侧转，您朝眼前的不速之客凝视了一秒钟，嘴唇嗫嚅道："是卢文丽吗？"我看到一行清泪从您的眼角溢出。我只有握住您的手，任凭不听话的泪水恣意奔流。

您颤抖着从贴身衬衣的通讯录里，取出一张小纸条，那就是我2月26日给您拍发的问候电报。

您翻阅着我带来的第二本诗集，仔细看了一遍给我写的序，让我在扉页上题几个字，我想了半天，写了"昌耀老师存念 文丽 2000年3月8日"几个干巴巴的字。

在您和您女儿路曼的盛情之下，我在病房分享了您的伙食：羊肉泡馍和蛋花面。您怕我吃不惯，次日中午特意让忙碌的女儿从西宁一家上海餐馆里买来盒饭。

您给我看了邵燕祥先生的题赠：我是个无神论者，但我为你祈祷。向上苍，向造化，向历史，向人心。以及朱乃正先生为您题写的二十三幅册页的复印件，表示愿意把原件捐给中国现代文学馆……

您嘱我打开病榻旁的床头柜，从一右下角印有《诗刊》二字的黑色旧公文包内，取出了一只牛皮纸信封。我的心灵遭受了一击——我看到了一叠多年前您与我笔谈的书信底稿——而我诚何幸，我又何辜？

下午，您在静悄悄的走廊上，提着一口气，神色严肃地绕着圈子走。您走得很慢,看得出非常艰难,那件蓝色的棉袄挂在身上,显得空空荡荡。女儿在一旁为您数着数,她说,这是几天前一位癌症朋友教的"郭林"气功。但是,您的圈子渐渐越走越小。我扶住您,说:别勉强自己了。您颓然跌坐在长椅上,像一匹散尽了气力的骆驼。

晚上,路曼送我下楼时,碰到一个戴着口罩的女人。这是一位额头饱满,脑后挽着髻的中年妇人,从路曼的称呼和我昨夜所读您的散文诗《伤情》中,我猜出她便是您的女友修篁。

修篁要求我重新回到病房。她大声说:卢文丽来了,太好了!昌耀就交给你了!你们想上哪儿治疗就上哪儿吧,不关我的事了!

我从来没碰到过这种场面,又生气又难堪。但是,面对病重的您,我尽量保持语气平和地对修篁说:你误会了,我只是昌耀老师一个远道而来看他的朋友,希望你能理解。您躺在病床上,更是气得说不出一句话。

之后,修篁跟我来到了宾馆,对我说了一堆关于您的事,直至深夜。我才知道,自己对您的了解实在不够。为了不让修篁误会,我想次日改签机票早点回去。但是第二天打电话到民航问询处,对方说我的机票已在杭州改签过一次,在西宁不能再改签。只得作罢。我想,既然来了,总得为您做些什么。

次日一早,我到医院见到了您的主治医生,她很不情愿地将您厚厚的病历给了我,命令我复印好后立刻拿回来。我拿着您的病历,跑到街头,好不容易找到了一家复印店,复印了三份。再到大十字邮局,用特快专递寄给了北京的韩作荣、上海长海医院住院处的胡政生。还有一份准备带回杭州。听医生说冬虫夏草对您有好处,我到药店买来了冬虫夏草。晚餐路曼替您煮面条时,特意放了三根虫草,您握着筷子犹豫着不敢吃,但看了看一边的我,还是闭着眼睛咽了下去。在病房里,我给您的朋友韩作荣、黎焕颐打了手机，询问他们有没有转院治疗的可能。您也和他们通了话。黎焕颐向您介绍嘉定有一位医术高超的中医，我找到了那位中医，您在手机中也向中医介绍了病情。

第三天下午，二儿子木潇来接替路曼。您突然胸闷气喘，咳嗽不已，咳出的痰又黄又黏，病情开始恶化。您说，我恐怕已走不成了。我说，精神上千万不能垮下去。

第四天下午路曼来送饭，您再次痛得直冒冷汗，形容那种感觉仿佛一根根筷子插在身上。您说，不知道死有这么痛苦，朋友们要我顶住，但我对死亡早已不恐惧。您说，现在最好是上战场扔汽车炸弹。您说，现在终于明白徐迟为什么要自杀……我束手无策地看着您，3月7号到11号，它是如此短暂而漫长，我就像一个大梦初醒的人，从无忧的云端跌入痛苦的炼狱。

11号早晨在宾馆结好账，我提着行李来到医院。在出租车上，琢磨着给您买一束花。在医院边上的花店里，我想买一束玫瑰花，但花店里的玫瑰很少，而且都垂头丧气的，我只好这个店三四枝，那个店五六枝，挑挑拣拣地凑了十一枝，送到了病房里。

我带回了曾经写给您的信。它们和信封一起被保存得那么好，以及曾经送给您的礼物：一把檀香扇、几块雨花石和一只音乐杯，它们被收藏在一只多年前我给您寄月饼用的邮政防水纸盒里。您说：我很喜欢这只音乐杯。说着，便端起了那只一旦拿起便为人奏乐的卡通搪瓷杯，听到它发出的欢快乐曲，疲惫的脸上露出孩童般纯真的笑……

我带回了您留给我的礼物：一把石斧，一柄石铲，一只纺轮。这些旧石器时代的遗物，是您在青海东部一道与甘肃毗邻的深山沟体味人生时获得的，您在九年前写给我的信中曾提及过它们。您执意送给我一尊距今逾五千年的青海大通县出土的彩陶罐，并嘱修篁为我细心包扎好。这些都是人类的文化，谁都带不到泥土里去，您说。最后，您枯瘦的手指打开了一张宣纸，为我朗诵彭邦桢先生题赠给您的诗句《花在叫》：

春天来了，这就是一种花叫的时分。于是我便有这种憬悟与纯粹。樱花在叫，桃花在叫，李花在叫，杏花在叫……

下午，您特意起了床，套上棉袄，气息奄奄地靠在椅子上。听到飞机低低掠过窗前的轰鸣，眼中就流露出不安。一会儿，癌症病友李传镒夫妇来看您了。三点多时，青海人民出版社的编辑班果来了，您让我把那些书信底稿交给班果，说他正在编一本《昌耀诗文总集》。想到要发表那些您写给我的书信，尽管我有些犹豫，因为我知道这将可能会被人误解，但我还是点头同意了。因为，我怎能拒绝一位垂死的长者的心愿？我用这种方式，来表示对您的尊重；也是用我自己的名声做抵押，来试图报偿我为您带来的痛苦。

时间一分一秒地流逝。五点半，班果朋友的车到医院楼下接我。您说：别误了飞机。我的眼泪再次夺眶而出。此行我虽带了相机，却一直没给您拍照，因为我不相信这是最后的一次见面。病房里的一大堆人，不知何时全出去了。您坐在椅子上，低垂着头。我握着您的手，嘱咐您要多保重，我还会再来看您，说完再见，便逃也似的冲下了楼。我泪流满面地来到门口，看到班果和修筻，正拎着我的行李在朗声交谈。修筻微笑着说：这一切真的很美。我说：请你好好对待他，谢谢你。修筻说：任何朋友来看他，临走时，昌耀都没这么号啕大哭过。

我终于离开了这个伤心地。

六

11日晚上九点四十分到达上海虹桥机场，当晚在虹桥机场旅社，碰到了我的父母、妹妹和先生，因为妹妹次日一早赴法国留学，全家来送她。12日早晨七点三十分，在机场送别了妹妹。

八点多，我带着您的CT胸片和病历，心急火燎打的直奔长海医院，我找到了李传锰的朋友、长海医院住院部的胡政生先生。老胡说，他曾在中央台一档介绍西部的节目里，看过对您的采访，深为敬佩。他热心地带着我径直找到了该院胸外科孙主任。孙主任查完房，坐下来和助手一起，反复研究了您的胸片，最后遗憾地对我们摇了摇头，他说，没有转院医治的必要了，如果提前半年，或许还有希望。我问孙主任有没有好一些的药，可以帮您延缓一些时日。他推荐了慈丹和氟铁龙。孙主任又说，这两种药医院现在也没有，需提前预定，你明天下午一点半再来。但是，我当天必须返回杭州，便将买药之事托付给了老胡，老胡欣然答应。可我一看，身边仅一百多元现金了，只好打手机给正在陪我父母逛淮海路的先生，嘱他帮我赶紧凑买药钱。先生接令，火速赶到银行取了钱，打的来到了长海医院，我俩将买一个疗程的七千五百元药款，交给了老胡，托他次日买好药后用特快专递速寄西宁，邮费在款项里扣除。

当天下午，刚回到父母家，我接到了黎焕颐介绍的中医张建明的回电，张在电话中说，建议您再做一次小化疗，并配合他的中药，他说自己跟黎是忘年交，如果信任他，就不要用长海医院的药，同时让我把您的病历速寄给他。极度的矛盾中，我打电话询问黎焕颐，黎建议我还是用张的药。我又给您打电话，接电话的是修篁，她说：你借走了昌耀的胸片，主治医生已发火了，赶快寄回来，别再添乱了。她说，征询过医生意见了，医生说如果在青海治疗，用上海长海医院的药，出了问题谁负责。我放下电话，觉得心力交瘁。傍晚时，我赶到清河坊邮局，将您的病历用特快专递寄往上海嘉定区嘉西镇卫生院张建明，我趴在邮局柜台上，写了一封短信，恳请张配好药后，速寄"青海省作家协会刘保收"。这是最后的希望之所在。夜里，我给长海医院老胡打了电话，让他不要配药了。

次日，先生陪着我，冒雨赶到浙江省肿瘤医院，找到了他当年在浙医大的同班同学。同学领着我们，找到该院胸科主任，主任端详了您的片子，说：太晚了。我们失望而返。我去了邮局，把您的CT胸片特快寄回了青海。两天后，我收到嘉定张建明电话，说中药已经寄出，我遂往嘉定寄了一千五百元药款。

回杭州的第四天，我收到温州诗人叶坪从兰州发来的传真。这是一首打印好的诗，题目叫"一十一支红玫瑰"，您的绝笔。

一十一支红玫瑰

一位滨海女子飞往北漠看望一位垂死的长者，
临别将一束火红的玫瑰赠给这位不幸的朋友。
姑娘啊，火红的一束玫瑰为何端只一十一支，
姑娘说，这象征我对你的敬重原是一心一意。

一天过后长者的病情骤然恶化，
刁滑的死神不给猎物片刻喘息。
姑娘姑娘自你走后我就觉出求生无望，
何况死神说只要听话他就会给我安息。

我的朋友啊我的朋友你可要千万挺住，
我临别不是说嘱咐你的一切绝对真实？
姑娘姑娘我每存活一分钟都万分痛苦，
何况死神说只要听话他就会给我长眠。

我的朋友啊我的朋友你可要千万挺住，
你应该明白你在我们眼中的重要位置。
姑娘姑娘我随时都将可能不告而辞，

何况死神说他待我也不是二意三心。

三天过后——十一支玫瑰全部垂首默立,
一位滨海女子为北漠长者在悄声饮泣。

2000年3月15日于病榻

七

3月23日早上十一点半,手机骤响,我突然有一种不祥的预感,心口怦怦直跳。正是修篁,她在电话中爆发一阵号啕:昌耀走了!我问是什么原因。她说,一口痰没上来。

我把自己关在屋子里,沉浸在一种彻骨的悲伤中。

第三天夜里十一点多,修篁又来电,说要告诉我事实真相。修篁沙哑沉郁的声音,在黑夜的空气里震颤,让我不寒而栗。她说:昌耀是自杀的,当时跳下去后,他的神智还很清晰。他实在是受不了了。她最后说。

那些日子,我老是在想:如果您的病情能早点发现,如果您能早点获得良好的医治,如果能早点转到上海胸科医院或长海医院……我不相信您会死,所以您就不会死,可是您用无情的事实,击碎了我的幻想。

八

夜凉如水。我却因漫漫长夜中的追忆,渐渐觉出一份酸楚。是的,我是酸楚的,我想如果您遇到的不是我,而是另外的人,您的痛苦或许就不会这样多。尽管我是无意地成为了您痛苦的根源之一,但是我仍觉得对不住您。

但是，昌耀老师，我为曾经拥有您这样的朋友而骄傲。是的，"并不是所有的人都能走到昆仑、念青唐古拉、巴颜喀拉、冈底斯／不是所有的人都有缘分在茫茫原野邂逅"。从这个意义上说，尽管在您身后我蒙受了一些误解，有时也感到悲愤难平，但我已经是一个幸福的人了。因为在与您的交往中，我理解了人的复杂和伟大，也知道了感情的神圣和不可勉强，更知道了一个有品格的人，会将俗世层面上的感情升华。

您走了，去了能够安妥您不安的灵魂的地方。

今夜，风过无痕，我在江南的春风中怀念您，不知这股绵长和煦的微风，能否吹送到您的青冢。少小离家飘泊，诗魂终归故里，您挚爱的母亲还能认出您吗？今夜，我为您燃一柱清香，愿您的灵魂从此安息。

永别了，我的恩师、尊敬的朋友，您给这个世界留下的诗篇，将在岁月中经受检验。即便多少年后无人再提及您的名字，您的诗歌却还在被人吟诵，昌耀老师，这才是您真正的价值之所在，而不是那些所谓的凡俗"艳情"。

第三辑　另一种呼吸

寻找一种语言

寻找一种语言，寻找一种说话方式，需要长期的静心和练习。或许寻找多年，你依然一无所获。然而无论如何，寻找一种语言、一种特殊的说话方式，是必须的，值得你用心良苦、兜兜转转、获而一无所获。因为，它决定了你全程跑下去的兴趣和信心，更决定了，整个故事的开始和结局。

寻找一种语言，寻找一种说话方式，就像寻找一种韵律，一种节奏。它决定了，你的脚步迈出去的大小、轻重与缓急。好的语言，应该是独一无二的。好的说话方式，决定了，你的个性、气质与味道。就像一个人，走在熙熙攘攘的街头，远远地，你就能将他（她）一眼认出。

写作应该是一件，比较适合女性的爱好。它可以让你的心，像蝴蝶的翅膀一样敏感，也可以让你的心，像覆着苔痕的磐石一般坚定。倘若没有一颗沉静安稳的心，你将很难完成如此艰巨的工作。而对于女人来说，所有的安稳，都只能是来自于自己的内心。此外，别无他物。

诗歌是跳舞，散文是走路，小说是马拉松。这是你多年以前的观点。如今，你想补充的是，三者之间，也是互为关联与弥补的。倘若没有诗歌的底蕴，就难以气质高华。倘若没有散文的闲适，就难以淡定从容。倘若没有小说的格局，就难以气象万千。为文如此，为人或许亦如此。

一本好的书，应该有着恰到好处的手感，恰到好处的纸张，恰到好处的拒绝与默许（对于它的读者）。它没有做作的语言、刻意的思想，没有豪华的外壳、繁复的装帧，没有暴发户似的腰封、王婆卖瓜似的推荐。它有的只是洗尽铅华的，素朴与自在，以及由那种素朴与自在，所形成的，自身的重量。

打开这样的书，犹如捧着一只盛满米饭的高脚碗，内心会油然生起一种妥帖与欢喜。这样的米饭，一粒是一粒，晶莹剔透，不掺一点假，没有转基因。这样的书，仿佛一棵自然生长的树，枝叶纷垂，孤独的精神之马，可以长久地在树荫下饮水。

刚开始写作时，须得无知者无畏，这样才不会缩手缩脚，才可以抡圆胳膊了去写。快收摊时，必须横眉冷对，甚至带几分刻薄与挑剔，这样你才能发现不足，及时弥补。

创作一部作品，就像是在与它谈恋爱，你要好好珍惜，因为这需多少机缘巧合！你要享受期间的甘苦与泪水，要对每处的更新和推进，保持清醒与自知。你要感谢这些年，它与你不离不弃的相守，它几乎就是，你的另一个孩子。你的内心镜子一般清楚：这件作品一旦完成，将不再属于你。你的世界重新陷入空虚，直至下一个作品孕育。

一件欢喜做的事，就每天做上一会儿，渐渐养成习惯。不要抱怨漫长和艰辛，因为生活本身就漫长和艰辛。不要急于完工、收摊与展示，因为这是你自个儿的事，你有责任和义务，尽可能地去完善它。你只需保持住自己的心情和状态，就好了。你只需要继续快乐地做着这件事，就好了。一切都是水到渠成的事儿，关键是你必须一直在路上。

别相信什么天才写作，也别相信什么一气呵成。你所能做的，只是静下心来，修改、修改再修改。这是一种提炼，也是一种享受。要是你觉得，各个章节和细节之间，还有值得修改的地方，你的工作就还没有完。你就必须尊重自己内心的声音，完善它，同时也是完善你自己。

专注于每一个细部，拿出老家东阳，木雕手艺人的耐烦劲儿，心无旁骛地打磨每一个细部。不要追求速度，老底子，光光一张千工床，就需要一千个工时呢。你舍得投入多少心力，那件作品，才会在时间深处，熠熠发光，冲你微笑。

写作的目的，不过是给自己一个交代。犹如活在世间，你希望对自己的亲人、朋友，有一个交代。这种交代，并无高级和低级之分，只是一种自觉的责任，而已。

你唯一能做的，就是不断前行。路在脚下，向前才有路。犹如一名修行者，在年复一年、持续不断的行走中，淡忘了目标，磨砺了心智。不必追求结果，因为行走的过程，本身已是一种抵达。而你，亦在这个过程中，获得了完善与解脱。

血水、汗水和口水

有人说,诗是血水写的,小说是汗水写的,电视剧是口水写的。此话也对,也不对。

诗或许是用血写的,字少,浓缩,与血十分相似。

小说,字多,篇幅长,但也少不了血水。

倘若是长篇,庞大的结构与关系,需要写作者必须有建筑工程师的资质、泥水小工的卖命和勤快劲儿。

写小说,除了血水,靠得更多的还有汗水,甚至,大量的泪水。

以我所看过的、有限的电视剧以为,时下的电视剧,那不叫写,叫泼。

不仅仅靠口水泼,更是沾沾自喜的编剧们,用自己的漱牙水、洗脚水,泼出来的。

男编剧,相当于泼夫。女编剧,相当于泼妇。你泼我泼,你浓我浓。

但这一拨的观众,或者说读者,最多。想必是被泼晕了。

拾人牙慧,舔人脚背,津津有味。这是一个,泼的社会。

诗人,多为短跑者。敏感、爆发力强,耐力差,短命。

小说家,是马拉松选手。内敛,世故,长寿。

跑到后来,全凭着体质、坚持和隐忍。

前者是神仙,后者是老衲。

前者仙风道骨,后者老态龙钟。

前者譬如爱情。后者譬如，日常生活。

一名短跑选手，倘若参加一场马拉松比赛，是一件十分危险的事。

新的赛事，凭他以往的经验，帮不上半点忙。

相反，只能成为牵绊与障碍。

或许，他连一名刚刚学步的孩子，还不如。

当一个人跑步的时候，他想到什么？

茫茫大海。漫漫戈壁。

汪洋中的一条船。沙漠上的一株骆驼刺。

他，不是半路，跑得失了踪。

就有可能，因为信心丧尽，翻了船，出了家，牺了牲。

他，是否能够跑得下去，跑到终点，终究是一个谜。

只有天知道。

老天保佑，马拉着松的人吧。

一切真正能够打动人心的作品，请相信，永远属于诗意。

热血铸就。血浓于水。

那么，对一名写作者来说，此般过程，是否属于一个幸福而缓慢的、放血的过程？

从"逃离"和砚台谈起

很荣幸跟随铁凝主席为团长的中国作家代表团,到北九州参加日中韩东亚文学论坛。这是我第二次到日本,前一次是2005年,我随中国杂志社采访团,体验了福冈、长崎、鹿儿岛等地丰富的旅游资源,当地的美食和温泉给我留下了深刻印象。第二次来到日本,不能不说是一种缘分。

听了金仁淑女士和崔元植先生的发言,我很受启发。

离家出走,到一个陌生的地方去,和陌生人在一起,过一种事先无法想象的生活,是许多女孩——也是我多年前就有过的幻想。尤其是当生活遇到挫折,或者生活太过平静时,这种幻想就会愈加强烈。但终因难以摆脱的东西太多,这梦想了半生的逃离,至今也未能实施,今后大概更没有这种机会和勇气了。这一点,我们应该向金仁淑女士学习。

金仁淑女士把逃离称为"转移阵地",这很像一个军事术语,转移阵地,是为了更好地保存自己,当然也是为了更好地战斗。对一个作家来说,她的战斗就是写作,她在写作中要跟作品中的人物做斗争,更要跟自我做斗争。作家最大的敌人其实就是作家自己,作家最可怕的痼疾就是重复自己。因此,到一个完全陌生的地方去,借助陌生的事物,刺激自己的想象力,激活自己的对被遗忘了的生活的回忆,确实是一个很有效的方式。

正如金仁淑女士所说,想象力总是和回忆联系在一起的,从某种意义上说，回忆就是想象，回忆就是创造。而最新经历的陌生环境和陌生事物，之所以能够诱发回忆，就在于无论多么陌生的生活中，总是会有与自己的生活相类似的东西，由此便会产生比较，通过比较而重新认识到，自己当初所熟悉的场所和事物的独特之处。

我从小生活在杭州的西子湖畔，这个城市被称为人间天堂，人人都说西湖美，但久居其间，似乎也容易审美疲劳，俗话说，熟悉的地方没有风景。我热爱行走，近年来也有过几次短暂的远行，到过印度、土耳其、埃及、法国等地，奇怪的是，在这些全然陌生的场景里，我的家乡西湖，反而会更加清晰地浮现在我的脑海里。

我去年所出的诗集《我对美看得太久——西湖印象诗100》，其中的许多篇章，都是在异国他乡打出的腹稿。我觉得，这种现象如同一种深刻的感情，有时候，对熟悉的场所，你不惜采取离开的方式，只是想调整一下心情，目的只是想与它爱得更为持久。一个写作的人，无论走得多远，童年的记忆，母语的环境，都无法从个人经验中剥离，相反，会越来越感觉到它的珍贵和不可替代。从这个意义上讲，逃离或许就是抵达，是另一种方式的回家。

崔元植先生从历史和政治的角度，讲述了门司港码头、下关港在东北亚地区的重要地位以及在历史上曾经发挥的作用。我是一个女性，对政治问题不太敏感，通过崔先生的报告，我也大概地知道了中、日、韩三国除了在地理上是一衣带水的邻邦外，还有着深厚的文化渊源。门司盛产砚台，在历史上，门司砚台曾经作为国礼被送给朝鲜信使。尽管我没有查到门司砚台送给中国皇帝的记录，但我相信，在漫长的历史长河中，一定发生过这样的事件。我相信，在中国的宫廷里或者民间的书房里，一定能够找到门司砚台的踪影。

崔先生关于门司砚台的考证，证明了这样一个事实：在很长的历史时期里，中、日、韩三国乃至整个东亚地区的知识分子和普通百姓，都使用同样的书写工具，都用同样的工具记录着历史，传承着文明。即便到了电脑时代的今天，在中、日、韩三国，依然还有着许多书法爱好者。我的家乡杭州有一个著名的西泠印社，以篆刻和书画闻名遐迩，社员也包括日本、韩国的篆刻书画界人士。这说明传统的笔墨纸砚，这流传数千年的文房四宝，依然被当今许多文人雅士所钟爱。

中国唐代诗人李贺有诗曰："端州石工巧如神，踏天磨刀割紫云。"这是描述中国最著名的端砚的石料采集和加工过程。砚台是东方文化的一朵奇葩，每方砚台上，都保留了丰富的历史文化遗存与密码。整个东亚地区的文明史，可以说是笔墨纸砚的发展史。我想，用刀来采集石料加工砚台非常美好，但如果用刀来杀戮，就会非常可怕。

正如崔先生所说，中、日、韩三国东亚文学论坛在这里召开很有意义，这里的很多历史遗迹，都会激发我们的感受和联想。我们东北亚地区有深厚的历史文化资源，有许多共同的文化记忆，有许多深刻的历史教训，这些，其实都是我们东北亚地区作家和诗人们的创作资源。我们希望各自写出具有个性的作品，同时，我也相信这些作品中，除了鲜明的个性外，还有某种共性，这种共性，就是我们共同的历史文化记忆所决定的东北亚文学特色。

　　此篇为第二届日中韩东亚文学论坛演讲稿

《作家通讯》新年寄语

又是猴年。前一个猴年,你三十六岁。

过去这十二年,你都干了些什么?

出了一本散文集、一本诗集、一本长篇小说。哦,你的一对双胞胎儿子,也从幼稚园的顽童,出落成两个身高一米八的少年。

故乡、江南和童年,它的雨水和温情,仿佛人间食粮,哺育了你,让你深怀感激之情。天性让你走上了文学之路,对你来说,写作的理由还有一个字:爱。

过去十二年里,因为对故土之爱,你走遍苏杭古村落,写下随笔集《温柔村庄》。

因为对西湖之爱,你写下献给新西湖的诗集《我对美看得太久——西湖印象诗100》。

因为对外婆之爱,你耗费十年打磨出长篇小说《外婆史诗》。

你知道,要写,就要写出自己最熟悉、最想写和必须写的。

你知道,当周遭事物,像泡沫一样,纷纷浮上来,你就得像石头一样,坚定地沉下去:心念既定,便恒心不变,任尔东西南北风。

新媒体时代,即使电脑都能写诗,真正的文字,终归还是由人谱写的:须由心脏孕育,经血液流淌,映照出作家的灵魂与良知。

写作是一场跋涉,亦是一场还乡。即使在候鸟般不断的往返中,故乡早已成为了异乡。即使它们荒凉如旧梦,渺小若孤岛,那也是你的旧梦,那也是你的孤岛。

你知道,好作品不是开会开出来的,不是领导抓出来的。好作品有若岩中花树,是在险恶的夹缝里,荒凉的峭壁上,自生自长出来的。它因有限的泥土而受孕,因稀少的雨水而存活,因太阳的光芒而乐观,俯首苍茫。它的存在只为证明:人生于世,即使最终都是一粒尘埃,也要做一粒精彩的尘埃。

此时,杭城上空,正飘起今年的第二场雪。一切都在发生,一切都在消逝,像一种巨大的给予,又像一种空空如也。雪花飘飘,无声无息,像风中的火,火中的花,花中的蕊。自天上来,到土中去。

你知道,唯有那些发自本性的、朴素的事物,那些自然天成、绵延不绝的文字与诗情,永远像雪花一样纯粹而永恒,令人怦然心动。

你知道,蜿蜒的河流,云朵的形状,漫无边际的海岸线,生命的流动,万物的循环,并不大于一枚六角形雪花。此刻,你的耳边回响起,法国诗人阿波利奈尔的诗句:让黑夜降临/让钟声吟诵/时光流逝了我没有移动。

你相信,到达终点的人,亦是一直坚守在起点的人。你将继续用文字,说出那些温暖从容的情感,说出那些埋藏心底的、历久弥新的事物。

老去的只是时间,不变的仍是热爱。你从心底感谢命运赐予的热爱和喜悦,如同感谢它所赐予的锐利与疼痛。

慢慢写,好好活。写作就是要写到心上去。

蓝瓷花瓶

蓝瓷花瓶立于书橱之上。

一束暗红色的光线从左臂射来,穿过沉沉夜色,透明的光斑泊在它光洁的表层,泊在我视线所及之处,宛如一只明丽的蝴蝶,在午夜的空气中熠熠生辉。

记不清从何时起,它占据了那个位置。这只白底蓝花的瓷瓶,朴素、健康,很多时候,我甚至淡忘了它的存在,一如淡忘无数道过往的风声,无数个如水的日子。昼夜更替,四季轮回,一切都是那么平淡而自然。然而,我知道,终究会有那么一天,我的目光将穿越书本构筑的阴影,降临在某个物体之上,它超出了我的心象,迅速地滑过内心却不留痕迹,比如此刻的蓝瓷花瓶,古朴、端庄,像一个美人。

现在,四周一片静寂,石英钟的指针正无误地指向下一个时辰,仿佛茫茫跋涉历尽艰辛进入了一个安全地带,我感到一种慰藉和解脱。隐隐之际,我听见屋外唧唧的虫鸣,很远处风的呜咽,树梢在风中折裂的声音,以及心脏的搏动,皮肤下血液的流淌,一种生命的纯真律动,汩汩不绝。我知道自己不可能发明什么,正如自己一直无法分清人与物之间的界限,以及物质和精神,粮食和诗歌。我看到镜中之人,深陷于木质的桌椅间,长发披垂,神情忧郁,思绪仿佛暗夜中的一星磷火,恍恍惚惚,犹豫于右手拇指和食指之间,化作最后的灰烬了无痕迹。人是多么卑微而且渺小。

　　于是有了家园，有了冥冥中深情的呼唤，一种接近真理的声音，将我们带到灵魂早已熟识的地方。它显得平淡无奇，甚至并非一下子把人吸引，没有长河落日的孤绝，也没有大漠孤烟的壮美，但是，它毕竟诱惑着我们，带着神奇而又平凡的力量，渐渐渗透我们的感官和心灵，使我们的眼里充满了泪水。大自然神秘的宝库就此敞开，这里，所有的虚伪和阴暗不复存在，生命的个体在晴空下与万物进行对话和交流，自然的勃勃生机唤醒了内心的力量，我们不再为距离之外的事物而焦灼不安，心灵的律动永远与自然相和谐。

　　淡泊人生，如轻风，如流水，徜徉流连，来去无踪。如蔚蓝的大海、空谷的回声，幽深、博大，带给人类梦幻和憧憬，我们敏感而灼烫的灵魂，将在宁静、恬淡的怀抱中，走向纯粹和永恒。

　　仲夏的夜晚，无风。空气里有我、灯光，和静静的蓝瓷花瓶。

海水中的火焰

一

1999年最初的日子，我在中国南方的某个海岛游荡，带着生命中的某种饥渴，我在天涯海角的椰子林、橡胶树、温泉和海浪之间徜徉，在色彩绚丽的鲜花、水果、珊瑚礁和热带鱼之间游弋，浑然忘却了此时杭州仍是萧瑟严冬。

那个清晨我直奔大海。沙滩上歪歪扭扭的脚印，沉思的礁石，遥远的海平线，给人无边的宁静和联想。微风吹过，喧哗的海浪仿佛血脉的传递，在无垠中让人感到一种强大神秘的力量。

隐隐之中，风浪里仿佛飘出一缕音色，宛如一把小提琴的演奏，它是那样纤弱，以至于一阵风就可以将那蛛丝般的颤音扯断。然而，它又是那样执着，袅袅不绝于耳。于是，在空旷的沙滩上，我发现了一枚螺口迎着风势、半截身子被埋在沙子里的海螺壳，那非凡的音色正是由它送出。

这是一只手掌般大小的海螺壳，普通、平凡，跟在当地琳琅满目工艺品摊点上所见到的海螺并无二致。我不知道它从哪里来，已经存在多少年，它仿佛一句古老的谶语，静卧在我的掌心，周身散发一种迷人的光芒。我的心中洋溢着温暖和感动，为了这个非同寻常的冬日清晨。

二

　　小时候,我在农村民间和神话故事中接受了启蒙。再长大些,受过一阵中国古典文学的熏陶。作为生于上世纪60年代末的人,应该说,我的青春期比起许多前辈来,似乎有着许多幸运,其中的一个幸运,就是在写作之初,结识了一些当代西方作家。

　　那个在邮政所工作的冬天,我高考落榜,年满十九,在回忆和阅读中满怀虚无的痛苦与可能的想象。在我有限的阅读中,有不少小说家和诗人带给我新鲜的启示与冲击,仅就诗人而言,我阶段性地喜欢过雪莱、拜伦、叶芝、聂鲁达和惠特曼。一个偶然的机会,我接触到了漓江出版社出版的《英雄挽歌》,奥季塞夫斯·埃利蒂斯,这位为光明和清澈发言的希腊人,这位以三千年传统风格吟咏爱琴海的诗人,像一道灿烂的阳光照亮我。

　　埃利蒂斯成为我迷恋的偶像,他作品中超现实主义的异彩、与希腊传统元素和时代心理相交融的魅力、精心的结构和庄严的辞藻,使他的作品洋溢着歌剧般的华丽。我陶醉在《疯狂的石榴树》、《海伦》、《光明树和第十四个美人》这些诗歌中,弥漫在这些语言表现形式中的生命自身的呼吸和姿势,使我感悟到除却诗歌的基本概念、技巧与手法之外的另一种前所未有的东西,使我进一步明确了诗歌的基本品质:优雅、生动与飘逸。我就在这样的白日梦中恋爱、写作和成长。我曾有过三本《英雄挽歌》,两本送了朋友,一本珍藏至今。

　　这份天蓝色年代的记忆,是花样年华的珍贵印痕。可以说,埃利蒂斯是我青春期邂逅的一只散落在海滩上的海螺,怀抱仙乐,迎着天风,面朝大海。

三

　　美妙的大海让我铭记海德格尔在其长篇巨著《尼采》中所谈到的：美是最直接提升我们，迷住我们的东西。

　　大海使我想起希腊神话中专门以美妙歌声迷惑旅人的塞壬女仙。这些最美的美女站在葱绿的海岸上，每逢船舶驶过就曼声歌唱，她们的歌声在波涛上飘扬，点亮了漫天朴素的星光。夜色轰响，月辉的琴弦轻轻颤动，斑驳陆离的光芒与歌声，从高处徐缓降落在柔情的海上。火焰在时间深处闪烁，点燃了俄底修斯们心头的热望。

　　大海使我想起意大利文艺复兴时期波提切利的代表作《维纳斯的诞生》，贝壳之上的女神从爱琴海诞生，她难以言传的美被风神播送，在碧波和纷飞的鲜花中，司春之神为她披上星星编织的锦衣，映衬着她的妩媚与神秘，画面中那种淡淡的惘然和哀愁，赋予阅读者无限的遐想与陶醉。

　　大海使我遥想起古希腊女诗人萨福，这位明亮而单纯的女性，包围着她的是蔚蓝色的海水。曾在海因里希·沃尔夫林的《古典艺术——意大利文艺复兴艺术导论》中，看到过一幅拉斐尔的作品《帕尔纳索斯山》，描述在帕尔纳索斯山坡上，聚集着阿波罗、缪斯、荷马、维吉尔和但丁，他们或独自信步漫游，或围聚在一起闲聊，或凝神聆听某人生动的朗诵。在他们中间，那位形体丰满圆润、有着真正罗马妇女颈项的女子便是萨福，她月桂树下的身躯扭转，我的脑海里便涌现这样明亮的诗句：希腊的山上，牧神在梦里吹笛/那颗众星中最美的星/已耸入九月深处……

　　大海赋予人类从海水中寻找精神元素的力量，正如埃利蒂斯在诺贝尔文学奖受奖演说中所说：我们所说的美甚至在光芒四射中也能保持它的奥秘，而且唯独它具有这种动人的光彩。大海永远蕴含着无尽的难解的奥秘，这也许正是诗的魅力所在：让我们在接近美的同时，得以超越自我本身。

从宇宙的空间望去，具有动人光彩和无限神韵的大海，赋予孤独的地球以熠熠的生命之光，千百年来，它所繁殖的语言和音节，让人类永远怀抱着一种既神秘又敬畏，既美好又难舍的情感，它象征着锃亮的白昼，黄金的谷粒，甜蜜的棕榈，以及无数个与爱琴海相呼应的燃烧的躯体。

四

南方是我生于斯长于斯的家园，这块有着特殊文化背景的地域，其历史、典故、节令、风水和人情，影响着我的宗教和艺术。我一直存在着这样一个企图：为自己寻找一个适合安置心灵的空间。我选择了最能表达抒情意味的诗歌。

作为一个平常的人，我和周围的人一样，虚掷时间，长大成人，在希望和失望的过程中，感受着现实的锋利与脆弱。我知道这些美丽的痕迹，就是生命的本质与内涵，它促使我通过文字的形式去触摸。我知道自己穷尽一生，也未必写得出一首好诗，然而诗歌让我获得了相对的安宁。

时间在普遍中默然无声地流逝，从早到晚，在月亮隐蔽的潮汐背后，海水般清澈的音乐涤荡着我的梦境。如果说大海是一架硕大的钢琴，那么海浪便是一个个唯美的琴键，它们的涌动便是一种节奏，一种浩瀚博大的交响。没有哪一种作品不是音乐性的，在所有的场合中，诗的安排都是音乐性的。

无论是碧波荡漾的白昼，还是繁星闪烁的夜晚，手持风信子的诗人都在高唱，辉煌的歌声从他的喉中升起，直上天空。尽管诗歌随着世纪的暮色下沉入精神的海底，但它永远是我们用以拒绝精神坍圮的内在力量。她是纯洁，是善良，是真，是美。我们懂得太阳、大海和爱，是纯化世间一切的基本要素。她是我们生命中的火焰,火焰中的花朵,花朵中的清香。

  我想,诗就是对不可言说的言说。作为诗人,必须留下的生存证词,就是要让火焰,从海水中上升。

另一种呼吸

如果没有记错,我在六年前的冬天获得了一盒名叫"蓝鸟"的音带。尽管时过境迁,我依然迷恋那个邮政所的冬季所领受的诗意与温存。至今,我依然怀念着在它轻柔翅翼笼罩下发生在春天和夏天的空气与星辰、千里之外的罂粟、贝壳一样的诺言,虽然此刻箫声中的流水已逝,容颜隐匿,长长的列车早已开出。

但是南方的雨水、天空和梦幻始终流淌在我的内心深处,一如童年的乡村和亲密的外公外婆。他们的善良与质朴喂养着我的深情与任性,他们所赐予我的自信、诚实与高贵,也像春天的雨水一样盛开在我灵魂的石头之间,滋润并演变成诗歌的核心,抵挡住外界的繁杂。

几乎在同一个时候我读到了埃利蒂斯、罗伯特·勃莱和史蒂文斯等人的作品,弥漫于他们语言表现形式中的生命自身的呼吸和姿势,使我感悟到除却诗歌的基本概念、技巧与手法之外的另一种前所未有的东西;而他们充满革命激情的音乐般的语言和节奏,以及在无限空灵的自由飞翔中建立的严谨和秩序,使我进一步明确了诗歌的基本品质:优雅、生动与飘逸。我就在这样的白日梦中恋爱、写作、成长,内心散发着无可比拟的青春气息。

生活是一次次可怕的重复,而这重复的过程就是全部的真实和意义。艺术的发展是意识和经验的流动,在一个缺乏信仰的时代,骚动的灵魂更渴求着抚慰和调理。伟大的博尔赫斯说过:艺术是抓住现实的一种方法。我认为，诗歌仅仅在于向我们揭示了一种精神状态——呈现我们艰难的、心酸的、污浊的生存并闪烁着光：那神圣的良知和责任。诗歌的义务也仅仅在于——对人类必将丧失的事物的悲伤追忆并将它们虔诚地保存于梦幻之中，并以此延长我们所爱的事物的生命。

"既然已无人哀悼夜莺/而每个诗人都在写诗"（埃利蒂斯《光明树》）。生命、爱情与死亡，我们与生俱来的敏感和痛苦，自身的善意与恶行、真挚与亵渎，生存的阴郁与困顿，爱的明亮与幸福，心对肉体的拯救，世界的混乱与崩溃，我们所有的祈求和反抗……这一切的一切，最终也仅仅是为了实现——孤独、纯粹、无限真挚满怀信心地飞翔！诗歌使我们找到了心灵与现实的短暂和谐，它是我们最后的光、盐和灵魂的栖息地。

听任内心召唤，感受另一种呼吸。但愿我的诗歌能够珍藏起无数个珍贵的如今已经流逝的春天。

此篇为组诗《蓝鸟》创作谈

飘浮的声音

四周是漫无边际的金字塔般的沙丘——被夕阳照到的一面明亮，照不到的一面阴暗，光与影以最畅直的线条流泻着分割这无与伦比的美景，色彩单纯到了圣洁。从沙山顶端望去，世界笼罩在一种不真实的氛围里，就连沙丘下载着旅人的驼铃，仿佛也为西天灿烂的斜阳涂抹，应和着古道上千年的叹息远远地飘。我将双足埋入温热的沙子，匍匐的影子渐渐领受到一种晕眩和澄澈。此刻，一种神秘的启示向我敞开，那凝固的海洋中流动的音韵，正借助凛冽的风声向我传递。此刻，我的身体亦借助夕阳宁谧的彩羽飘浮起来，并开始在一个力所能及的顶点向下俯视。

我怀念去年秋天在古丝路进行的一段不同寻常的游历。那湛蓝的天空，广袤的原野，使我领会到一种前所未有的开阔和思考。这个暮春的傍晚，当我在古运河之畔的打桩机和汽笛的轰鸣声中翻阅瑞典探险家斯文·赫定的《丝绸之路》，那如铜镜般高悬的月亮，野花斑斓的草原，沙漠中粲然的足迹以及心跳般有规律地隐现于深秋薄雾之中的古烽火台，重新令我着了魔似的迷醉，内心的梵音追随喜多郎的曼妙天籁弥漫天际。

虽然，我早已从无数细微的感悟中认定了自己，这种感悟所包含的超验性常常让我从蚁蝼般繁复、琐碎的生存状态中挣脱出来。当我在城市的高楼上眺望灰蒙蒙的南方天空，心中萦绕的竟是遥远的异域的清香；当我沉浸黑夜，把某颗遥不可及的星辰看作心灵的花园，我就会知道，的确有那么一种声音穿过世俗的尘嚣与我相应。

已无须多问，为何我要把梦幻的城堡建构在一座浮动的沙丘之上？为何我要说痴恋的情人是纱丽后的龟兹？为何我要从海市蜃楼的宫殿中寻觅精神所依附的台阶？……啊！无比幽远的；啊！青春易逝的；啊！世间美好的，这一切都无须诠释，但我确乎在鸟儿翅膀的震颤中聆听到一个幻美而纯粹的世界。

诗歌大概就是这样的一种姿势和声音吧。

此篇为组诗《丝路》创作谈

诗歌是一场幻想的美宴

余刚（以下简称**余**）：话题还得从你的近作《灰岩》谈起。在这首不到二十行的短诗里，新意迭出，它是那么的满不在乎，似乎藐视一切，同时又是那样晶莹透彻，几乎触手可及，与你以往的诗风很不同，所以我说你要往何处去。我的问题是，它是信手写下的吗？

卢文丽（以下简称**卢**）：差不多是吧，元旦前与几位朋友去湖州玩，当地朋友陪我们拜访了闻名遐迩的长兴灰岩，站在二点五亿年前的岩壁面前，仿佛穿过了时光隧道，生命蜉蝣般渺茫，我感到有一种很珍贵的东西正在靠拢。回到杭州就写了这首诗，与我以前的诗歌相比，这首诗纤细的风格好像少了些。对我来说，写作就像是一场漫无目的的旅行，因为不知道一路上会有怎样的美景在等着你，关键是你必须一直在路上。

余：实际上，我还是欣赏信手写下的东西，因为里面有一种天性的、真实的东西是别的写法无法传递的。这是超现实主义者的做法，但超现实主义的一个弊病是太含混，达不到晶莹透彻。从这个意义上说，这首诗是一个很好的开端。

卢：就我个人的爱好来说，我一直避免用很写实的手法写诗。那种超乎现实的、存在于想象中的东西更使我着迷。诗是对人的生存和内心的反省，是语言的冒险，是一场场奇幻的梦，我只是负责记录下它们。诗歌就像是飞翔的生物，像少女的美那样飘浮和易逝。诗歌是一场幻想的美宴，是心灵的孤独和对世界感受的启示，它像水和风一样闪耀而新奇、清澈、流转、温雅、轻柔，触及我们日常生活所淹没的灵魂。但显而易见我是一个眼高手低的人。

余：在浙江的年轻诗人中，你可算是一个后起之秀。但你这个后起之秀起步很早，我记得在1991年或是你很小的时候，你就获过大奖。这对你的写作有帮助吗？

卢：我从1988年开始发表诗歌快十五年了，算是一个年轻的老革命。我的写作过程大致可分几个阶段：第一阶段作品比较清丽，那时完全是靠灵气在写，不外乎女孩子天真的抒情，然而它们保存了最初的质朴。1988年我在《中国邮电报》发表了一首叫《二狗子》的诗歌，昌耀先生对这首诗评价很高。1989年我的诗歌《乡恋》获了'89全国新诗大赛的最高奖，记得当时有位编辑对我说，给我们一些诗，可以在我们刊物上发表。我感到难为情，因为我当时写的诗加起来也不到十首。后来我给省文联的《东海》投稿，诗歌编辑岑琦老师读了我的《精变》很吃惊，亲自到我所工作的杭州大学邮政所登门核实，他说很难想象是一位小姑娘写的。1991年我加入了省作协，也有人觉得我诗龄太短太年轻了。

之后是在上海读书时写的东西，有些摹仿之作，但不能因为有摹仿的痕迹就彻底否定，如果没有那个阶段也就没有后来的作品。第二个阶段的代表作是组诗《蓝鸟》和《丝路》。《蓝鸟》发表于1996年秋天的《东海》，《丝路》发在1998年《江南》上，这两首诗的语言和结构还比较满意。第三个阶段是《无与伦比的美景》的前半部分，这些作品可能稍稍成熟了一些。

对一名写作者来说，获奖并不是坏事，因为获奖，我开始硬着头皮在文学这条道上跑了下去。但是，获不获奖其实并不重要，重要的是看你到底写出了什么。

余：而你是在获奖之后才到上海复旦大学读作家班。到作家班后，你的生活与创作和以前相比发生了什么变化？

卢：读作家班的好处，是可以带工资念书，就创作而言，影响其实不大。当然，到了作家班，有了一段相对集中学习的时间，阅读了一些国外优秀的作品，进行了书写方面的训练。那时我二十出头，也不是一个爱热闹的人，意识深处有一种自我的禁锢，两年书读下来，班上许多同学的名字都叫不出。但是十年以后，我却非常怀念起那段时光，我不知道这种现象是属于早熟还是晚熟。我觉得作家是天生的，大学中文系不一定能培养出一名作家，小学没念完却成为优秀作家的更不乏其人。我在读作家班时写的诗歌并未真正触及生活，它们只是语法与节奏上的练习而已。

余：《听任夜莺》是你的第一部诗集，字里行间有一股自然的清新之风，但我注意到，里面有着较浓厚的唯美倾向。那些清丽的、有时是不带掩饰的诗句，使人想起"淡妆浓抹总相宜"的西湖。但我不认为你是一个西湖的歌手，因为在更多的时候，你对灵魂的剖析与拷问很严厉，也不间断。应该说，你的这种真诚获得了一种高度。这种高度，自然指的是深刻。

卢：我在山温水软的江南长大，特殊的地理环境对我想象力的培养、对纯粹自然物的感受也比较特殊。我并不是西湖的歌手，也许是因为"只缘身在此山中"吧。女诗人对题材的无指向性和狭小性，往往容易妨碍她们的进一步发挥。激越与柔情并重，给予我的诗歌在题材面上一定的拓展。不少当下流行的散文或诗歌，没有命运感，没有对人的本质的思考，没有自己的哲学观念。中国的作家和诗人中，有宗教意识的不多。中国人大都可以原谅自己的罪恶，但不能对别人的罪恶给予宽容，更不能在这种推己及人的宽容基础上，发展成为一种广大的悲悯意识。

余：从《听任夜莺》到《无与伦比的美景》是一次质的飞跃。《无与伦比的美景》中大部分诗我认为已经达到相当高的水准，但是，就像别的诗人一样没有引起人们的重视。这当然不是诗人们的过错。不过今天不谈这个问题，我惊讶的是《无与伦比的美景》仿佛是突然冒出来的。我在想，这是你在写作道路上的水到渠成呢，还是突然有了某种契机？

卢：说"大部分诗已经达到相当高的水准"，是你在抬举我。这本书的成因是1999年初，我想为自己十年的诗歌创作作一个总结，后来差不多同时发现自己怀孕了，后来发现怀的竟然还是双胞胎，心里更有了一种兴奋与迫切。我怀着一种隐秘的热情投入了这本书的工作。当肚子大得连路都走不动时，版式封面、编校工作总算落实，诗集出版时，我已经当上两个孩子的妈妈了。可以说，这本书是我的孩子们与我共同孕育的结晶。《无与伦比的美景》后来获了浙江省优秀文学奖、鲁迅文艺奖提名，但我更愿意将它看作是一份珍贵纪念。

余：无论从哪方面看，《无与伦比的美景》都是无忧无虑的天性和感性世界的一段真实记录。我欣赏诗集中的这些作品："凡·高的房间"、"莫奈的景致"、"帕斯捷尔纳克的赤贫"、"伊莎多拉的竖琴"、"萨福的夜晚"。如果我的理解没有错，这就是你心目中的无与伦比的美景，她们构成了这本诗集的基本骨架。光从这些题目看，就够人回味的，这可能反映了你对艺术的偏爱。能否具体谈谈它们的写作过程？

卢：与十二年前出版的《听任夜莺》相比，《无与伦比的美景》更能体现我后面的状态，里面一些较成熟的诗应该是写艺术家的，这源于我们对他们的热爱。作为生于上世纪60年代末的人，应该说我的青春期比起许多前辈来说，似乎有着许多幸运，其中的一个幸运，就是在写作之初接触了一些当代西方作家的作品。比如拜伦、惠特曼、海明威、布罗茨基、陀斯妥耶夫斯基、里尔克、罗伯特·勃莱、史蒂文斯等人，他们在文学上曾经影响了我。这点，从那本书的编排方式上可以看出，我的每一辑都是通过一位非中国的艺术家来区分的。就像红色代表热烈和理想,白色代表纯洁和梦幻,那些艺术家在我的心目中,显然也代表了某些特定的东西。当我阅读他们的作品时,往往能够直视自己尘封的内心,很多语言和画面会令我感动和共鸣。当然,书中如此分布现在看来也许显得拘泥,但这种做法当初的确反映了自己在阅读上的一些偏爱。

这些诗歌的写作是断断续续的,风格上也不太一致,这与我的写作方式有关系。总体上我崇尚叙述的质感和音乐的动感,纯净和单纯的代名词应该是高贵的,它比卑微的复杂和那种所谓的强大要有价值得多。我知道自己涂写的这些文字并不一定是真正意义上的诗,但是我坚持这样的努力。

余:但里面的诗有不少是写西部的,比方《出塞》,比方《西行》,写得相当古典,不像出自一个女诗人之手。在我的感觉里它们仿佛来自唐朝,有一种幽怨的、羌笛一样的情绪在诗中流动,使人想到王昌龄、王之涣。我个人则喜欢《交河故城》这一首,因为我到过交河故城。很显然,一边是一位来自西子湖畔的文静姑娘,一边是"对峙苍穹的漠漠黄土",是什么将两者联系在一起?

卢:多年来读书对我的影响还是有限的,生活本身和大自然中的种种景象给了我更多的启示。1997年我曾跟随旅行社走丝绸之路,被西部那种浑厚的景色所撼动,那片干裂的土地上具有绵软湿润的江南所没有的东西,这可能就是距离产生美吧。人与人之间需要距离,景物之间也是一个道理。面对大西北那些千年的胡杨、戈壁、大漠、孤烟和蓝天,从前读过的那些古典诗词中的意境纷至沓来,内心中我向往一种博大广阔的东西。

我记得爬上鸣沙山顶,坐在一望无际的沙丘上看落日西沉的情景,那种流淌在金色沙丘之上的金色光芒,让人顿生苍凉虚无之感。在那样的环境里,你才会理解陈子昂千年前的咏叹:念天地之悠悠,独怆然而涕下。人才会更清晰地比照自己,思考自身,你才会感受到宇宙空茫，世界浩大，历史的遥不可测。因此，在我的心目中，废墟、沙漠、戈壁这些词，往往比现代的东西更能打动我，它们有一种永恒古老的况味和颓废的美。人也许只有真正感受到在自然面前有多么渺小，才会清楚自我的真正归宿，感受到一星半点宇宙的真实。这种感觉前年我到西藏时也体会到了。

与塞外的剽悍与狂放相比，江南更适宜生活因而更具有一种亲近感。记得在乌镇，走在寂静清幽的石板路上，走在古城狭长的老弄里，像是回到了并不遥远的童年，那种感觉梦幻般真切。对于一个写作者来说，无论婉约还是豪放，将两者结合起来靠的是一种清醒、自觉的内心反省，一种跳出来对自我生存状态进行回顾和俯瞰的勇气，一种重新认识和发现自己的能力。所以，我要求我的诗歌不再像过去那样老是与自己交谈，而更多的是与大自然对话了。这也可以看作是一个城市诗人对城市和自己的反抗，是网络时代对归真返朴的一种呼唤，也是真情的自然流露。

余：《无与伦比的美景》的编排也颇具匠心，在我看来，它是诗歌的一部分，今天，有许多诗人出诗集，但他们对诗歌大多没有编排好，这是一个缺憾。当然，我认为《无与伦比的美景》的编排也有个小问题，就是收进了一些乡村的、太口语的诗，似乎与全书的风格不够一致。

卢：一本书的形式感自然重要，就像一个人留给别人的第一印象。我当过多年报纸的时尚编辑，比较留意当下的流行趋势。我们经常可以看到一本书的内容很好，设计、编排、纸张却很糟，好比一朵鲜花插在了牛粪上。但是这种现象也正在逐渐改观，如今越来越多的书都是越做越漂亮越来越讲究了。但是归根到底形式感只是一方面，关键还是内容。书中收录进一些旧作，就是你说的那些乡村的、太口语化的诗，风格上可能与全书不太一致，但是我并没觉得什么不好呀，因为本来只是一种纪念嘛。

余：在你的习作中，你多次提到古希腊时期的女诗人萨福，你说她是"众星中最亮的星"。我刚想到了另一颗最亮的星阿赫玛托娃,她是描写日常生活的高手。作为一个女诗人,你又是怎样表现日常生活的?实际上,我想听听一个女诗人的思维过程。

卢:前苏联的阿赫玛托娃、茨维塔耶娃等人的作品,写得深,写得沉,因为她们生活在特殊的年代,体会到命运的悲剧,见到了杰出的作家和诗人顷刻间命丧黄泉,俄罗斯民族的深沉和忧郁、沉痛,也是造就她们的原因。萨福象征着一种古典,一种清澈状态的抒情,如同黎明时山涧流淌的清泉。这些女诗人的许多幻象令我感动,她们的作品提升了日常生活,使人类沉睡的心灵复苏。一个诗人必须采用日常生活中不被重视的语言,来完成对这种语言的对抗和新语言方式的建立,这一行为本身即在帮助写作者不断捕捉生活中细小的瞬间与事物的微妙变化,将日常生活中强烈的个人色彩,渐渐转向和世界共同存在、和人类荣辱与共——它要求一个诗人对写作和生活具备严肃的态度,这些都是我要努力的方向。

余:那么,作为一位女诗人,你更关注什么?

卢:从本质上来讲,我是个单纯的人,对人和事物总能保持一种客观的看法,因为这个原因,我认识到我的天地是在精神领域,也许只有在这个领域里,才能找到快乐和意义。时间是最强大的,它使黄金成为尘土,在它的拷打面前,真正有价值的东西寥若辰星。在无情的时间中生活,人应该懂得珍惜和感恩,保持平和的心态、低调的处世、清醒的目光、内心的激情,更重要的是骨子里必须保持做人的尊严。只不过大多数的人在关注自身生存利益之下已经筋疲力尽,没有余力再来关怀这种终极而空洞的问题了。

余:有一个问题,你的诗都很唯美,你的诗歌跨度十多年,但你却好像很少有爱情诗,即使出现,里面的人物形象也是不清晰的。那么,爱情在你的生活中占怎样的地位?你相信一见钟情和地久天长吗？

卢：因为爱情诗很难写啊。人类繁衍至今，也没有完全弄清什么是爱情和爱情是什么。我在本质上是一个缺乏安全感的人。我的诗中有时写到"我"或"她"，但那个"我"或"她"，或多或少也包含着虚构、想象和借用。我想写出一种人类共同的情感，虽然这很难。当然，过于隐晦的意象也容易伤害到诗的准确性。写诗的人还有一个思维方式，创作中往往会放大感情。前几天在网上看到这样一段话，说 AB 型人笔下的爱情往往带有戏剧味儿，这种爱就跟极光一样，是一种无燃烧源的光彩，说得过分些，对方是什么样的人，对她（他）已是无关紧要的事，因为她（他）就是自己虚构的恋爱剧中的角色。这段话蛮有意思。

年轻的时候，爱情是"为赋新词强说愁"，到了心智健全一点的年龄，是"却道天凉好个秋"。能够产生爱情的两个人之间，一定有着共同之处。世上诸多幸福苦痛，都是前世因缘，"不是冤家不聚头"。所谓一见钟情和地久天长，是相对的。

余：感性的诗歌如果至真至纯，它就是一种深刻的思想，按我的说法，感性将引发思想。《无与伦比的美景》做到了这一点，但应该说，还不够。这也就是我前面所说的，不加掩饰的诗句还不够多，从这个意义上说，似乎还需要更感性一些，我在想，你的作品要是多一点普拉斯式的疯狂，是否更好一些？

卢：记得几年前，你就对我指出了这个问题。一个写作者的语言是与生俱来的东西，虽然一个写作者的语言可能通过后天的努力来获得一些改变，但语言的基本风貌是天然就有的，或者说是由遗传因素、童年时期的生活环境、所接触的社会层面、所受的各种教育所决定的。你只能是你，你所有的欢乐、痛苦、迷茫都只能属于你自己，普拉斯只有一个。不同地域、不同文化背景的人关心的问题和生活方式不同，视角和手法不同，写出来的东西更不同。我一直以自己的方式感知着这个世界，"疯狂"这个词和我存在距离。我希望把感性思维用于诗歌写作,把理性思维用于日常生活。洪治纲先生有一篇评论我的文章,叫《让生命在诗意中醒着》,我觉得这个题目很好。

当然,一个诗人应该让自己的想象疯狂一些。想象力是一种创造力,是一个作家最重要、最宝贵的素质。衡量一个小说家的标准,一是好的语言,二是好的故事。衡量一个诗人就不一样了,诗是一种爆发力很强的东西,在很短的时间里就完成了,它完全靠想象和语言取胜。一个诗人必须培养想象的激情,用想象去塑造激情,但不应该宣泄激情。

余:一个很有意思的问题,你是如何写下你的第一首诗的?

卢:我在老家读高中时,在课堂上写了第一首"诗",是一首打油诗,内容是讽刺我们地理老师的两颗大金牙。第二年,一首叫《永恒的注目礼》的诗,将我推向了诗歌。那是个冬天,我们的班主任也就是语文老师给大家念了一篇报纸上的通讯,讲一位十八岁的小战士牺牲在老山前线的高地上,死的时候还睁着眼。回到外婆家我就写了一首一百余行的抒情诗,当作周记交了上去。当时也不知道自己写的东西叫不叫诗,反正是分行的。夜自修时,班主任激动地走进教室,把我的诗朗诵给全班同学听,大伙儿个个听得热泪盈眶的,我觉得很得意。这首诗被黑板报和广播站刊播,后来又发在一张叫《东阳江》的报纸上。再后来,当我读到埃利蒂斯献给在阿尔巴尼亚牺牲的陆军少尉的那首《英雄挽歌》,才知道人家那才叫作真正的诗。

余:可否简单讲讲你的经历?

卢:我从小在部队大院里长大,父亲是解放军,如果不是因为近视眼,我可能会去当女兵。家中我是长女,妹妹弟弟比我小得多,父亲像带兵一样训练我们。我的心目中,父亲的话就是命令,就要去执行,从小我是没有话语权的。我所受的家庭教育,就是老老实实地做人,规规矩矩做事,还要给妹妹弟弟起"榜样"作用。

我年轻的时候心态就很老了。由于数学差,两次高考落榜,招工进了邮局后开始写诗,诗歌《乡恋》获'89全国新诗大赛二等奖(一等奖空缺),在《诗歌报》《西湖》《江南》《东海》《诗刊》《人民文学》《诗神》《上海文学》等报刊发表诗文。后赴复旦大学中文系作家班进修,同年加入浙江省作家协会,1992年7月我进入杭州日报从事新闻采编工作,先后任记者、编辑、部主任至今。

余:这么多年,你的创作好像一直很少与人交流,并且也不属于哪个圈哪个社,为什么?

卢:写作是一件私密的事,跟谈恋爱一样,你爱谁谁,放在心里好了,没必要向人兜售。这些年来,形形色色的诗歌流派和群体很多,喧嚣闹猛,拥进挤出,我是一个疏于表达的人,只想保持一份内心的清静。过于群体性的东西难免令人生疑。其实,交流还是有的啊,我们不是也偶尔聚在一起吃饭喝茶聊天吗?

余:是啊,诗人最好是躲在一间小屋里写作,但记者的职业决定你要四处奔走。这会影响写作吗?问题还不尽于此,你在最近还出了一本厚厚的散文集《沙漏的舞蹈》,里面的文章我看了,可以说其中的一部分作品不亚于诗歌,那么,你更看重哪一种形式?因为我也是一个诗人,我更要问一句,你把时间花费在散文上是否会对诗歌的写作产生一种损害?

卢:我在报社工作了十多年,青春期大部分在报纸堆里耗费。新闻是我的职业,写作则是心灵的需求。我的性格不属于外向型,业余写作带给我的乐趣就要多一些。对我来说,写作基本是属于随遇而安,有时间就写一点,高兴写就写一点,这也决定了我并不是一个高产的人。我的写作时间往往只是工作间隙一瞬的遐想,就是孩子们入睡后的夜深人静。在这个世界上,真正属于自己的时间本来不多,人容易将自我隐没在仓皇行进的尘土里,做一些自己认为高兴的、有意义的事很有必要。

苏格拉底就说过:一种未经审视的生活还不如没有的好。诗也好，散文也好，我都看重，形式虽然不同，内容都是一个，那就是更随意、更自由地表达自我，我写诗也写散文，说不定什么时候高兴了，弄两篇小说玩玩也可能。我没有什么明确的目的和压力，文学使我获得了自我表达的机会，如此而已。我不认为写散文是对诗歌的损害，艺术是互通的。对了，你有没有发现一个有趣现象：写过诗的人转行写散文、小说的不少，写散文、小说的人转行写诗的却不多。

余：在今天，诗歌已不被人重视，有许多诗人都已被迫少写或不写。在诗歌的影响日益变小时，请谈谈你的真实想法。

卢：诗歌似乎从来就不属于大多数。我开始写诗时，诗歌已不景气了，这决定了我的写作一开始就不是为了迎合什么，更不存在被不被迫的问题。我知道自己一辈子也未必写得出一首好诗，在生活中寻找生存的意义，才是我坚持写诗的原因。写作使我感觉到生活巨大的启示，虽然我们永远不知道活着究竟是为了什么，但我们毕竟探求着、爱慕着、烦恼着、努力着，我想，无论在古代、现代还是将来，做一个诗人都并非没有意义。

艺术本该是一种无功利目的的行为，本该是轻松状态下的产物，本该随意而从容。我怎么想就怎么写，我表达我自己，这就够了，管它东南西北风。当诗歌成为一个小品种的时候，我想我们反而应当感到庆幸：让纯粹的更纯粹，这又有什么不好呢？

余：我同意你的"无论在古代、现在还是将来，做一个诗人都并非没有意义"的说法，但作为一位作家，你认为文学史中什么最重要？你又如何看待作家这个称谓？

卢：内心的诚实和质朴，这也是做人的标准。作家这个称谓还担负着一种人格和责任。有一句话好像叫：你吃了蛋，就不必去瞧那只下蛋的鸡。我很赞同。因为现在很多下蛋的鸡，都是不经瞧的。所谓"文如其人"也不一定对，有时还可能恰恰相反。作家只能看作品，除了作品你还有什么好给人家看的呢？不过我还是相信那些真正优秀、大气、有良知作家的存在，这种作家除了比作品，还可以比作品后面的人格。

余：不管怎么说，有良知的作家总是存在的，而你，已经为自己的作品做了很不错的注解。所以，最后要你简略地谈谈诗歌观。

卢：我说不清楚自己的诗歌观到底是什么东东，越是玄妙的诗歌观念越是不可信，包括能把自己的文学观念讲得玄而又玄的作家，我觉得他们的东西可能对评论家有用，但是对读者没有任何帮助。我认为，写作至少可以帮助我们生活，可以使自己变得美好一点，正如一个不断修行的人提升了自己。无论形式如何嬗变，写作的目的就是要把自己跟别人区别开来，寻找属于自己的独特的声音。写诗时我尽量避免与所谓的真实感纠缠不清，更多的时候，是语言带着我飞翔到我从未梦见过的地方。我更愿意将自己看作是诗歌领域里一位随意的漫游者，对我来说，诗歌的产生有时是一种声音、一个眼神、一片正在飘落的雪，甚至是一次伤害。

我觉得真正优秀大气的作品，应该是把大俗和大雅结合在一起，把大悲和大喜结合在一起，把古典和现代结合在一起，把人和自然结合在一起，把民歌和歌剧结合在一起……让优美而沉思的华章，作为诗歌的霓裳羽衣。诗人西川在《诗歌炼金术》中有这样一段话："向诗歌吹一口气，让她站起来，让她在楼梯上舞蹈，让她在大雨中漫步。"我想，这不仅仅是诗歌的真正魅力，也应该是文学的本色之所在吧。

选自《诗歌与人——中国女诗人访谈录》

答《杭州》杂志

《杭州》杂志（以下简称杭）：能否谈谈您的成长和生活经历？难忘的经历是什么？

卢文丽（以下简称卢）：我出生地是浙江东阳，六岁前，父母一直把我寄养在乡下外婆家。我在部队大院长大，妹妹弟弟比我小七八岁，父亲像带兵一样训练我们。父亲转业后在宣传文化系统工作，母亲毕业于杭州商校（今浙江商业学院前身）。我从小所受的家庭教育，就是老老实实做人，规规矩矩做事，给妹妹弟弟起表率作用。上小学时，父亲指导我将平时读到的好词好句，誊写在摘抄本上，供写作文时借鉴。我阅读的第一本小说是在向阳院借的《高玉宝》。

难忘经历是两次高考落榜。

杭："美像光一样在人间奔跑，远之则淡泊，近之则疯狂"，您的诗集《我对美看得太久》包含了描绘西湖一百个景点的一百首诗歌，在印象中，还没见过如此一部全面描绘西湖的诗集，创意由何产生？

卢：我在雷峰塔下的汪庄幼儿园接受启蒙，在吴山脚下的劳动路小学读小学，在玉皇山南的杭州师范学校附中念中学，从童年到青少年时期，我几乎每天都在西湖边游荡，跟鸟、树、草木相处，对于西湖的美耳濡目染。我觉得自己跟西湖之间，仿佛有一种血缘关系，自然而然想为西湖做点什么。

2007年,杭州开展"三评西湖十景"活动,西湖"申遗"也拉开序幕,我开始真正打算为新西湖量身打造一本诗集,我觉得唯有诗的美感,才更符合西湖当下的气质。恰在那年,我这本西湖诗集的选题,纳入浙江省作协"文学解读浙江创作工程"唯一诗歌类签约作品,有了压力和动力,我开始着手写作《我对美看得太久——西湖印象诗100》,这是一部为新西湖量身打造的抒情白话诗集,也是一个在西湖边长大的人,以诗歌方式对自己所生活的城市的致敬。

杭:您在《我对美看得太久——西湖印象诗100》中用"月出皎兮"、"在水之湄"、"静女其姝"等《诗经》之句来命名章节,一诗一景,清丽婉约。作为诗人,您在书中对杭州的美有怎样的感悟体会?

卢:西湖是所有中国文人心底的一缕暗香,无论日暮晨昏,四时晴雨,都令人心向往之。自古及今,无数文人墨客在杭州居住过、行走过,甚至终老或埋葬,留下大量优美的诗词曲赋,使得西湖不可替代。杭州的清丽、秀雅、柔和、有逸气,是其他城市所没有的,比如"断桥残雪"包含了萧肃、简约、冷寂中的清美;"雷峰夕照"象征了古朴、静穆、荒寒中的绚烂;"南屏晚钟"传递了迷濛、沉寂、怆然中的悠远。西湖之美,美在丰富深沉,美在豪放缠绵,美在音韵缭绕,犹如千百年传承的《诗经》之美,《诗经》古典、婉约和抒情的特质,我觉得跟西湖非常匹配。

杭:著名作家莫言对西湖情有独钟,在你的诗集《我对美看得太久——西湖印象诗100》序言中,他说:"每个城市都有自己的灵魂,杭州的灵魂就是西湖,西湖的灵魂是诗歌。"在众多描写西湖或者杭州的诗词中,您最喜欢的是哪首?

卢:有很多啊,比如白居易的《忆杭州梅花》、苏轼的《与莫同年雨中饮湖上》。另外,像张岱的《湖心亭看雪》、杨维桢的《西湖竹枝歌九首》、高濂的《四时幽赏录》等,这些诗文都是我喜爱的。

杭：你从高中时期就开始写诗，发表，到后来出版了《听任夜莺》、《无与伦比的美景》、《亲爱的火焰》等诗集，诗是如何伴随您成长的呢？

卢：我从高中时期开始写诗，第一本诗集《听任夜莺》出版于1991年，那时正在复旦中文系作家班脱产进修。1992年我从邮局调入《杭州日报》，之后一直从事新闻工作，尽管也同文字打交道，但新闻跟文学毕竟是两码事，业余一有空闲，我就抓紧时间写作。

《涅槃经》说：人命之不息,过于山水。今日虽存而明日难知。言下之意人生短暂，做点儿让自己高兴的事，很有必要。个体在世上无奈、弱小，没有什么可以存留，但一个写作者至少可以通过努力，用文字的形式来拒绝遗忘那些已然消逝的时空。二十多年来，我一直没有放弃写作，因为诗歌像黑暗中的一盏明灯，一路陪伴着我。在旁人看来，这个年代从事文学多少还有点儿不合时宜，但这是我内心的需求。

杭：您觉得诗人和普通人有什么区别？

卢：没有区别，又有所区别。

杭：杭州人或者在杭州生活的人，是否会具有一种诗性的品格？

卢：你看西湖的山体，连绵不绝，不高峻突兀，远山比近山高，层次感和植被丰富，色彩四季明丽，具有中庸、和谐之美，称得上是儒家山水、诗意文化的典型代表。西湖山水也自然渗入杭州人的性情，因为与美景并存，杭州人自身具足，不与人争。老子《道德经》曰："夫唯不争，故天下莫能与之争。"

杭：诗可以以怎样的方式在杭州流淌？

卢：杭州是一座充满诗性的城市，可以用诗歌与其他城市区别开来。记得2010年10月，杭州市品牌办、市旅委等主办的杭州城市礼品设计国际大赛上，我的《我对美看得太久——西湖印象诗100》从海选到全国300强，到全国100强，再到全国29强，一直以"另类"礼品形象频受专家、评委关注，最终经市民投票，成为杭州城市礼品唯一出版物，之后东方出版社出版了线装版《西湖诗雨》。

记得三年前去台湾玩，带回一盒当地酥饼，古朴的牛皮纸包装盒上印着老照片，还附一首小诗，顿时让人感受到一种别样的乡情。我希望这本诗集，能够成为一本西湖的向导书，让读者带着诗歌去游杭州、游西湖，让读者来杭州一趟，也跟诗歌亲密接触了一回，并把诗歌带回家。可以用更好的市场运作方式，比如可以将诗集制作成精美丝绸版、口袋书、香桂竹简装等，满足不同需求和购买力的人群，或在城市礼品上附上一首小诗，让礼品带着杭州的诗情去远方。

杭：除了诗歌，您还写小说，您的长篇小说《外婆史诗》即将上架，能否谈谈？

卢：为我所生活的杭州写一部诗集，为我的外婆写一部小说，是我多年以来的愿望。这部小说以我的外婆为原型，讲述了"雪舫蒋"腿创始人蒋雪舫的曾孙女，与旧上海旗袍高手以及国军将领之间的爱恨情仇，也是一个家族的百年中国史。这部小说写了十年，让我弄清了从诗人到小说作家的转变，关键是耐心和注意力，也让我明白完成一部长篇，除了生活经历和体力，更需要一个不敢舍弃的念想。从根本上说，这部近四十万字的小说，也是为了解决我自己的内心问题。

答《浙江作家》杂志

《浙江作家》（以下简称**浙**）：是什么促使您写下您的第一本小说《外婆史诗》的？

卢文丽（以下简称**卢**）：我从小在外婆身边长大，六岁回到杭州，高中也是在老家读的。有很长一段时期，在我的心目中，故乡就是外婆，外婆就代表了故乡。外婆去世后，我一度觉得自己从此失去了故乡。海明威曾经说过：倘若他在写它，他就能摆脱掉它。因此，为外婆写一本书，某种意义上也是为了放过我自己。

浙：《外婆史诗》的灵感来自哪里？

卢：故乡是我创作的泉源。我心目中的故乡很具体，很有画面感，它代表了远山、流水和照壁，古树、南塘和窗棂，代表了台门、天井和卵石路，灶头暗色的铜饭罐，记忆中的米饭香……我庆幸生命中有过乡村生活，否则我也不会是现在的我。

浙：书名和人物名是如何取的？

卢：小说在《十月》杂志发表时，题目叫《萱草花》，出书时书名叫《外婆史诗》。因为这部书讲述了外婆的一生，多个"史"字，既有点诙谐夸张，也表明是一种诗意化叙事。小说中的人物名字，不瞒你说也来自我的生活，比如塌鼻、长脖、矮脚、大口，至今仍是我、我妹妹、我表哥和我表姐的小名。不过你可不许叫我塌鼻哈。

浙：您希望您的读者们从您的作品中学到些什么？

卢：希望大家多去写写自己的亲人。

浙：在您完成每天两页的写作之后，会不会对自己的文字进行修改？

卢：我没有每天两页的写作任务，有时几个月也不写一个字。即使完成了整本书的写作，我依然会不停修改。这是病，得治。

浙：在您的小说（或诗歌）出版之后会再读一次吗？

卢：会啊。比如我最近读自己1999年的诗集《无与伦比的美景》，就觉得里面有些诗写得还真不错。

浙：现在是否通常用电脑创作，已放弃手写？

卢：写诗依然会在纸上起草，再誊到电脑上。写散文、小说只用电脑。

浙：请谈谈写作《外婆史诗》的感想，是否会遇到瓶颈，如何应对？

卢：《外婆史诗》写了十年，写这部书我听得最多的是日本音乐人吉田洁的《遥远的旅途》。这期间我还写过一部诗集：《我对美看得太久——西湖印象诗100》，作为写长篇的调剂。倒不是说写诗比写小说来得容易，然而对我来说，一上手就写长篇的确令我感到痛苦，而写诗则要轻快许多。靠一种文体安慰另一种文体，靠写作一本书缓释写作另一本书带来的疲惫，这种方式看似荒诞不经，于我却十分真实。我用自己笨拙的方式调整着节奏和步伐，只为与小说中的人物爱得更为持久。

浙：完成一部长篇小说的快乐无法形容吧？

卢：是啊，不过写作的乐趣更多地存在于过程之中，这个过程既痛苦又迷人。前些年经常有朋友问：你的小说写好了么？我总是很惭愧。是的，我写得很慢，一度甚至怀疑自己是否痴迷于这个过程，但我的确没有什么可以着急的，缓缓而行足矣。因为我是在做一件属于自己的事儿，而作品一旦完成便不再属于你。现实中我总是有意避免与这个世界发生冲突，尽管有时会感到委屈，写作能够让我静下来，将世间一些无谓的事，看淡。

浙：作家或诗人在社会中的职责是什么？

卢：请允许我将已故著名诗人昌耀先生为我第一本诗集《听任夜莺》写的序言中的一段文字，作为回答并与同行者共勉吧——

"在当今诗坛整体形象欠佳之际，都有谁在真正憧憬自己视为美之象征的诗神？过客与弄潮儿原也无可厚非，然而我们的被认为更有理由称为诗人的人迄今为止又有几个会以为诗艺的根本魅力在于包括诗人的灵魂——世界观在内的综合性功力的准备及这种功力对生活的锻造，并且直接是这种火花的闪烁？这些年来我们自己对于平庸诗作的突破不往往也是寄望于一种擂台式的——玩弄文字的——单纯竞技而曾挖空心思争强斗胜么？当我们一些人兴味索然回头再读惠特曼、鲁迅、屈原，不是觉得他们更有着为我们不可比拟的丰富性？"

浙：什么是您人生中最快乐的时刻？

卢：看到儿子们把我做的饭菜吃个底朝天。

浙：如何面对写作的孤独？

卢：享受它。

浙：写作的乐趣是什么？

卢：苦心经营的文字能在读者内心产生共鸣。

浙：写作很辛苦，如何放松自己？

卢：伺弄花草、看书、做家务或旅行。美国诗人罗宾逊·杰弗斯说过：现代人唯一的获救方式就是逃离自我和同类，与永恒的大自然交流。

浙：谈谈对浙江或某一个浙江城市的人文印象？

卢：江南好，最忆是杭州。

浙：为什么您认为"好的小说家都是或都想成为诗人"？

卢：因为好的小说都有诗意，好的小说的语言都有诗的节奏，好的小说都可以浓缩为诗。

跋七种

我对美看得太久

  我在西湖边长大，四周净是绿意。那时，从我家所在的省军区大院出发，向左拐个弯，一面温柔平静的湖水，就会呈现眼前。从童年到少年，我几乎天天看到这面湖。放学时，我垂荡着书包，沿长桥公园走回家，一路看人家在湖边钓鱼摸虾，一泓湖水在散落的村舍、菜花和稻麦的呵护下，静静地流。夏天时，我常跟小伙伴们坐在发烫的岸边，脱了凉鞋，把脚直接浸进湖水，那股沁入肺腑的气息，给我留下了亲切印象。

  出了军区大门，沿梧桐簇拥的南山路，一直向前走，就是柳浪闻莺。早春时，那儿绿盈盈的湖水、飞舞的柳枝、泛绿的浅草，十分地清新明快。无数次，每当熏风拂过，大片大片的樱花树上，便会飞起无数吹弹欲破的浅色花瓣，好似簌簌飞雪，于草坪和人行道上，落下满地令人心惊的碎锦。那时，我经常到湖边小坐，膝盖上搁一本书，听遥远的湖面传来水鸟的鸣叫，像所有青春期女孩一样，静谧的湖水往往将我引入一个充满惆怅的境界。

  倘若有人问我：杭州的气味是什么？我会答：是西湖的水味。一年四季，日暮晨昏，西湖的气息都不尽相同，纯粹按照时间划分，大致就有清晨、正午、夜晚三种。

清晨的气息差不多是由山岚、水雾、带露水的花草和灌木组成，还掺杂酝酿了一整夜提炼出的精华气韵。倘若有雾，立在岸边，白茫茫地，不但不见湖水，连堤也消失得干干净净。雾一散，湖中的小岛、湖面玩具似的小船，就会显现出来。

　　正午的气息柔和清新，阳光下，空气里弥漫着浓浓的草腥味、树木味和越来越清晰的人间烟火味，水色交织出一种难以形容的脉脉温情，透着一股意兴阑珊的怀旧味儿。湖边空寂的长椅、影影绰绰的树丛、爬满藤蔓的老屋、骑公共自行车的身影、笔直的水杉林间斜漏下的光影、年迈的行道树——我无数次目睹这些叫梧桐或悬铃木的树种，夏天绿得发亮的叶子，像一面面闪烁的小镜子；飒飒秋风中则翻卷起金黄的灿烂，仿佛一首首流落人间的诗篇。

　　夜晚的气息深邃沉郁，向晚的天空余光渐失，晚霞放牧成群忧伤，像一首抒情的慢板。渐渐笼罩的水蒸气，将湖水调制出一种微妙而难以言喻的色泽。凝望冷色调的湖面上，朦胧的桨声灯影，不远处璀璨的人间浮华，脚下暗色的水气便会慢慢渗入体内，温顺地舔舐着内心的爱与哀愁，仿佛进入了一个冷漠而温情的世界，一个让人无限缅怀又难以企及的世界。

　　作为一个从小在西湖边长大的人，虽然时时想用手中的笔描绘西湖，却一直为先人"看西湖决不能为西湖之画，看西湖决不能为西湖之诗"的论断迟疑，自知"湖山四时看不足"。然而近年来，新西湖的美丽嬗变，让我这个热爱行走文学的人，萌生为西湖做点事的想法。于是，我从各个现实可寻的景点入笔，边走边写，花了两年时间，量身打造了这本新西湖的抒情诗集。因为，我觉得唯有诗的美感，或许更符合西湖当下的气质。

　　本书的写作范围，包括"南宋西湖十景"、1985年评选的"西湖十景"及"三评西湖十景"的三十个景点，并梳理了西湖沿线综合保护改造及新建景点七十个。这些环湖而布的一百个景点,千百年来,承蒙着湖水日复一日的润泽与爱抚。杭州几千年的风雅与浪漫,几乎全部围绕这一汪迤逦碧绿的湖水展开:断桥上有许仙与白娘子的缠绵爱情,慕才亭畔流传苏小小的绝代风华,万松书院见证梁山伯和祝英台同窗良缘,红梅阁演绎李慧娘惊天地泣鬼神的浪漫故事,秋水山庄吟诵史量才、沈秋水的生死传奇……

每当我念及"市长"白居易离任时,写下"处处回头尽堪恋,就中难别是湖边"的诗句,宽袍舒袖的苏东坡在望湖楼醉书"故乡无此好湖山",陆游在孩儿巷写下"小楼一夜听春雨",李叔同在大雪之夜的虎跑寺出家,才女陈端生静坐芸窗创作《再生缘》……富有情致的西湖水,依然像今天这般温柔可亲地荡漾着,从未间断地低声细语着,在星移斗转中,在四季花香里,它就这样从容镇定地流淌了几千年。这样的联想往往令我浮想联翩,也让我意识到,西湖美景不仅活在帝王将相的楹联碑刻上,不仅活在才子佳人的风花雪月中,不仅活在骚人墨客的诗词曲赋里,也活在于谦的《石灰吟》、岳飞的《满江红》以及张苍水、龚自珍、章太炎、秋瑾等志士仁人的气节造诣中,他们的剑胆琴心和翩翩身影,传承了西湖的文脉,撑起了西湖的脊柱。

将西湖作为一个感性的抒情对象,开始不免忐忑。一旦进入创作,又觉信心满满。这不仅仅源于自身对这座城市的熟悉和热爱,更源于一种自我认知:古体诗词的写作大多深受格律等因素制约,现代诗或许更有其独特的空间优势。这是一番艰难的诗意的寻觅和发现,也是更为艰难的诗情的再阐释和再创造。时代在发展,诗歌要创新,诗歌应该更广泛地走进广大读者心灵,我想,这也应该是诗歌发展的灵魂、动力和本质要求吧。

全书编排为十个章节,标题前四字取自《诗经》。在我看来,西湖之性情与气质,与《诗经》中常见的抒情方式如出一辙,那是一种克制而平和、委婉而真挚的忧伤的抒情。写作手法上有意识地淡化了技巧。此外，每处景点，我也为其匹配了相应的链接，如此的目的，只为更充分而富个性地呈现出西湖之丰富性、趣味性和实用性。倘若一名游客，能够带着一本诗集游西湖，对杭州产生一份美好感情，将是一名写作者最大的愉悦。

书稿完成时，正值江南早春。记得在父母家吃了饭，从窗口望出去，迎面的城煌阁已灯火璀璨。沿着枝桠光秃的街道走回家，走过渐渐黯淡下来的青瓦白墙，走过饰有花格窗的老屋，走过涌金池静默的水牛，走过飘出咖啡香的酒吧，空气中没有一丝风，却仿佛有醉人暖意。那一刻，似有雪飘落，稀稀疏疏地，落上头发和面颊，落上西湖新天地变暗了的树丛。渐渐地，数不清的斑驳影像，交织起无数琐碎、缓慢而翻滚的意象，仿佛来自遥远时空的信息，笼罩于临街店铺投射出的道道光柱中。天幕间似乎到处飘洒着这种冰蓝色的结晶。这些来历不明的精灵，恣意地旋转着、飞舞着，挥洒着易碎之美。哦，它们究竟从哪里来？又往何处去？为何郁结成钻石般晶莹的颗粒，降临这寂寞人间？一瞬的感受仿佛垂柳拂过湖面。我想，诗，或许就是对世间具有美与模糊性事物的一种诠释吧。

这本书献给西湖，献给每一位，对西湖心怀爱慕的人。

此篇为诗集《我对美看得太久——西湖印象诗100》
（浙江文艺出版社2009年12月第1版）跋

万千美感与深情，安慰此人生

2008年夏天，我和妹妹一家去法国南部旅行。那趟诗意的夏日之旅，我们从阿维尼翁的圣贝内泽桥，到阿尔勒的古罗马遗迹。

从普罗旺斯的熏衣草、橄榄树，到蔚蓝海岸的葡萄园、白沙滩。从香水小镇格拉斯、塞尚故居艾克斯，到风光旖旎的尼斯、摩纳哥，还去了几个欧洲中世纪小镇，古老质朴的城堡，亲切安静的小巷，让人流连忘返。

南方归来，我们去了凡高遗址——巴黎近郊三十公里的瓦兹河右岸的奥维尔小镇。记得坐在凡高画过的《奥维尔教堂》内部的长椅上，我第一次告诉妹妹，正在创作一部关于外婆的小说。那时，距外婆离世，已整整五年。我记得供桌上一排排闪烁的烛光，宛如跳跃的管风琴琴键，将幽暗的角落点缀得灿烂辉煌。

那个早晨，我们沿塞纳河畔的旧书摊，前往巴黎圣母院，远远地，就看到那座著名的哥特式建筑高耸的塔尖。妹妹说，每年外婆忌日，她都会来圣母院为她点一盏蜡烛。站在庄严华丽的教堂内，清晨的光线透过彩绘玻璃窗，营造出一种超凡脱俗的梦幻色调，我还记得当我抬头，目光随着古老凝重的石墙和石柱的指引，与光辉灿烂的巨大穹顶相遇：高处，它的美与威严令人窒息。后来，我爱上法国音乐剧《巴黎圣母院》，正是因为剧中那位散发披肩的吟游诗人，在《大教堂时代》中那一段炽热空灵、愈拔愈高的唱腔，让我回想起当年用目光完成的那场朝圣之旅，再度体会到置身于那座奇妙壮丽、穿越时空的建筑物中的神秘经历：自身的无限渺小，和爱的浩瀚无边。

妹妹鼓励我说：外婆的书就是你要建筑的大教堂。就像建筑师和那些优秀的工匠一样，用耐心和技艺，有一天你也会让你的创作拔地而起。是的，我梦想着我的大教堂，在心中一次次完善它的蓝图，它的每一个细节和点滴，它沉重的每一块基石和优雅的每一道回廊，因为我期望以它来让我们共同爱着的这个人永生。

我的老家在浙江中部东阳，六岁前，在杭州工作的父母，把我寄放在乡下由外婆外公抚养。我们住的廿四间，是一座清代老宅,天井栽着橘树和泡桐。初夏时节,每当熏风拂过,树上伞状的白色小花,便会落满天井。出了台门,穿过一条卵石弄,向左拐个弯,就是锦溪。我的外婆不识字,却教会我许多来自乡间的道理,某种意义上,她对我的影响远甚于后来我所受到的教育。初中毕业,父母把我送到老家东阳借读,因为老家的高考升学率名列浙江省前茅,父母希望我这个家中长女考上大学,为弟弟妹妹树个榜样。每个周末,我都会从学校所在的六石镇,返回十里地外的上卢村,享受外婆外公的关爱。

高中毕业,我回杭州参加高考,没上分数线,回老家复读。次年,因数学成绩差,再度名落孙山。大学梦破灭,参加招工考试,被分配到某大学邮政所。那个冬天,我年满十九。南方的冬日阴冷漫长,心更常常倍觉荒凉,只有将心灵之光折射到诗歌中去的冲动,使写作成为我隐秘情感的表达。

阿拉伯诗人阿多尼斯说过:无论你走得多远,都走不出童年的小村庄。2004年,为写一本关于古村落的随笔集,我背着相机,游历了三十余个村落。当村庄上空弥漫起熟悉的炊烟味,当迎面的暖风送来田园的气息,时光倒流,仿佛外婆犹在人间。书完成后,却发现内心的隐痛依然无法释怀,我萌生将外婆一生的传奇故事,试着用小说来表现的想法。

从青春期开始,我写过诗歌、散文,写小说还是头一回。一个写诗起步的人,直接写起长篇,犹如一个短跑运动员,直接跑起了马拉松,我知道这个决定的危险性。我是否跑得下去,我要跑到何年何月,只有天晓得。当我跑步的时候,我想到了什么?茫茫大海、漫漫戈壁,汪洋中的一条船,沙漠里的一株骆驼刺。我像被抛掷在大海里,有一种近乎溺毙的恐惧,又像被放逐于荒岛,被无边的寂寞裹挟。常常,我陷入怀疑,在面对电脑屏幕度过多少个不眠之夜后,顿然觉得自己打出的那些密密麻麻的字符,跟阳光中悬浮的灰尘无异。最大的困难并不是对文字的驾驭,而是外婆那令人喟叹的命运,时时令我难以下笔,感觉到一种无法喘息的艰辛。

我家门前,有棵大樟树,无论微风吹叶,还是苔藓缠身,那棵树都只管心无旁骛地生长,似乎对它来说,到这世间的唯一工作,就是生长、生长、再生长。树的对面,有一座山,那座山,更绝,一年到头,一声不吭,仿佛这就是它的座右铭,亦是它的墓志铭。

一个面对着大树和青山的写作者,是幸福的,也是惶恐的。我时常自问:你的写作何时到头?你写下的文字究竟有何意义?当我把目光投向大树或远山,万物静默如谜。它们只是遵循自然规律,入戏地演着自己:春天,以清新绿意回答我。深秋,以纷飞落叶回答我。

> 我每天坐在这里
> 像一个病入膏肓的人
> 我知道我的病
> 因心中的爱而生
>
> 我希望我的病
> 早一点好
> 这样就不用承受
> 如此漫长的煎熬
> 我希望我的病
> 慢一点好
> 像个爱情中的患者
> 担心病好了
> 产生新的虚空

我像一个织布女
编制着经经络络
又像一只蚕
被自己抽出的丝裹挟
更多的时候
我像安徒生童话中
那位被施了咒语的姑娘
用手中的荆棘
为天鹅哥哥赶制羽翼
在大火到来前
将它们抛向空中

我时而忧伤，时而欣慰
默默无语，眼含热泪
沉浸于漫长的孤独
一天天
把阳光阻挡窗外

一天天，目睹江河日下
世事宛若汤煮
乱花迷眼
良知追随夕阳远逝
在没有遇见你之前
我的病不能好

我每天坐在这里
不停地写

唯有你让我无怨无悔
以虚无抵抗永恒的虚无

——《写给陌生人的信》

这部书从孕育到完成，历时十年。漫长的创作过程，让我渐渐变得沉静、从容，像一名孤独的跋涉者，忘却寒来暑往，日升月落，不知情归何处。我的键盘时常被泪水打湿，有时又会独自笑出声来。在完成媒体行业本职工作、打理儿子们生活和学习间隙，我将全部业余时间投入了写作。这些年，当我遭遇人生困境，是小说的主人公，我的外婆那朴素智慧的理念，乐观豁达的人生态度，扶持并激励着我。我的眼前一直有她的面容：不管路途有多艰辛，都要微笑走下去。

那年春节，我跟几位女伴前往瑜伽的发源地，印度瑞诗凯诗。这个坐落于喜马拉雅山脉入口的小镇，三面环山，湍急宽广的恒河从镇中流过。那个傍晚，我随小镇上的人们，坐上摆渡船，来到恒河边的一块空地，席地而坐。一位身披橘红色纱丽的老妪，在鼓瑟伴奏下，端坐高高的台阶上开始唱颂。她的音色并不高亢，却哀婉绵长，既像是吟诵，又像是祈祷，婉婉道来，仿佛诉说着生命的苦难与喜乐、悲悯与宽恕、流离与救赎。我仿佛又听到外婆的呢喃低语，禁不住泪如雨下，那一刻我意识到，世上真正打动人心的东西，从来不分东方和西方，不分宗教和肤色，不分语言和国界。那一刻，如血的晚霞正将恒河水映得深红。

"万千美感与深情，安慰此人生"，这是1929年首届西湖博览会艺术馆馆歌中的一句。有人说，人生于世，是受苦来的。我愿说，人生于世，亦是寻梦来的。倘若文学不能记录真善美，倘若艺术不能为人世带来梦想，写作又有何意义？作家的使命或许就是让自己和读者相信，无论过去、现在还是将来，天地之间，唯有那些留存于心底的温暖而诗意的情感，宛若佛陀的微笑，庄重沉静,熠熠生辉,永恒存在,历经艰辛的人终将甘之如饴。

谨以此书,献给我在天国的外婆和外公,献给赐予我力量的父母和亲人。

此篇为长篇小说《外婆史诗》

(上海文艺出版社2015年11月第1版)跋

一种真实的感动

我在乡村度过了童年。我怀念祖居老屋覆着苔痕的瓦当,四方的天井里青青的橘树,回廊拐角处黯淡的窄梯以及屋后一条叫作锦溪的小河——那里时常有小鱼或泥鳅溅起的清澈的小小浪花,这种怀恋犹如炊烟和雾霭般挥之不去。

这些年,我走了一趟书中描述的三十一座古村落,它们有的已名声显赫,有的尚待字深闺:从江苏洞庭西山的明月湾,到浙南廊桥之畔的胡家大院;从浙东的丽江古镇前童,到浙闽交界处的叶山村;从山水诗的发祥地楠溪江,到颇具畲乡风韵的制瓷古村碗窑……一路上,当我用文字和相机捕捉着一切,当我踏着寂廖的卵石小路,拂去廊檐下的蛛网迈入陈旧门槛,跨过发生了无数传奇的深宅大院、拱桥河埠,目睹古村落中,人与自然的和谐共处,心灵也仿佛被洗得格外干净。

这是一本用脚写成的书。记得到达仙居当晚,下起特大暴雨,前往永嘉的上张省道塌方,改开偏僻老路,抵永嘉已饿得眼冒金星。到达溪口村时,发现胶卷拍光了,数码相机储存卡也饱和了,为赶在日落之前取景,将数码机里的照片输入手提电脑,我急得满村找电源插座。前往林坑的道路,特别崎岖难行,碎石路让我的小"赛欧"爆了胎。从叶山村返苍南,山路十八弯,经雅阳镇的浙南大峡谷又遇大雾,真正是伸手不见五指。"十一"探访廊桥归杭，因一路劳顿高速上又狂奔了四个多小时，回杭州便栽进医院挂了三天盐水……探访古村落，曲折艰辛，因为热爱，所以无悔。

你可以将这本书看成一本散文集、摄影集或工具书，然而不论是什么，我只试图以文字的方式、图片的方式，更以心灵的方式，带给你一趟超常而愉悦的心灵之旅。

作为一本全方位的自助自驾车旅行指引书，写作中，除了要捕捉对每个村庄的感受、搜集古村落的点滴，更要充当导游介绍每一个值得把玩的细节，也要顾及背包客的衣食住行购、路上可能遇到的琐事……对我来说也是前所未有的一种尝试。

本书除了我自己拍摄的四百余幅照片外，还采用了萧云集、潘嘉来、沈钰浩等朋友提供的五十余幅作品。感谢莫言先生为本书撰写的序言《诗意的村庄》。感谢本书责编龚湘海以及小幺、涓子等朋友，感谢他们负责任的劳动。

如果你读了这本书，有一种温暖的东西在心底苏醒，那就够了。

此篇为随笔集《温柔村庄》

（湖南文艺出版社2006年10月第1版）跋

在文字的迷宫中发现自己

黑塞说，在那没有尽头的旅途中，各式各样的旅人，实质上都不过是在渴望着一次艳遇。

我是一个热爱行走的人。对我来说，写作也像是一场漫无边际的远游，尽管不知道一路上会不会碰上美景或艳遇，但我知道自己必须一直在路上。

这是我的第三本诗集，汇集了近些年来的大部分诗歌作品。书的编排分为时间、地点、人物、事件、原因五部分，众所周知这也是新闻的五要素。这样的排列方式或许显得笨拙，却也有着其特殊的含义：我自十九岁开始写诗已有十余年，从事新闻工作也有十多个年头；新闻是我的职业，写作是我的爱好；媒体是瞬息万变的，艺术是永恒常青的。大众传媒时代最大的好处，便是可以各取所需：你想活在现实中，传媒和信息可以帮助你。你想活在想象力中，诗歌和艺术可以滋养你。我则希望这两者统一于我的生活之中。

这是一本个人印记鲜明的书，作为图文本，里面的一些照片和文字都是这些年游荡的产物，希望这些影像与文字能够赋予此书一种新的意义：无论是婉约还是豪放，无论是对西湖风情的歌咏还是对西部荒凉的沉思，对于写作者来说，都是一种内心的反省，一种与大自然的对话，都是为了在文字的迷宫中发现自己。

博尔赫斯说过：思考是最复杂的享受。我想说，写作是最美妙的享受。世界上最真实的东西不在别处，而在于人的内心深处。在这个世界上，人真正属于自己的时间其实并不多，做一些自己认为高兴的事情很有必要，文学使我获得了自由表达的机会，我希望闲暇时能漫步在魔术般的文字里，此间最愉快的也莫过于：当内心的动情之处与笔端的钟爱之词，在某一地点相遇并纠缠。

作为一个从小在西湖边长大的人，西湖的繁花绿树和山水清音滋养了我。江南是轻盈飘逸的，也是理性成熟的，这种柔情与激情的并重给予我作品题材空间一定的拓展，感谢这座诗意盎然的城市赋予我的情怀和气质。

生命仿佛一次行走，诗歌像爱情一样可遇而不可求。生活在爱情之都，不当一个诗人，是一种遗憾；所幸的是，在年轻的时候，我曾经与诗邂逅。

此篇为诗集《亲爱的火焰》

（浙江文艺出版社2003年12月第1版）跋

诗歌是跳舞，散文是走路

　　这本书收录的，是我这些年来，除却诗歌之外的一些文字。

　　法国诗人瓦雷里有一个比喻：散文是走路，诗歌是跳舞。从上个世纪80年代末开始，我懵懵懂懂闯入了文学领域，跳了一阵舞，走了一段路，跳得勉强，走得也一般。写诗需要直觉，为文需要理性，我是个信奉直觉的人，可是，当我发现这些年，自己居然也写下了几十万的文字，这个发现多少有些让我惴惴不安。

　　我不敢妄称自己写的这些东西为散文，正如我不敢妄称自己写的那些东西为诗歌。

　　生命中充满了相识、重逢和告别，本书汇集了我的一些回忆类文字和游记，在别人看来，这些文字也许平淡无奇，我记录下它们，既是出于一种责任，更是出于一种情感，因为当我翻阅着它们，似乎能够闻到某个年代或季节的气味。书中也收录了一些新闻采访文章，当时写是为了工作，几乎没有什么价值，现在看来更没有什么价值，但是作为一种纪念，我仍敝帚自珍地将它们收了进来。

　　常有人问：你为什么不多写点散文？我总是含含糊糊难以回答。我知道，他们的意思或许是：在这个年代，诗歌陷入低迷，而散文的生存状态则好多了。这或许是对的。然而对我来说，诗歌与散文与其他任何一种文字，都是不一样的，而我无论用什么方式写作，都是为了认识我自己。

　　感谢我的父母、外婆、儿子们和我的亲人，感谢他们赋予我如此丰富的生活和情感。感谢成长之路上不断提携关心我的朋友们，在这样一个物质时代，我倾向于将他们对我个人的关怀视作是一种对于精神的鼓励。

是为跋。

此篇为散文集《沙漏的舞蹈》

（中国文联出版社2002年12月第1版）跋

诗歌本身就是无与伦比的美景

我在管教严格的军人家庭里成长，但却偏偏爱上了文学。从小我学不好数理化，却一直深受语文老师的宠爱。

我阅读的第一本小说是《高玉宝》，第一本成人书是《红楼梦》，记得我做贼似的从父亲的藏书架上"偷"下了《红楼梦》，又囫囵吞枣地咽下它，我被书中的人物迷住了。从那以后，我又读了一些古典书籍，当我偶然遇到一本绿封皮的《唐诗三百首》，引发的激动差不多就此改变了我的生活。十五岁时，我用积攒起的零花钱买了一本《雪莱抒情诗选》，于是，我开始被这样的诗句所吸引：都是一样！因为无论欢欣或悲伤／都不会长久地羁留／人的昨天总是和他的明天两样／除了变，一切都不能长久。于是，在中学时代，我就成了一个多愁善感的人。

发表处女作那年，我在农村读高二，那首名叫《永恒的注目礼》的抒情长诗，被学校的黑板报和广播站刊播，此后又发表在一张地方报纸的头版头条。我正式发表在诗歌刊物上的第一首诗叫《乡恋》，这首二十余行的小诗同时获得了1989年全国新诗大赛的最高奖，随之而来的压力在某种程度上也为我年轻的创作增添了信心。

在文学方面影响我的大多是一些西方作家，拜伦、惠特曼、海明威、布罗茨基、陀斯妥耶夫斯基、里尔克、博尔赫斯等，阅读他们的作品，我的灵魂有一种被震动的感觉。中国作家中影响我的人不多，特别是眼下的中国文学，我觉得多少有点儿贫困。这点，可以从这本书的编排方式上看出，我的每一辑都是通过一位非中国的艺术家来区分的。就像红色代表热烈和理想，白色代表纯洁和梦幻，那么，这些艺术家在我的心目中，显然也代表了某些特定的东西。

与七年前出版的《听任夜莺》相比，这本书也许更能体现我这些年来的状态。始终用同一种方式写作，会使我感到厌倦。出于一种纪念或偏爱，本书也收录了一些旧作。或许我涂写的这些分行文字并不一定是真正意义上的诗，但是我坚持这样的努力。或许这些文字只是生活所残留下来的对话片断的重复和放大，或许这种夸张本身将导致更多的盲目和局限，但正是因为这些，才让我悟出诗歌本身的一种魔力。在我看来，诗歌本身就是无与伦比的美景。

我喜欢旅行，近年来不少作品都是游山玩水之后的产物。或许这就像美国诗人罗宾逊·杰弗斯所说：现代人唯一的获救方式就是逃离自我和同类，与永恒的大自然交流。

在我所居住的南方城市，时间雨水般落下。在写诗的第十个年头，20世纪即将结束，时间将开口说话。每一个对完美有着渴望的人，都不得不有一种急迫和畏惧，我相信，这恰恰又是作为一个诗人的幸运所在。

此篇为诗集《无与伦比的美景》

（浙江文艺出版社1999年9月第1版）跋

听任夜莺

当我向你捧出心中这小小的礼物，清明的雨水正缓缓润湿我们的头顶。

我正宁静地等你步入我的世界。

生命中可资回忆的东西不会很多。有些东西，唯因失去了方显珍贵。当我的指尖从纸背上匆匆划过时，我相信那些细小的瞬间，美妙的片段，又停在了身边。仿佛一阵风，一支歌，一株会开花的树。

于是我懂得了歌唱的意义。我永远热爱并崇慕那天空一样纯粹、隽永和飞翔着的生物。无论是在人群中走动、奔跑、流泪或寂寞地微笑时，我会发现，一切竟是如此富有和美丽！

我将用心继续追寻那无边的淡蓝的幸福。

感谢昌耀先生为我的第一本诗集撰写了序言，我一直把这种真诚的勉励，当作心灵的阳光。感谢父母以及给予我诗的力量的所有我爱和爱我的人，愿这本小册子能给你们带上最诚挚的祝福。

此篇为诗集《听任夜莺》

（欧亚经济出版社1992年6月第1版）跋

序三种

《礼》之由来

这是我的一部编年体诗集,也是我的个人心灵史。

书名和封面设计灵感,来自于今年金秋一次老家之行。

国庆期间,我回老家参加《荣归正东阳》一书的首发。这本首届世界东阳人发展大会的礼品书,由西泠印社出版社出版,记载了老家独特的人文美和浓浓的乡愁情,应主办方之邀,我为该书作了个序——《且放白鹿青崖间》。其时,我心中亦正为自己这本进入一校的诗集而纠结:书名想了几个,还没最后确定,封面设计也未有着落。

首发仪式隆重而热烈,步入活动现场,不禁被迎面一幅巨大的深红色背景板所吸引:飞檐翘角,铜铃祥云,古典而大气。正中间,"礼致东阳"四个龙飞凤舞的汉仪手书,颇为传神,尤其是"礼"字最后一笔那豪气的上挑,出神入化,底部的射灯光柱恰好照在"礼"字上,极具视觉冲击力。

我眼前一亮,心中一动:这个出类拔萃、内涵丰富的"礼",作我的新诗集书名不是挺好么?这宛若天成的背景板不正是我心目中的理想封面么?这一切,不正是故乡对我这个游子的美好馈赠么?

这真是,众里寻她千百度,猛一抬头,却在灯火辉煌处。

刹那间，一切都有了着落。仿佛是一种启示，一种神谕。

我是一株由南方的雨水、天空和梦幻孕育的诗歌植物。我的根在东阳，枝叶在杭州。

十六岁时，在老家读高二，我写下了人生第一首诗《永恒的注目礼》。之后，我的文学创作和取得的成绩，无不与家乡、与我所生活的水土密切关联。

随着年龄的增长，我也渐渐发现，自己在无意识中其实也一直用诗歌和文章，向这个世界清晰地表明我的来历和出处，犹如一棵向上蓬勃生长的树木，不停地用枝干、叶片和果实，向天空和大地彰显着自己的来历和出处。

童年乡村的基因，西子湖水的滋养，赋予我源源不断的诗歌灵感，也构成了我诗歌的抒情基调。无论是徜徉村间田野，还是行吟西子湖畔，家乡的山川大地，阳光雨露，孕育和滋养了我，我反馈给它们的，是无数犹如新雨一般闪烁着南方汉语光泽的诗句。

我始终认为，诗是有情世间的产物，是美的集成。诗是优雅、生动和飘逸，诗是自由、纯正和包容。

诗是音乐，是舞蹈，是湛蓝天空自由翱翔的飞鸟。诗是真理，是隐忍，是高山之巅慈悲精妙的雪莲。

诗是礼，是道，是法度，是生命向内的修行。

诗是爱，是暖，是宗教，是人类灵魂的良知。

诗是激越与柔情并重，明媚与执着同在，悲悯与感激共生。

诗，是巴金老人称之的"让人变得更善良一些"。

我很高兴此生能够遇见诗，而诗也遇见我。写诗的过程，就是一个不断进化的过程。

这些年，我走过了很多路，遇到了很多事，见识了很多人，长了很多的见识，因之也对自己，有了更为清醒的认识。

诗歌使我不矫情，不趋时，不追逐，安静笃守文学的本真，用植根于大地和雨水深处的语言,与大自然对话,与隐秘灵魂交流,坐看花开花落,望春风。

在此意义上,我认为诗歌是穿越尘世后的苍茫与宁静,是尊严被唤醒的丰沛与充盈,更是来自灵魂深处的澹泊与高贵,它传达出一个写作者最为核心的凝重——那是一种感恩,对生活,对爱,对生命自身。

吾对生活有情,生活报吾以诗。吾对故乡有情,故乡还吾以礼。这本诗集,是献给故乡之礼,亲人之礼,更是献给读者之礼。

以金为礼,铜臭熏天。以花为礼,两天即蔫。以文为礼,意乱辞繁。以诗为礼,情深旨远。

礼轻情意重,嘤鸣求友声。

此篇为诗集《礼——卢文丽诗选》
(上海三联出版社2017年12月第1版)自序

且放白鹿青崖间

我的祖籍是浙江东阳,父母都是上卢人,六岁前,我一直被寄养在上卢外婆家。

我们住的廿四间老屋,是一座清代老宅,四方的天井栽着橘树,出了后门,穿过一条叫桂花巷的卵石弄,有一扇高大的台门,迈过台门,向左拐个弯,就可以望到一条叫作锦溪的美丽河流。

那时,我与表哥表姐这些寄养在外公外婆家的孩子,就像田野里乱飞的麻雀,终日在雨水和阳光充沛的乡间玩耍,每当黄昏来临,系着蓝布围裙的外婆立在台门口,长一声短一声吆喝我们的乳名,我们才拖着泥泞依依不舍地从溪滩返巢。

我怀恋夏日傍晚,外婆用井水泼湿地面,从屋里搬出长凳和竹榻,我们几个小淘气争食完玉米糊,躺在竹榻上乘风凉,一身青衣的外婆一边摇着麦秆扇,一边给我们讲故事。无数个流萤闪烁的乡村之夜,我枕着外婆流水一般的絮叨,在漫天星光中进入梦乡。

高中时,父母把我送回老家上卢中学(今东阳第三中学)借读。每个周末,我都坐着公共汽车,从六石镇返回上卢村,享受外婆外公的关爱,周日下午,带着外婆为我做的霉干菜返回学校。外婆必送我到车站,我们牵着手,走到乡村公路上,我坐上车,外婆冲我摇着手,她的身影在我的视线中越来越小,直到消失不见。记得有次,因为错过去学校的车,七十多岁的外婆用扁担挑着我的行李,走了十几里山路一直把我送到校。外婆不识字,却教会我许多来自乡间的道理,某种意义上,她对我的影响远甚于我后来所受到的教育。一个童年有过乡村生活的写作者是幸运的。我知道,因为有了乡村的烙印,我才得以与众不同,我才得以生活在古朴纯正的感情里。

从十六岁开始,我写诗,也写散文,故乡一直流淌在我的笔下,故乡的山川草木,芸芸众生,成为我创作的泉眼。我的第一首诗《永恒的注目礼》是在老家读高二时写的,描述一名对越自卫反击战中牺牲的小战士。诗歌《乡恋》荣获'89全国新诗大赛最高奖,抒发的正是对故乡田野的怀恋,后发表在《诗歌报》上。1992年《人民文学》1月号,发表了我的组诗《故乡·恋曲》。我的第一篇获奖散文《老房子》讲述的也是"木雕之乡"东阳的老房子。我的第一笔稿费,是发表在《中国邮电报》上的一首诗,这首题为"二狗子"的诗描写了一位乡村童年玩伴,我把三十元稿费转寄了外婆,舅妈后来告诉我,外婆揣着那张汇款单,在村里炫耀了好一阵。

曾经,在我的心目中,外婆就是故乡,故乡就代表了外婆。2003年夏天,外婆去世了,我一度认为自己失去了故乡。那时,我时常梦见她,有时在村口,有时在集市上,有一次,我梦见自己从冰山上冲下来去见她,醒来发觉已泪流满面。我曾背着相机,花了三年时间走遍江浙古村落，写作随笔集《温柔村庄》，在书中介绍了东阳的卢宅和上卢，当村庄上空飘起熟悉的炊烟味，当迎面的暖风送来田园的气息，仿佛时光倒流，外婆犹在人间。书完成后，我却发现内心的郁积依然无法释怀，于是，我萌生了将外婆一生的传奇故事，用小说来表现的想法，因为小说是留存生命记忆的首选方式。

《外婆史诗》是我的第一部长篇，从孕育到完成历时十年，出版后，被称为"一部超越苦难的温情之书"。这是一次面对上苍的写作，它使我的肉身更为紧贴于故乡这片养育过我的土地。这是一部献给外婆的小说，也是一部献给故乡的小说。

东阳素有"婺之望县"、"歌山画水"之称，素有兴学重教、勤耕苦读的传统。明代开国文臣宋濂撰写的《送东阳马生序》，数百年来，脍炙人口，文中那位谦逊好学的东阳书生马君则的形象也跃然纸上。历史上，东阳进士题名共有三百零五人，如今，东阳籍的院士、博士和博士后更如雨后春笋，一代又一代东阳江水哺育的东阳书生，在负箧曳屣的求学路上，创造的"霉干菜土布衫"精神，更是东阳人文精神的宝贵财富。

东阳人文荟萃，英才辈出，古代有冯宿、舒元舆、葛洪、乔行简、张国维等，近代有北伐名将金佛庄、"一代报人"邵飘萍、物理学家严济慈、植物学家蔡希陶、台湾报业巨子王惕吾等，他们大多侠肝义胆，极富文人禀质，他们的名字如同辉映浙中天空的璀璨星辰，也使东阳江水奔腾出不同凡响的深邃和壮丽。

东阳也是著名的"建筑之乡"和"工艺美术之乡"，东阳木雕、东阳竹编，名闻遐迩。雅溪之畔的卢宅肃雍堂，这座明清建筑群被称作"民间故宫"，北京故宫精美绝伦的宫殿雕刻、杭州灵隐寺雄伟壮观的释迦牟尼大佛等均出自东阳能工巧匠之手。如今，东阳也是著名的影视文化名城，横店影视城被称作"东方好莱坞"。

古人云："观乎天文，以察时变，观乎人文，以化成天下。"

时值世界东阳人大会举办之际，这本凝聚着浓浓乡情的《荣归正东阳》由西泠印社出版社出版，可喜可贺。《东阳日报》总编辑赵志强先生盛邀作序，我深感才疏学浅，心中惶恐。志强先生是我的老乡，亦是新闻界同行，出版有多部高质量个人摄影作品集，此番领衔编撰此书，融历史、当下、未来为一炉，既有原汁原味的风土人情，又有凝练厚重的人文历史，既有对走南闯北的佼佼者的推介，又有对古建、木雕等非遗的探索，仿佛波光粼粼的东阳江，包容着历史和日月的容量，让人重新领略其丰沛悠久的独特之美。相信衣锦还乡，荣归故里的游子们捧阅此书，定会被书中的绵绵乡情所打动，为自己是东阳人而骄傲，感恩家乡，回馈故园，为家乡的发展作出新贡献。

行文至此，我的脑海里出现外婆站在村口翘首盼望的情景，身材瘦小，夏天穿一身藏青色斜襟上衣，冬天穿一身妈妈买给她的黑色短呢子大衣，笔笔直地站在那儿，在风中，在雨中，在梦中，有时是接我，有时是送我。

文学又何尝不是一种相送之情呢？譬如李白之于汪伦，梁山伯之于祝英台，宋濂之于马生。"河桥不相送，江树远含情"是文学，"浮云游子意，落日故人情"是文学，"何处是归程？长亭更短亭"是文学，"别君去兮何时还？且放白鹿青崖间"是文学。这份相送之情，是文学抒不完道不尽的泉源。

写作是一场跋涉，亦是一场还乡，带着离别的忧伤，带着重逢的渴望。无论是大江东去的磅礴抒情，还是儿女情长的浅吟低唱，既是一场告别，又是一场更新，仿佛浩荡的东阳江水，历经辗转，终归大海，与山川共存，与日月同辉。

因为，所有出发的目的，都是为了回到起点。

因为，凡事念念不忘，必有回响。

此篇为《荣归正东阳》（西泠印社出版社2017年出版）序

爱上古村落

> 这个村落里有最后一所房屋
> 孤零零的,像是世界上最后的房屋。
>
> ——里尔克《祈祷书》

倘若这世上还有世外桃源,还有淡墨渲染的中国画,意境悠远的田园诗,倘若在昙花一现和地老天荒之间还有另一种永远,便是那些古老村落了。

在苏杭古村落行走,眼前不断被青山绿水间的风景迷离:流水、小桥、窄巷、桃花、浅笑、罗衫、乡间小道、鸡犬桑麻,瓜棚豆架、碧绿麦苗,多少牧笛横吹的清歌,在人约黄昏的吴歌中浮现。

在苏杭古村落行走,内心不断有唐诗宋词蹦哒而出:"青箬笠,绿蓑衣,斜风细雨不须归","晨兴理荒秽,带月荷锄归","野旷沙岸净,天高秋月明",多少抒情咏怀的诗文,在旧时朦胧的月色里沉淀。

古村落是美丽的,白墙黑瓦的老屋,明净温婉的流水,门前浣衣的女子,白鹅追逐的稚童,荷锄归来的农人,洋溢着恬淡、和谐与宁静。

古村落是深情的,野花交错的小径,青苔覆盖的台阶,缱绻缠绵的炊烟,夜色掩映的灯火,淡泊中透着执着,平凡中隐着温情,让人记起家园、童年、亲人、归宿这些已经淡漠的词。

古村落是隽永的,那些具有现代雕刻之美的飞檐高脊、雕梁画栋,青石铺砌的长街短巷,纵横连接的粉墙黛瓦,错落有致的照壁牌楼,是江南文化的独特符号,更是岁月遗落的文明碎片。

古村落是安详的,那些繁衍生息过一代又一代的古屋、巷陌,发生过无数往事的拱桥、河埠，记录着乡村生活的智慧和情趣，缓冲着工业文明和文化虚无主义的颠狂。

爱上古村落，在春花秋月中找寻，在暮鼓晨钟中品味，你为常年生活在视线之外的乡俚农人感动，怀念人与人之间的纯朴情感，了解古人曾经怎样劳作与生息、追求与喜爱。

爱上古村落，当心灵在都市中孤独空虚、无所慰藉，那些原汁原味的旧时风情，虽经风雨剥蚀依然回味无穷，让你触摸到文明的衣襟，获得参禅般的体悟。

古村落是脸谱，是唱腔，是气韵，是精华，是血脉之河上古色古香的渡口。

古村落是一位刻骨铭心的老人，是村口老树下熟悉的身影，是一双永远期待归人而欲穿的眼睛，是稀疏的阳光下絮叨的陈年旧事，是更多的光阴中固执的沉默。

爱上古村落，你会思考：我们是谁？从何处来？往哪里去？

想起玛格丽特·杜拉斯《情人》的开头：有一天，一个男人向我走来，说：我认识你，并且永远记得你，那时候你还很年轻，人人都说你美，现在我是特地来告诉你，与你那时相比，我更爱你如今倍受摧残的容颜。

谨以此书，献给那些美丽和真实的古老村落，献给那些依然生活在其间的人，献给那些曾经在乡村度过童年的人，献给那些向往在自然中结庐而居的人。

带上寻找家园的温柔心境，出发吧！

此篇为随笔集《温柔村庄》
（湖南文艺出版社，2006年）序

读书笔记八题

一堵墙对另一堵墙说了些什么

在不同时期的个人阅读中，总会遇见一些令人惊异的事件，那种感觉好比漫长旅途中的艳遇，它所给予你的丰富性和美妙情绪，像一种珍贵的香氛久久难忘。

十多年前那个遥远的冬天，当我读到美国作家塞林格的《献给艾斯美——一个爱和忧伤的故事》时，像被一场温柔的感冒所击伤，小说不事张扬而又楚楚动人地叙述了：生命中不期而遇的美，爱对崩溃的拯救，崇高、宽容与真诚，瞬间、幻觉与回忆……有如玛格丽特·杜拉斯的《琴声如诉》般将我深深打动。

J.D.塞林格，这位犹太商人的后裔，二战时期的特工，神秘的遁世者，其身世从此亦成为我缅怀的对象，甚至他十八岁到波兰学做火腿的短暂经历，也让我联想起东阳外婆老家闻名于世的"雪舫蒋腿"而倍感亲切。

1951年，塞林格发表了《麦田里的守望者》，之后便像梦一般销声匿迹，那篇小说后来成为全美中学生的必读经典。

1980年12月8日，一个心烦意乱的孤单者马克·大卫·查普曼掏出手枪，将一本《麦田里的守望者》盖在上面，朝他的偶像约翰·列侬连开五枪，查普曼在那本书上的题字不无意义："霍尔顿·考菲尔德（《麦田里的守望者》中的男主人公）送给霍尔顿·考菲尔德。"

不到四个月，小约翰·欣克利（二十六岁，美国中西部人，后来被形容为"不合群"、"精神错乱"）对走向座车的里根开了六枪，其中一颗子弹穿过总统身体离心脏仅一英寸，警察在欣利克口袋里发现一本已被他读得破破烂烂的书——《麦田里的守望者》。

塞林格作品的杀伤力，在当代世界文学中堪称无与伦比，但其扑朔迷离的生活似乎更令人瞩目。几十年来，这位天才隐居在美国新罕布什尔州乡下的科尼什小镇，每天躲在一间仅有一扇天窗的斗室内写作。他的住所外筑高墙，布满铁丝网，所有手稿均存放于"一间屋子大小的保险库"里。他的特立独行，令无数热心读者、仰慕者和记者们绞尽脑汁一筹莫展。

这位花了将近半个世纪逃避世俗追逐的人，不久前再次成为新闻人物：当索斯比拍卖行准备拍卖塞林格三十年前写给情人乔伊丝·梅纳德的十四封情书之际，买主彼德·诺顿，一位来自加州的退休电脑软件工程师，深察塞林格维护隐私的心愿，不惜以15.65万美元天价购下书信并如数奉还作者。这个奇迹让无数引颈翘盼者再一次失望。

请允许我摘录几段塞林格1978年对《尼亚加拉瀑布评论》记者迈克尔·克拉克森所作的简短独白吧：

"我不愿意当一个公众作家"，因为"那会改变我的生活，我只为自己写作"。

"评论要对一个作家开口的话，那可就糟糕到家了。一旦他们要对你人身攻击，那简直就是谋杀了。"

毫无疑问，塞林格是一位真正为内心写作的人，因为写作这件简单而纯朴的差事，永远只与心灵相关。从某种意义上说，它既是对世界与自我的孤立，也是一种更为深刻的亲近和拥抱。

我曾有幸在一本杂志上，目睹过一张塞林格的照片：高领衫，棕色粗呢夹克，有一双深邃的黑眼睛。这位古怪的老头儿如果健在，今年应该有八十三岁了吧。倘若有朝一日，上帝保佑我与他不期而遇，我一定会像那个纯真未泯的小查尔斯般，冷不丁冲出来对着他大喝一声：在拐角的地方碰头！

虽然这几乎是一场美梦。

四姐妹

我想，一个写作者在用词语书写时，其人生状态应该是接近音乐场合的。在我有限的阅读中，那些美妙绝伦的女性诗歌，常常在心头交织出一种更为内在的倾听，卓越的演绎，以及辽阔深远的生命共鸣。

艾米莉·狄金森（1830—1886），这位美国最富传奇性的女诗人，她飞鸟般灵动的诗句，仿佛一把小提琴：隐秘、明亮，洋溢生命的质感。从名满社交圈，到二十五岁开始闭门不出，这位美丽的女诗人终其一生的热情，倾注在一千八百多首诗作与一本秘密日记中，"诗就像一缕金色的线穿过我的心，带领我向梦中才出现的地方前进"。在她如诉的琴声中，无论蜜蜂、蝴蝶、知更鸟，还是雏菊、野菌、蒲公英，都具有人的灵性，而孤独恰似一场丰盈神圣的盛宴，她超现实的、神奇的催眠术般的乐章，正如美国人奉献给她的铭文："啊，杰出的艾米莉·狄金森！"

第一位获得诺贝尔文学奖的拉丁美洲女作家加夫里埃拉·米斯特拉尔（1889—1957），应该是一架洋溢着自然之声的管风琴，米斯特拉尔富于情感底蕴的抒情诗，使她的名字成为整个拉丁美洲理想的象征。这位乡村的女教师，著名的外交家，拉美文学的女王，我个人认为她的音乐，最适宜在大自然中演奏。她就像一位真正的民间艺人：空气的波荡，树叶的颤动，鸟的声音，花的芬芳，都被她的琴声连缀得天衣无缝，传达出和谐的自然之声。有福的人，聆听着音乐，胸中的伤口渐趋愈合。

美国"自白派"女诗人西尔维娅·普拉斯（1932—1963），

她梦魇般的号叫仿佛一边用鼓、铜管乐器演奏黑人灵歌，一边剧烈扭动痛苦打滚的爵士乐手。这位给人以"高烧130℃"裸身披发、放浪形骸之感的女子，将爱情、性爱、死亡、艺术、自然这些人类永恒的问题，通过梦游的幻觉与乖戾的呓语推向了极端。她将艺术与疯狂、辉煌和痛苦糅和在一起，和安·塞克斯一起从文学上开了70年代妇女解放声浪的先河。这位勇敢的行动者，在三十二岁那年，将其不朽名句"死是一门艺术，我要使之分外精彩"付诸了实践，达到了主义和实验的高度统一。

安娜·安德列耶芙娜·阿赫玛托娃（1889—1966），这位身高一米八十、气质高贵的俄罗斯的萨福，就像广袤深沉的俄罗斯旷野，只有悲切动人的大提琴，才能够与之相媲。民族和个人的磨难，汇成她独特的诗歌风格：感情真挚，舒缓凝重，交迭着地狱和天堂的合奏。阿赫玛托娃的一生，与她志同道合的诗友们一样历经沧桑：布尔加科夫在贫困中结束一生、皮里尼亚克因"间谍"罪被处决、曼杰尔什坦姆死于流放地、茨维塔耶娃回国后自杀、帕斯捷尔纳克险些被剥夺公民权……但是，被诬陷为"混合着淫秽和祷告的荡妇和修女"的阿赫玛托娃，却并没有倒下，她赞美着苦难，并超越了苦难，她的人格力量及其艺术感染力，正如著名诗人叶甫图申科的评价：普希金是俄罗斯诗坛上的太阳，阿赫玛托娃则是俄罗斯诗坛上的月亮。

这美丽的四姐妹，是四朵盛开在人类诗歌艺术巅峰的奇葩，她们流光溢彩的演奏，成为后世百听不厌的经典，令我想起早逝诗人海子的那首《四姐妹》：

  荒凉的山岗上站着四姐妹
  所有的风只向她们吹
  所有的日子都为她们破碎
  ……

迷宫中的玫瑰

有一种作家,仿佛生活在时间的长河里,像一尊青铜雕像,比埃及更古老,早在预言和金字塔之前就已存在,他穿越时空的魔法,让死亡都变得与梦和现实一样没有界限。

最早是十年前,在一本袁可嘉主编、上海文艺出版社出版的《欧美现代十大流派诗选》里,阅读到博尔赫斯的《镜子》、《棋》等六首代表作,那些天籁般的语言令人沉醉。后来在书店,见到了《博尔赫斯文集》三卷本,那位手持咖啡杯、嘴角洋溢着布宜诺斯艾利斯般梦幻热情的长者,完整地伫立在我的面前。

豪尔赫·路易斯·博尔赫斯(1899—1986),古军人的后裔,阿根廷杰出的诗人、小说家兼翻译家,博学而奇诡的迷宫建造者,他神秘、明净而博大的作品,像孤独的玫瑰闪烁在宇宙之中。作为榜样,博尔赫斯曾经影响了20世纪几乎所有的先锋派作家。对于博尔赫斯的作品,我更倾心于他那些朴素优雅的诗歌,那些东方式的对事物的敏锐洞察和意趣无穷的舒缓叙述。博尔赫斯借助屋宇、镜子、罗盘、大海、迷宫、旋梯这些意向来象征时间的循环往复,世界的错综复杂,以及个体的孤独迷离。那些古老的背影、朦胧的光、错综的暗影,在时间的长河里飘逝离去,而现实只是昙花一现的景色。可以说,博尔赫斯的精髓保留于他的诗歌,最终他也从伟大的诗歌中为自己赢得了不朽。

命运给这位不幸而才华横溢的人所开的最大玩笑,是在他双目失明之时,拥有了一座有八十万册丰富藏书的国立图书馆。我难以忘怀这样的场景:失明的老人蹲在书架间,手掌摩挲着书页,几乎就像是书的一部分,他的鬓角灰白,惬意的神情有着孩子一般的满足,淡金色的光芒洒在他的周围,细微的灰尘在光线中舞蹈。凝视着这个画面,我的心头洋溢起一种一言难尽的温暖,耳边仿佛萦绕着博尔赫斯珍贵的独白：我写作，是为了我自己和我的朋友们；我写作，是为了光阴的流逝使我安心。

我怀念他，怀念这位生命垂危之际，手里摩挲着从纽约唐人街买来的中国竹制手杖的老人，虽然他最终未能登上梦寐以求的长城，去抚摸那些宏伟的砖石，但是他的名字，却像长城一样光荣而永远地留存于这个寂寞星球。博尔赫斯没有获得诺贝尔文学奖的确是一个重大遗憾，不过，这个缺憾并不属于博尔赫斯，而属于诺贝尔文学奖。

"那永远独一无二的／永远是玫瑰中的玫瑰／在我歌唱以外的，炽热而盲目的玫瑰／那不可企及的玫瑰……"博尔赫斯的天赋之作，是我行囊中的良伴，陪伴我在漫长琐碎的人生旅途中，保持住一滴水的澄澈。在鸽子的幽冥中，我无数次穿过素馨花和忍冬的庭院，倾听到沙漏在缓缓流动，仿佛在骸骨与青草之间缓缓流动……小径分岔的花园尽头，博尔赫斯沉思般的笑容火焰般颤抖，好像从来不曾从这个世界上消失——

> 众神给了其他人无尽的光荣：
> 铭文，钱币上的名字、纪念碑、忠于职守的史学家
> 对于你，暗中的朋友，我们只知道
> 你在一个夜晚听见了夜莺

图形世界里的卡夫卡

多年前一个偶然的机会，我闯进了版画家埃舍尔（M. C. Escher, 1898—1972）的世界，领略到一位擅长"智力图像"的大师，用奇妙的悖论、错觉和双重意义所展示的矛盾空间。

应该说，这位高个子、大胡子，目光清澈的荷兰人，并不是一个令人愉快的家伙，他的笔下很难找到优美的色彩、诗意、激

情和放纵的欲望,也没有多愁善感、含情脉脉、"媚俗"和夸张的情绪,他所提供的那些自相缠绕的怪圈、诡异回形的楼梯、荒谬怪诞的几何线条,更多时候让人目眩神迷不知所云。

我并不太喜欢埃舍尔的那些数学秩序,但却为画面中幻想的城堡、河流和看似向上在走但却永远在兜圈的黑暗影像所着迷。埃舍尔的作品中,似乎凝聚着大量永恒的主题:语言、人类、意识的起源,时间、空间、存在,无限与有限、荒诞与现实……侯世达(D. R. Hofstadter)在他的著名的GEB(《哥德尔、埃舍尔、巴赫》)中说,数学家是埃舍尔作品的第一批崇拜者,有许多物理学家比如李政道也很喜欢这些画。我却觉得埃舍尔的作品,似乎更能够引起诗人和哲学家的共鸣。

怪圈是埃舍尔的永恒主题,这种起点便是终点,终点便是起点的终极真理,使想入非非、自视甚高的人们无所适从。比如《画画的双手》里,左手画右手,右手画左手,这双手到底是谁画的?比如《瀑布》里,画中的瀑布倾泻而下,汇集到池子,顺着水渠往下流,拐了几道弯,最终突然又折回到了瀑布口。这种循环的、永远无法表述的、或许自相矛盾的荒诞感,常常令我们在瞬息陷入遐想,孑然一身地行走于永无休止的宿命之中。于是,物质世界褪去了它的伪饰,显露出一个本质而内在的世界:一个冷漠与温情的世界,一个让人依恋和缅怀的世界,一个充满无限梦想而又不可企及的世界。我在埃舍尔无限的阶梯和回廊之间行走与跪拜,感受着无可舍弃的孤独与窒息,仿佛置身于博尔赫斯的迷宫和卡夫卡的城堡,耳畔甚至回旋起了叶芝的诗篇:

> 我行走在一场重新再打一遍的战役中
> 我的皇帝,丧失的皇帝,我的士兵,丧失的士兵
> 脚步飞奔,向着那升起和降下的
> 脚步,总是踩在同一的小小石头上。

我惊叹于荷兰这块土地，竟然贡献出凡·高和埃舍尔这样两位截然不同的画家，这种对比犹如昼与夜、红与黑一般强烈而鲜明。我对埃舍尔的喜爱，并不仅仅因为他还是一位对大自然满怀深情的旅行者，也不仅仅因为他奇特的画面，有着与约翰·塞巴斯蒂安·巴赫脍炙人口的曲谱般不同凡响——这两位相距了两个世纪的艺术家，用不同的艺术形式创造出了相同的思想：怪圈。他们将三维空间难以陈述的事物，在视觉和听觉上加以再现。这种跨越时空的天作之合，本身就是一种奇迹。

　　埃舍尔是一面魔镜，对他的每一次注视，都会让人惊讶地觉察到另一个自己的存在。正如这个漫长而炎热的夏季缓缓合上它虚度的扉页，而你体内的另一个夏季才刚刚苏醒。

浪漫的炼金术士

　　好几年前，看过一张碟片《全蚀狂爱》(*Total Eclipse*)，一部非主流电影，讲述的便是法国天才诗人兰波和魏尔伦惊世骇俗的同性恋情。英俊、孩子气十足的莱昂纳多·迪卡普里奥，扮演那位离经叛道的真实少年：黑色长大衣，一头当时极不时尚的长发，无所不在的颓废气息，幽灵一般飘荡在19世纪的巴黎街头。

　　在世界诗歌史上，阿蒂尔·兰波（Arthur Rimbaud, 1854-1891）堪称一位天才。这位来自沙勒维尔小城的粗莽少年，有着天使的面庞、魔鬼的内心以及超越年龄的才华。虽然他只活了短促无常的三十七年，作为诗人，他的创作时间尚不足五年——他的全部创作，几乎都完成于十五岁到十九岁之间。然而对于整个世界，这五年已太丰盛。

　　兰波的诗歌，犹如火山喷发迸裂出来的岩浆：璀璨、夺目、令人眩晕。它所蕴涵的激情、灵感和非凡的创造力，焚毁了平庸与陈词滥调的世界。他那沉溺于幻觉的写作,颠覆了诗歌旧有的秩序,催生出象征主义与超现实主义两大流派。这位诗歌的通灵者,也是一位色彩大师,在其著名的《元音》中,兰波第一次为元音字母发明了颜色:A黑,E白,I红,U绿,O蓝。他那些色彩斑斓的诗句,像"缤纷的幻影"令人沉醉:"绿唇、冰面、黑旗、蓝光与阳光散发出的红色芬芳——的力量",兰波告诉我们,诗歌拥有芳香、音调和色彩。这样的语言,来自灵魂。

这位预示了现代主义的革命诗人、惯于嘲弄传统和神圣的怀疑论者、不甘忍受平庸生活的逃跑者,其传奇的一生,也被无数世人所揣测:少年时的亵渎神灵,与诗人魏尔伦的暧昧关系,昙花一现而永垂不朽的诗篇,在非洲的冒险之旅,罹患致命的热带病……"我的生命不过是温柔的疯狂"。可以说,兰波是一位由数代先锋艺术家、垮掉派作家,以及有更多唯美思想倾向的摇滚明星所共同维系的形象。

"兰波依然是个难以理解的人。"格雷厄姆·罗布,这位写过《巴尔扎克》《雨果》的传记作家,在《兰波传》的最后一页如此评价。在我看来,我更愿意把兰波看成是一个孩子,一个充满反叛精神、混杂着乡村干草与浮夸气息的流浪儿,他不惮以最邪恶、最反叛的姿态标新立异激怒众生,直至怀着那颗高贵的野心,孤独贫困地奔波于丛林大漠。临终前,这个孩子对他的姐姐如此告白:我完全不知道这一切究竟是怎么回事。

"我梦想着十字军东征、无人知晓的探险旅行、没有文字历史的共和国、半途而废的宗教战争、风俗的变迁、种族和大陆的迁移:我相信一切魔术。"(《文字炼金术》)兰波,这位诗歌的通灵者,常常让我想起希腊神话中那位迷恋水仙而死的美少年。这个夏季,当我翻阅着他著名的《奥菲莉亚》,心头飘散起象征主义画家约翰·埃弗雷特·米莱同名经典油画上的气息:虚无、孤独而唯美。

兰波，他的浪漫与疯狂，他的辉煌与早夭，正符合了一个天才的结局。

像蝴蝶一样斑斓

和许多人一样，我对纳博科夫的了解，最初也是从备受争议的《洛丽塔》开始的。这部充满惊人机智与活力的小说，讲述了一位中年教授与十二岁少女之间的不伦之恋。撇开出版商的利益不谈，这的确是一本令人叫绝的好书：它使我们目睹了一场单纯的爱。

后来，看了根据小说改编的两部影碟：一个黑白，一个彩色。一个是库布里克三十多年前执导的，拍得古典而严谨；一个完全是当代人的演绎，将性爱表现得罂粟花般魅惑而美丽。洛丽塔的饰演者前者如今已年逾半百，后者那位十四岁的女星正成为娱乐界新宠。

俄裔美国作家弗拉基米尔·纳博科夫（1899—1977），流亡贵族的后裔、旅行者、诗人、大学文科教授、象棋难题的制作者、畅销书作家，如同一个世纪之谜，神秘地隐现于他那奇诡的叙述之中。如果说《洛丽塔》喻示了纳博科夫商业上的成就，那么，《普宁》、《苍白的火》、《黑暗中的笑声》这些充满智慧的篇章，则使他当之无愧地与索尔·贝娄、诺曼·梅勒一道，被推崇为美国当代最重要的小说家。

令我深感兴趣的是，这位世界公认的一流大文豪，还是一位蝴蝶专家。纵观文学史，没有一个具有纳博科夫这般声誉的作家，在科学领域也作出过如此卓越的贡献。事实上，纳博科夫在40年代，负责哈佛大学比较动物学鳞翅目昆虫研究项目期间撰写的论文，早已赢得了同行的尊敬。在《时代》周刊封面以及各种专著书籍里，纳博科夫不时向我们展现着他和蝴蝶们在一起的照片，这位鳞翅昆虫学家，神情自得地流连于捕蝶网和标本罐构筑的空间。纳博科夫对蝴蝶的研究是如此深远，以至于后来的不少昆虫学家，纷纷将他们采集到的相关蝴蝶新品种，命名为纳博科夫小说中人物的名字。在《说吧，回忆》里，纳博科夫曾经感慨："就我所知，绝大多数的行为，在它所产生的情绪起伏、欲求之念、雄心壮志与成就感上，都不足以和寻访昆虫所带给我的那种丰富强烈的兴奋相比。"

在此基础上，我们再回过头来欣赏纳博科夫的作品。这位细腻而渊博的作家，更像是一位调和智力与感性的魔术师，他的小说从形式、结构到内容，都洋溢着与众不同的魔力，他的语言具有坦率的清澈和解剖学一般的精确。他不厌其烦地将抒情与嘲讽、崇高与揶揄、机智与愚鲁，拼合成蝴蝶羽翼般光怪陆离的图案，给阅读者带来连绵不断的惊喜。1953年夏天，纳博科夫一边在写作《洛丽塔》，一边也在不停地捕捉蝴蝶。这位对美丽、优雅和神秘事物充满好奇与玄思的作家，在艺术上反对"逼真"地模仿现实，他公开声称，不喜欢所谓19世纪的现实主义传统，就连斯丹达尔、巴尔扎克和左拉，都被他贬为"可憎的庸才"。

终其一生，纳博科夫也没有放弃过作为一名昆虫学家的冲动，这份孩童时期萌生的热情，最终演变成他矢志不渝的一份挚爱。在我看来，纳博科夫的文字，就像午后倾斜的阳光下一段难以磨灭的记忆，挟着所有的美丽与任性毫无顾忌地向你飞奔而来，这群五彩缤纷的精灵，扑朔迷离，充满诱惑，仿佛洛丽塔的化身，像梦幻一样神奇，像生命一样清晰，像蝴蝶一样斑斓。

通向太空的无限乡愁

最初结识辛郁先生的作品，是在大学"中西比较诗学"选修课上，他的一首与里尔克同名的诗作《豹》，以奇特的构思、凝练的语言吸引了我。"不知为什么的／蹲着　一匹豹／苍穹默默花树寂寂／旷野　消　失",诗中渗透的那种现代文明桎梏下的深层迷茫和悲愁,以及对生命原始价值和自主性的呼唤与寻找,曾有很长一段时期,在我记忆的旷野久久回响。

一个秋雨初歇的黄昏,我在华侨饭店见到了这位仰慕已久的诗人。辛郁先生因其冷峻的诗风,在台湾素有"冷面诗人"之称,但我眼前感受到的,却分明是一位爽朗、豁达、言谈亲切而不乏幽默的长者。落地的窗帷之外,城市的喧嚣仍依稀可辨。在一种诗歌般沉静的氛围中,辛郁先生与我们侃侃而谈。

50年代初步入诗坛的辛郁早期为"蓝星诗社"成员,后加盟《创世纪》诗刊,60年代为《诗宗社》编委,其后与洛夫、纪弦、商禽等人成为台湾诗坛成就卓然的常青树。诗歌通向的是光明与清澈,献身诗歌的人就必定承受寂寞和清贫。《创世纪》创办伊始,曾经历了一段艰难时光。经费的匮乏,使得诗人们放下往日的斯文而去四处"化缘"。好不容易凑足钱出了书,却又因影响不够而少人问津。登广告吧,费用又太昂贵。几个迷恋诗歌而又不能自拔的年轻人凑在一起出点子,终于想了个好办法。台北一些大影剧院上演新片时,中间常常会跳出一则"寻人启事":辛郁,《创世纪》诗刊出了,请你出来。这样,既做了广告,又省了钱。回首往事,辛郁感慨万分。为了《创世纪》,他曾不得不将自己的自行车送进当铺,等诗刊的状况有所好转后,才将自行车重新赎回。辛郁先生对诗钟情若此,成为诗坛流传至今的一段佳话。

像纪弦把自己比作狼一样,辛郁把自己比作豹,一只处在旷野之极,天性刚烈,生命强悍却在现实中无所作为的豹。他通过诗的形式来探索生命的奥秘。他认为在所有的艺术中,诗是最难辨识也是最高尚的,正如艾吕雅所言,是"通向太空的无限乡愁"。诗体现的是一种良知和觉醒,它永远走在时代的前头,一般的合理与否无法来将它衡量。

辛郁先生现任台湾《科学月刊》编委，勤奋且著作颇丰，出版过四本诗集以及小说、散文、剧本、杂文等多种著作。辛郁对鲁迅先生佩服之至，认为能真正写好"人"字的大师寥寥无几。他说自己的诗作，都是以人为出发点，这也是一种做人的姿态。他认为，做人首先要找到自己的位置，必须永远往前走，必须耐得住寂寞。不管别人给你多少喝彩，只有自己内心的喝彩才最为精彩。

辛郁先生祖籍浙江慈溪，出生于杭州，他对杭州怀有浓浓的情感，此番是他第四次来大陆，乡情难却，诗情难却："以玉为质 以黄金的色泽/送香十里的秋桂/停驻着我……看飘香的过程/让双眉 堆积一层/厚厚暖暖的乡气"（《西湖写意》）。这份暖暖的乡情，令他梦牵魂萦了整整四十一年，随着时光的流逝愈显浓烈。

临别时，辛郁先生书赠我一首此行在富春江巡游时的即兴之作——《桐庐严子陵钓台不知有何物可钓》：

在雨中
寻一种水分
从血中来

严先生 我访你在
一泓水中 只不知
昨夜 我是否在梦中钓梦

在物我合一的冥冥之中，辛郁先生抵达了澄明的无限。

大地上漫游的行吟歌者

读彭程的散文,仿佛徜徉于庄稼与晨露交织的原野,自在天然、丰沛清新的气息,令人神清气爽。又仿佛风过疏竹,雁渡寒潭,一种沁透心灵的生命哲思,予人启迪与遐想。

六年前,与彭程兄同赴日本开会,得以相识,早知他是散文名家,亦是报界同仁。彭兄儒雅、实诚,学养深厚,忙碌的职业生涯非但没有消磨他对文学的初心,且笔耕不辍,令我钦佩。

我读彭程散文第一感觉是亲切。无论日常生活、凡人小事,还是阅读札记、旅途见闻,都写得随性自然,平中见奇,既感性柔软,又理性思辨。作者笔下的埃利蒂斯、雷诺阿、莫奈、凡·高、肖邦、苏东坡,也曾滋养过我的青春。作者去过波兰圣十字教堂、克拉科夫、廿八都,我亦曾前往驻足,尽管没有作者的深刻感受,阅读时等于在心中又重游一遍。

艺术上,大凡以奇崛、瑰玮取胜,不难。而将寻常平淡之物,推向极致,却非易事。彭程善于挖掘日常生活细节,世间万物,均可化作绕指柔情。语言简练、通透、素朴、恬淡,娓娓道来,既像是交谈,又像是自语。我一向以为,好的诗歌就是自言自语,好的散文亦是。

时下的散文,不乏矫揉造作者,不乏装腔作势者,不乏冠冕堂皇者,不乏文字挥霍者。彭程的文字,不装,读起来亲切,一看就是说人话、见性情的好散文。《身边的人们》、《大树上的叶子》、《瞬间的收藏》记述了身边同事、同乡、同学,平易真切,有情有义,反映了作者对生活美和人情美的珍视。《招手》、《对坐》、《父母老去》、《父母的房间》、《远处的墓碑》,采用近乎白描的手法,描写父母、亲人的衰老,面对死亡写得低回婉转,读之令人潸然。

这是一个人子割舍不断的、刻骨铭心的亲情。我仿佛目睹人类共同的晚景，悲凉且温暖，悲凉的是万物终有时，温暖的是时光永远无法带走那份钻石般珍贵的浸入血脉的爱与哀愁。南朝梁钟嵘在《诗品》中，强调"直寻"，主张用简明自然的语言表达真情实意，我们熟知的散文家彭程也深谙此道。

彭程散文有一种大气象，如同养育他的广袤丰沛的冀东南平原，故乡是彭程心目中一个巨大的存在。然而在当下城镇化进程中，无论北方还是南方，农耕和日常生活的场景即将一去不返，根脉断裂的现状无法逃避。当我在《童年乡野》《返乡记》《回乡四章》中追随作者细腻感人的笔触，体验亲切久违的田野乡情，童年也曾有过乡村生活的我，仿佛昔日重现，时光倒流，内心涌起怅然：曾经的乡村和文明消逝后，我们无处安放的灵魂，是否永远只能生活在别处，且认他乡作故乡？当一名写作者旷日持久地书写，一次次执着地回望，无疑是对已然消逝的事物的追忆与祭奠。

彭程的散文透露出强烈的个体生命意识，更不乏对人生终极意义的探讨。是的，爱不能永驻，青春渐行渐远，美不堪一击。是的，人生短促，世事变幻，别易会难。这是进入中年的写作者面临的共同感受，有如杜甫在《赠卫八处士》中的咏叹："人生不相见，动如参与商。今夕复何夕，共此灯烛光。"

《苏东坡的旷达》《自由在呼唤》等文，与其说是作者对于智者们生存智慧的激赏与致意，不如说是一种自励——对一种超越蚁蝼般繁复、琐碎的生存现状，进入永恒、无限的彼岸的向往与追求，并使我确信，优秀的作家永远与年龄无关，只要时时擦亮心灵，保持敏感和专注，终有一天，"时光倒流，枯黄的草重返青葱，坠落的果子飞回树上，老人变回青年，童年正在前面等待"。

彭程的散文流淌着诗性、飘逸、洒脱，既热烈又明媚，分明也是有风骨的。他是一位有意"追求写作的难度"的作家,他把语言比喻为"一道道投射向生活的光束,有着繁复摇曳的色谱和波长……那些羽毛上的光色一样的波动,青瓷上的釉彩一般的韵味"。他深信:"一切有着长久生命力的作品,也都是因为持久的爱和坚持——一种堪称杰出的能力——才造成的。"

彭程说:"爱我们的母语吧/像珍爱恋人一样呵护它/像珍惜钻石一样擦亮它/让它更好地诉说我们的悲欢/表达我们的向往。"

这是一种回归自然、有着理想之美的写作姿态。正是这样的写作者,恢复了散文的高贵与美丽,深情与温暖。我欣赏这样的安静、沉稳的写作者,不喧哗,不折腾,以一颗诗意而清醒的心,自始至终地,爱着这个并不完美的世界。

阅读《在母语的屋檐下》是一次明亮的情感体验,如这个初秋午后的阳光,静谧、安详,给人灵动和希冀。我仿佛看到一位大地上漫游的行吟歌者,汉语的子民,故土的赤子,脚踩大地,心怀感恩,且歌且行。他的头顶是璀璨星空,星空之上,是浩瀚宇宙。

写作便是一场追风者的苦旅。意义何在?还要多久?

答案就在风中飘。

第四辑　路上的音乐

玛吉阿米

　　白天的玛吉阿米并不引人注目，这幢涂着黄色颜料的二层藏式酒吧，有如鼎沸的八角街人潮中一个让人忽略的小岛，这正是我们几次在它周围茫然四顾却又擦肩而过的缘由。当然，在我看来，一家酒吧在街边静静地虚掩着门，那种矜持和含蓄似乎更符合它自身的形象。

　　夜晚的玛吉阿米有着另一番景致，每当夜幕降临，它的气氛被逐渐引向了生动的实质。穿过灯光冷落、人群渐稀的大昭寺广场推门而入，里头热闹的场景常常会迎头痛击你猝不及防的想象。酒吧不大，那种奇特的情调，有些像上海衡山路边上的咖啡馆，又有些像新天地中的"宝莱娜"，而黄色的门面以及古朴典雅的格调，又使它看上去像是一座寺院和旧式小洋房的混合体。

　　陈旧的牦牛毛手工地毯、雅致古朴的廊灯陶罐、四壁琳琅满目的西藏风情画作恰到好处地渲染出一种慵懒、神秘和贵族式的落寞。华洋杂处的旅游者似看非看地闲坐着，若有所思地交谈着，空气里混合着咖啡、香水、烟草与牛羊肉的味道，在滚滚黄尘中奔波了一天的游客们，此刻正聚在一起，眉飞色舞地讲述着各自的见闻。一个外国男人嘴里衔着一枝粗粗的雪茄，举着被阳光烤晒得发红的胳膊，正向同伴比划着他的旅途经历。除此之外，你的目光还会不由自主小鸟般栖落在卡夫卡、里尔克、拉什迪等人的原著和各种汉文版西藏题材书籍上。

酒吧里已坐满了人,服务生引着我们,顺着拙朴的木扶梯来到楼顶的露台。露台上摆放着几张桌椅,铺着洁净的方格桌布,也坐着好几桌客人。服务生递上了漂亮的英文MENU,上面有摩卡、蓝山、爱尔兰咖啡……东西并不贵,一壶荷兰进口咖啡才卖十五元,正统美式西餐、各式洋酒一应俱全。我们点了藏式酸奶、苹果汁和热巧克力,感受着高原秋风沉醉的夜晚传递出的凉意。

我们的朋友、《西藏旅游》杂志主编贺中,带着一大帮子刚下飞机的朋友风尘仆仆地赶到。自称"杂种"的贺中是王爷的后裔,血管里流淌着藏、汉、裕固族混合血液。这个膀宽腰圆、有两撇西班牙画家达利般诙谐小胡子的家伙喝着啤酒告诉我们,这个酒吧曾是六世达赖的金屋藏娇之处,这里曾住着他最心爱的情人,六世达赖也是西藏家喻户晓的诗人,他的那首著名的《在那东方山顶》的情诗便在此写作,诗中"未嫁娇娘"藏语叫"玛吉阿米",因此,这个黄房子酒吧也叫作玛吉阿米酒吧。贺中说,《西藏旅游》多次介绍过这里,酒吧名气在海内外都很大,每天都是宾客盈门的。

"初三的白色月亮,领略过你的幽光
请求你答应我吧,如十五的月亮一样!"

"繁盛的锦葵花,你若要去供佛,
请将我年轻的蜂儿,带进佛堂里去。"

如此情真意切的诗篇,竟然出自一位达赖之手,在西藏这个崇尚宗教的地方,不啻为一种奇迹。仓央嘉措的情诗流传很广,他崇尚爱就要爱得深,发誓"背后的龙魔虽狠,我是怕也不怕;

前边的香甜苹果，舍命也要摘它！"这位重情的达赖，并不为自己身居高位而轻待情人，甚至像普通人那样发狠地咒骂情敌，这个天不怕地不怕的另类，常常从布达拉宫偷开后门跑到这儿与情人幽会。当专权者劝他抑制凡心，他拿出刀子绳子以死相胁，这位不爱江山爱美人的达赖，竟然跪在扎什伦布寺门口，对着曾为他剃度的五世班禅呼天喊地：你给我的袈裟我还给你，请让我过普通人的生活吧！仓央嘉措的事情闹得沸沸扬扬，最后连清朝的皇帝和拉藏汗等蒙古部落都打算联合起来制裁他。

这样的达赖，自然逃不脱被废黜的命运。这样的灵魂，自然不会被布达拉宫收藏，这也是我们走遍布达拉宫，也找不到有关仓央嘉措蛛丝马迹的原因所在。有关仓央嘉措的文字记录很少，据说他在布达拉宫住了八年，被废黜后便像玩偶般被人争来夺去，从二十五岁开始了流浪生活。据说他走过了西藏、青海、尼泊尔、印度等地，到过北京，死在五台。在一部《仓央嘉措秘传》中，著者写了他后来在各地的踪迹，又写他晚年怎样大做佛事，广弘佛法。

徜徉在举世无双的布达拉宫，人们总要像记起建设这座伟大宫殿的劳动者般想起仓央嘉措，然而这座伟大的宫殿里却没有他的一席之地，这不能说不是布达拉宫的惋惜。我觉得，这位不幸的达赖提供给自古及今的人们这样一个古老命题：在这个世界上，我们何曾获得过一种最真挚的情感？我们何曾怀着最美好的渴望追求过世间赐予的万般柔情？或许这正是我们所有幸与不幸的根源。

"而今，岁月的风雪已经摧毁了/一个浪漫主义者的城堡/就像落叶萧萧的流水，一旦老去/便不再回来/就像黑夜之上的金顶/北望着星辰/荒芜在内心深处不再回来/那是秋天高蹈的莲花/弥留在音乐间的踉跄……"从玛吉阿米出来，唇上还沾着热巧克力的余香，贺中热心邀请我们去"良子"洗脚，被我们婉拒。万籁俱寂的八角街，泛着退潮后的岑寂，回头凝望，玛吉阿米，仿佛一段失而复得的神话，静立在海拔三千六百米的午夜街头，虚幻而真实，重归绵延无尽的时空。

路上的音乐

西藏的大山大水，是带有音乐性的，在它辽阔无垠的风景中行走，一种音乐般的力量，时时激励着你。

这些大山大水，磅礴壮丽，默默无闻，不为名留青史，只是为了一种境界而存在，这是一种低海拔地区的许多植物、动物乃至人类所无法生存的境界。

西藏的水仿佛天上流下的圣水，地上凝结的玉露，澄莹碧透，浩浩荡荡，融合了天地的精髓。奔腾的河水一路化作无数条小河，湾湾汊汊，没入草滩，丝绒般的绿草浓密如茵，给大地裹上一层绿色的锦霞，江畔仙鹤般翩翩起舞的临风弱柳，柔媚婀娜，仙姿绰约。

西藏的山有一种原始粗犷的大美，它们像一群天兵天将拔地而起，像一本厚重的经书冉冉上升，等待着朝圣者五体投地地拜谒。西藏的云仿佛柔情少女的身躯，无邪婴儿的笑靥，那种湛蓝的天幕下不夹一丝杂质的纯洁，令你呼吸芬芳。你的耳畔常常不由自主回荡起《青藏高原》那如泣如诉的旋律，有如一种初开的情窦，一段失而复得的记忆，让内心饱含泪水浸透的情感。

音乐与场景之间，是暗含着某种关联的。前往桑耶寺途中，山路颠簸，植被稀少，一边是卵石垒叠的山，一边是杉林遍植的水，藏族歌手亚东《故乡的炊烟》在车厢里飘："啊，故乡的炊烟，你可是妈妈向我挥别的手臂……"暖暖的温情令飘泊的心隐隐疼痛。一方水土养一方歌曲，如果此时唱的是"好一朵茉莉花"显然就不般配了。

前往海拔4790米的羊卓雍湖时，沿途目睹云的变迁：山麓之云淡疏如纱，轻纱若雾，无风时长久缠绕不散；渐高之云渐浓，缠绕于群山腰际，宛若系着洁白哈达，随山势回转，仿佛座座虚飘迷离的仙宫；高层之云便是浓密厚实的云海，铺天盖地，极为壮观。羊卓雍藏语意为"雄鹰飞过的草甸"，站在岗巴拉山顶眺望，德沃夏克第九交响曲第二乐章在你的心头缓缓流淌，不由地深深赞叹眼前美景：这碧蓝的湖水，倒映的雪峰，丰美的水草，成群的牛羊，这颗美丽的蓝宝石，果真是天上圣殿跌落的珠玉。

在西藏，一切都带着神秘的宗教色彩。香火缭绕的大昭寺空地上，众多磕等身长头的藏民们，双手合十低声念叨着，然后向前平举两手，很坚决地跪了下去，然后整个人随着仆倒在地，前额轻叩地面，稍倾两手收回，再从地上爬起来，如此反复不辍。你见到几十个衣裳褴褛很是黝黑的人，赤着脚，神色极其凝重，在原地一丝不苟地跪下去，爬起来，再跪下去，再爬起来……四周寂静，只听见血肉之躯和地面的磨擦之声。

你见到那些千里迢迢一路朝拜终于到达这里的远方牧人，他们摩肩接踵、义无返顾接近狂喜般扑向八角街的地面仿佛在做最后的冲刺，他们手中已经破损的木板与大地相接触发出巨大声响，他们那饱受风霜的身体沉重地扑倒在大地之上，仿佛在演奏着亨德尔《弥赛亚》中的"哈里路亚"大合唱，那段崇高瑰丽的乐章仿佛从人类的心底流淌而出，充满着对至高无上的神灵的赞美与感激。你感到这段著名的乐章正是为眼前虔诚的人们而写的。你明白了大昭寺那一排排长明不息的酥油灯何以那般灿烂辉煌，那些经幡上印的、经板上刻的、转经筒藏的、香客口中念的"唵嘛呢叭咪吽"的六字真言何以那般执着动听，你感到泪花在苦难的灵魂深处涌动，流离失所的人们终于获得了福音。

惠特曼说过：宇宙本身就是一条大路，是为漂游的灵魂所铺设的大路。

你的灵魂，便漂游在这条音乐铺设的大路上。

在高原闹反应

在西藏,不怕缺钱,就怕缺氧。

一下飞机,有人试了一下打火机,发现竟冒不出半点火星。原来,拉萨海拔三千六百多米,含氧量要比平原少四分之一。听说,初次入藏要多食巧克力等甜食,我的嘴里就一直含着"德芙"巧克力。

我们住的山水宾馆与布达拉宫毗邻,门前两棵唐柳绿阴如盖。透过走廊玻璃窗,可以望见肃穆庄严的布达拉宫。房间在三楼,却没有电梯,我拖着行李爬了一层楼,就感觉胸闷气喘,两腿像灌了铅般沉。看看同伴们,好像也没了刚下飞机时的潇洒。一步三喘将行李拽进房间,一屁股坐在床上,像一只泄了气的皮球。

房间比想象中的好,双人标准房带卫生间和电视。一照镜子,不由吓了一跳。人已不是原来那个人,虽没来得及长上两块高原红,一张脸已红得赛过熟猪头,一颗心更是跳得比遇见老情人还欢。打开旅行袋,东西也不是原来的东西了,凡士林、防晒霜、牙膏一拧开盖儿,便都像开了闸般突突直往外喷,措手不及地弄得身上地上都是。而那些个"蜂之语"胶囊、"旺旺"雪饼、"好丽友"派什么的,也不知啥时候被吹足了气,一个个鼓涨着肚皮,好像风一吹,马上会飞。

在旅游定点餐厅吃了午餐,旺堆驱车带我们到一家药店,进去转了转,看到有雪莲花、仁青常宽、十味龙胆花、冬虫夏草、藏红花等西藏药材，还有红景天、高原安等预防高原反应药品。我看到高山黄芪，想起临行前有朋友提醒我，黄芪泡茶可防高原反应，但我嫌麻烦没有买。

下午一律休息，以适应高原环境，迷迷瞪瞪睡去。一忽儿梦见脚踏一朵祥云飘到蟠桃园摘桃子吃，一忽儿梦见口干舌燥好像在上甘岭跟敌人拼刺刀。一阵尖利的电话铃将我惊醒，起身去接，突然觉得脑袋像孙悟空被唐僧施了紧箍咒，针扎般地疼，啊，高原反应！我在心里惊叫一声。在旅行袋里一阵摸索，摸出外婆的护身法宝"喘乐宁"，往嘴里刷刷喷了几下，又摸出速效救心丸、维生素B2，一古脑儿服下。五分钟不到，一阵强烈的恶心驱使我奔至卫生间吐了个干净。张婴音向黄仁柯老师要来两包"高原安"冲剂，金学种送来了复方丹参丸，我悉数吞下，又吞了一颗百服宁，两片VB6，躺在床上，暗想自己真不争气。不到一刻钟，又跑到卫生间，将刚刚吞下的东西吐尽，几番折腾，满头大汗，两腿发飘，连弯腰系鞋带都觉着困难。张婴音给我摆了一个藏族人民献哈达般的pose说：系鞋带时，头不要朝下，脚尖尽量抬高，这样头部血液就不会上下乱流。

晚饭时，大家说我的脸比纸还要白，另外三个人的嘴唇比葡萄还要紫。不吃饭哪来力气呢？没有力气怎么和高原反应作斗争呢？我强打精神勉强喝了几口蛋花汤，但是汤一落肚，那个难受劲，比当年怀双胞胎时的妊娠反应还要强烈。再次吐完，心想这医院看来是不得不去了。于是，我们一行四人和领导打过招呼，打了一辆出租，来到西藏自治区人民医院急诊室。一个黑脸高个的藏族医生，给我们做了心血管测试眼裂灯检后，说不用输液，吸两小时氧情况便会好转。正说着，忽闻隔壁一阵撕心裂肺的哭声，医生说，是一位山东旅行者，患了高原急性肺水肿，二十四小时内暴死了。我顿觉心惊肉跳，脊背上阴风嗖嗖，脑袋瓜晕晕乎乎，好像差一点就要牺牲。

往病床上一躺，没力气细察床的干净度，扯过沉甸甸的棉被往身上一盖。护士给我戴上了氧气面罩，一拧开关，清新的氧气，像一只小兽呼呼尖叫着钻入鼻孔在全身上下狼奔豕突。渐渐地，神智仿佛久旱的禾苗喜逢春雨舒展了经络。这一刻，我想到在杭州真是身在"氧"中不知"氧"啊。不一会儿，走得气喘吁吁的正副团长黄亚洲、金学种来病房慰问大家了，黄亚洲团长亲切地视察了我们吸氧的情况，突然指着我身上那床灰不溜秋的棉被，沉痛地说：啧啧！这么要清爽的人，盖这种棉被！啊呀！棉被上还有八滴暗红色的藏族同胞血迹呢！黄团长在小板凳上坐了一会，询问大家：我可不可以写几个字？戴着氧气面罩的人，一齐瓮声瓮气答：可以！可以！黄团长随即掏出写字板，在一摞厚厚的稿纸上写将起来。瞧人家如履平地的精神气儿，再瞧瞧自己奄奄一息的熊包样儿，大家都不免觉得脸上火辣辣的。

黄团长个头高，按理说海拔也比我们高，可在海拔三千六百多米的地方，却气定神闲得很，一下飞机便吭哧吭哧地连写了两首诗，去宾馆的路上，捏着话筒扒着车厢朗诵给大家听。上车前，他都会认真地向藏族司机打听车程，问灵清后，考虑文体：长途写剧本，短途写诗。他在飞机上写、汽车里写、雅鲁藏布江中写、布达拉宫的金顶上写、扎什伦布寺的喇嘛庙门口写……几乎把别人撒尿的时间，都用在了写作上。西藏九天，他总共收获了八首诗歌、两集电视剧，充分证明了"共产党员是用特殊材料制成的"这句至理名言。

吸氧结束，头疼果然好了许多，四个人在病房各啃完一个大水蜜桃，结伴回宾馆。澡是不敢洗了，一怕感冒，二是实在没力气。洗了把脸，看了看第二天的日程，睡下已十二点了。想到经过两天奔波终于到了梦寐以求的地方，想到家中的儿子们已该撒夜晚的第二泡尿了，想到我那些到过和没到过西藏的朋友们，依我现在躺着的高度，他们都在我身下一两千米的地方蚂蚁一般蠕动着。夜里睡得极不踏实，渴醒了许多回，喉咙口像燃着一把小火，干燥的西藏，好像要把你身上的每一滴水榨干。

　　次日早餐后，在宾馆买了一个氧气袋。发现昨晚吸氧的同伴中，有两位凌晨又去了医院输液，第三天，那位温州同伴因急性高原肺水肿，不得不中途返回成都。西藏九天，张婴音、王英姿、吴蒂状况良好。金学种长得像西藏人，高山反应自然也不会找上他。王金虎是团里除了黄亚洲之外，精神最好的一个，这缘于他有一个好胃口。湖州建工集团的王总精神也不错，在日喀则和拉萨的最后一天，不仅请我们吃饭还跑前跑后地端盘子。郑天枝一路向服务员讨黄瓜吃，其实他这招除了对付脂肪肝，对预防高原反应也是蛮管用。黄仁柯老师是团里年纪最大的，在羊卓雍湖，我替他拍了一张照，照片上的他意气风发，一副大无畏英雄气概，一点也看不出是在海拔4790米的地方拍的。一路上，大家彼此关心和照顾，旅途中始终洋溢着愉快的气氛。

吹过旷野的风

第三天早上参观罗布林卡,下午游大昭寺。

绕过香烟缭绕的甥舅会盟碑,大昭寺广场上,聚着形形色色的人:站着的,坐着的,蹲着的,趴着的,看似无序的人群缓慢地流向某个早已心照不宣的方向,仿佛赴一种神秘的约请。

大昭寺藏语全称"惹萨垂朗祖拉康",意为"羊土神变经堂",始建于7世纪中叶,是西藏境内现存最辉煌的吐蕃时期名胜古迹之一,也是人们朝觐的主要佛教圣地。它的正殿为三层,加上四角神殿共四层,神殿中心是空间宽敞的天井,周围是一周低矮的廊房,廊房柱子皆为金刚橛形,那些柱子都被前来朝拜的人们抚摸得油光光的,裸露着清晰发亮的木纹,它们都是7世纪的遗迹。

高原的天空瞬息万变,刚才太阳还像一个火球,转眼便飘起雨丝,窗台上的一个个小花盆,在雨水中显得格外夺目。我看到一个藏族男人坐在阴暗的廊柱下,膝上置一盆,盆里盛着青稞珍珠钱币和贝壳,一边口中轻诵"俺嘛呢叭咪吽……"一边用手舀起这些东西,将它们放在一个稍小的银盘里很仔细地磨洗一遍复又倒回盆中,如是再三,循环往复。

一盏盏酥油供灯点亮了,祥麟法轮四周的风铃摇响了,觉阿大佛慈祥的微笑绽开了。金碧辉煌的佛殿内,善男信女们正在给佛像捐衣,由主持亲自给佛像穿上。大昭寺的每个佛堂里都摆满了各式各样的生铜佛像、金铜佛像、泥塑佛像,最大的佛像有两层楼高,主殿三层的回廊壁上都画满了壁画,那上面有吐蕃的王臣故事,释迦牟尼的传记,佛教中的极乐世界、人间和地狱,还有遍及西藏高原的圣迹……还有那些世世代代、长年累月颤抖着,在大白天也伸手不见五指的殿堂内为朝佛的人们指点着昏暗通路的烛火。在主殿的回廊上,我看到许多珍贵的壁画,在酥油灯的熏染之下,已经很难辨认出原有的色彩和模样了。

释迦牟尼佛像是藏传佛教的精髓,也是整个大昭寺昏暗的环境中最为明亮的地方。据说,这是文成公主在公元642年从长安带到拉萨的,与其说它是被无数盏明晃晃的酥油灯照亮的,不如说是被朝佛的人们用炽热的目光点亮的。座像铜铸,画体鎏金,左手捧钵,右手扶膝,眉毛弯弯的,俊秀的双目低垂着,动人的鼻子嗅着充斥在身边的烟火香气,含着无限慈爱与深情的双唇微微隆起,面部的皮肤是那样细腻、红润,仿佛真的流淌着温暖的血。遥想当年描绘它的匠人,一定是满怀着全身心的感激、热爱与崇拜之情,来细细描绘其每一条肤纹、每一根毛发的吧。

每天清晨,当大昭寺沉重的红色大木门缓缓无声地开启,教徒们一窝蜂似的涌进殿堂,默默地排成了长队。老阿妈们枯涩的眼皮底下跳跃着发亮的光泽,老爷爷攥着香灯的手紧握着举在肩前,远道而来的牧民用自己的身躯一步步丈量着终于来到了寺内,他们是怎样热切地希望一睹佛祖的面容啊。千百万信徒们从古到今,从早到晚,周而复始,永不停息地以释迦牟尼佛像为中心,形成四圈转经礼拜道:最里面的礼拜道是围绕释迦牟尼佛像;第二个转经道是围绕释迦牟尼神殿称"内圈",在神殿后面有两排转经轮,转经道两侧墙上绘满壁画;第三个转经礼拜道是围绕整个大昭寺及附属建筑群,叫"中圈",也是通常所说的八角街;最外层转经礼拜道是围绕原拉萨老城区,即沿着江苏路,绕过药王山、帕莫山、布达拉宫,再沿着林廓路的没有起始点的环形路叫"林廓"。

登上大昭寺三楼,站在寺顶平廊上眺望,云开日出,雨后的金顶在阳光下闪着光。蓝天白云下,那些辉煌耀眼的金顶像一团团燃烧的火焰,飘浮在拉萨纯洁的天空中,有的像莲花瓣中矗立起的尖塔直刺云霄,有的像海洋中的波浪高高卷起它的身体。风过处,一串串包金的铜铃在微风吹拂中悠悠作响,仿佛回到了一个遥远的时代。

被浓浓的酥油熏得头昏脑胀。步出大昭寺,忽闻广场上人群骚动——"活佛摸顶啦!"许多人激动地喊。众人蜂拥而上,嘴里喊着"活佛!活佛!"那种情景,仿佛男人见到了小妖精COCO李玟,少奶少女见到了"F4"。

我使出吃奶的力气往人堆里挤。但见一个活佛,眉清目秀,两手前伸,且摸且行,他双手下方,是一颗颗黑的、黄的、白的、淡黑的、淡黄的、淡白的善男信女的头。我也跟着喊:活佛!活佛!人群的漩涡将我无情抛出。我站在外围,端起相机,对着活佛一阵咔嚓,没想到,奇迹出现了,活佛的目光遇上了我的目光,他的双手停滞在空气中。

他拨开人群,向我走来。我呆立原地,取下头上的棒球帽。

——你从哪儿来?他的声音温柔,低沉旷远。一双搁在我的头顶的活佛的手。

——杭州,浙江杭州。我回答。一种醍醐灌顶的幸福,胸口似有小鹿活蹦乱跳。

——杭州……他回忆般地呢喃着,他的眼睛有着天空般深邃。

——西湖!你知道那里有一个西湖吗?我急切地问。活佛点点头,微笑地说:是的!是的!杭州……

——谢谢你!我的回答语无伦次。

——扎西德勒!活佛微笑着双手合十。

迅速地,活佛被人潮重新裹挟而去,像一阵风吹过空旷的原野，像一片云飘过无名的山头，像一道光消失在地平线。低头诵经的藏民匆匆前行，背着相机的旅游者继续东张西望。同伴跑上来，大力拍着我的肩激动地喊：你运气真好！活佛不但摸你的顶，居然还跟你一个人说了话！

我呆立在高原的暮色里，遗憾刚才一幕竟没被摄入镜头。世间许多事就这样失之交臂永不再还。一瞬间，我的脑海里涌现出偶然、幸福、爱情、疼痛这样的词汇，心头充满了一种莫名的伤感，而我那由高原反应引起的偏头疼，竟奇迹般痊愈了。

出乎意料的寺

桑耶寺藏语意为"出乎意料的寺",位于山南扎郎县雅鲁藏布江北岸的哈布山下,是莲花生大师主持建造的西藏第一个佛寺,有西藏"寺院之祖"之称。

从邮政公寓出发,车抵雅鲁藏布江时,渡口已有一条大木船等着。船一开,太阳跟着出来了,阳光火辣辣地拍在头上和身上,水面闪着炫目的光。雨季的雅鲁藏布江,水流湍急,船开不快。江面上逼人的热浪更让人觉得无处藏身,大家纷纷打起伞,用衣服盖住头。五十分钟之后,船终于靠岸。

汽车在山间小路颠簸,说是山间小路,也未免有些夸张,其实只是山脚的沙砾给车碾出的一条灰白的痕迹。路不好走,但每个人都有位子。车窗外,见不到多少用人的手脚制造出来的形影,自由闯荡的风抚弄着地上的卵石沙土,梳理着稀疏杂乱的荒草。汽车轰轰地开着,仿佛要向前猛冲,可是并不能加快前进的速度。坐在车里的人,一个个给颠得东摇西摆,却仍然圆睁双目,死死抓住车梁,生怕一不小心就被甩了出去。一辆东风牌大卡车迎面呼啸而过,车厢上立着两个外国女子,身材健硕,短衣短裤,张牙舞爪地笑着。

山回路转之处,我们见到了美景:一边是赭黄垒叠的山,一边是绿莹莹的夏日河畔,仿佛一边是塞上,一边是江南。山上的石头圆溜溜的,有着芒果一样的色泽,赤裸而光滑;水中长着碧绿的杉树，明镜似的河面上映着棉絮般的云。空气似乎停止了流动，白云似乎止住了脚步，大家情不自禁屏住了呼吸，仿佛来到了一个童话世界。

中巴车崎岖地开着，遇见有人招手便停下来。上来一藏族老汉，衣衫褴褛，也不用买票。又停下，上来两个尼姑，神态安详，导游达拉和她们坐在一起交谈着。车驶过几道山麓，进入一片开阔的平野，仿佛荒漠之中突然出现的绿洲。汽车的声音不时掠起草蓬间栖息的山鸟，一座破旧的寺院跳入了眼帘。

与一路所见那些金碧辉煌的寺庙相比，桑耶寺除了名字好听之外，称得上是一个灰头土脸的乡巴佬。也许，它之所以吸引人，正是因为它的破旧——它的历史实在是太久了，以至于残败不再是缺陷，而成为光荣的见证。

桑耶寺是西藏第一座佛、法、僧三宝俱全的佛教寺院，全寺建筑按佛经中的大千世界布局：中央"邬孜大殿"代表世界中心须弥山；大殿南北建太阳、月亮两殿，即日、月两州；邬孜大殿四个角上分别建有红、白、绿、黑四座佛塔；大殿四周还均匀分布着四大殿和八小殿，即十二州；寺庙建筑群的外围是一道圆形的围墙所环绕。

站在桑耶寺凹凸不平的泥土坪上，不禁想起新疆吐鲁番的交河故城，那座古老的生土建筑是一处供人凭吊的遗迹，而桑耶寺仍是一座香火颇旺的古老寺院。穿过重重复重重的僧院经堂，眼前突然一亮：空旷的土坪上，高高竖着一根牦牛尾捆扎的胜利柱，定定地刺向广袤天际。在旗杆后面，桑耶寺的主寺祖拉康向我们敞开了沉默的大门。这座巍峨雄伟的建筑是一个奇妙的混合体，融合了藏、汉、印三地工匠的智慧，分别代表着欲界、色界、无色界。底层采用藏族传统建筑形制，特点是高层、厚墙、平顶建筑；中层采用汉族建筑形式，木构腰檐、平座、栏杆；上层仿照印度菩提迦耶大塔形式，其特点为十字对称，中央一座大塔，四角四个小塔，这种独树一帜的建筑风格是佛教史上的创新。

当我们手脚并用、气喘吁吁爬上顶楼，才发现不觉间已置身于一个逼仄异常的空间——甚至无法直起身来，而络绎不绝的朝拜人群依然裹挟着我们向前涌去，就这么弯腰低头绕着正中的释迦牟尼佛像转了整整一圈，脚下的木板一直真实地颤抖着，仿佛这支笨重的游行队伍随时会把它踩穿。好容易从木楼里钻出来，深深地呼了一口气。外面的阳光很刺眼，蓝天白云下的祖拉康四面，各矗立着一座佛塔，分别为红、白、蓝、黑四色，很印度的感觉，佛塔的基部，凿着巨大的眼睛，好像紧盯着你，要看进你的内心深处。

回去时，再次挤上中巴，车开到来时经过的景色前停下。从车上搬下快餐盒、矿泉水，坐在秀色可餐的景色前吃了午餐。绿色的草地，绿色的水面，白鸟低低在水面翱翔，草原上星星点点的小花，星星点点的羊和马悠闲吃着草。四周一片静寂，听得到自己的心跳。云特别白，时而静止于山巅，时而游弋于山峦，那种白，像一种纯洁忠贞的感情。达拉边吃边和我聊着天，告诉我他老家在那曲的安多，他自嘲自己已经不淳朴了，因为在城市呆久了，但是有的藏族人比他还要不淳朴，他说一次带团参观寺院，在寺院门口游客要跟马合影，问当地牧民多少钱，牧民说拍一次一块钱。游客拍完，给了一块钱，但牧民还向游客要钱，说：人一块，马一块。我们听了哈哈大笑，笑声在宁静的空气中传得很远。

一曲江南紫竹调

春色三分，一分尘土，二分流水。

江南的春雨，着实让人心喜。一丝一丝地，仿佛不忍搅了你的清梦，棉纱线一般落地无声，轻柔得好像捧也捧不住。一场接一场的细雨，让树木从最初一丁点的绿，变成郁郁葱葱；让花儿从原先的羞涩蓓蕾，到眼前的落满阶苔，一切都好像只是一夜间的事。

富春江远看是绿，近看也是绿，绿得像青萝，像绿绸，像碧玉。水里映着青山、翠竹和楼阁；雨雾中的富春江，仿佛灯光渐渐氤氲，又像是用毛笔蘸着墨，点在了宣纸上，一下子便洇开一大片，那样的淡，叫人担心伸手一擦，便会顷刻没了踪迹。

这样的季节，适合怀一点儿旧。走在三月的雨中，任风将雨丝、花瓣，吹在软泥上，落到薄衫上，沾在面颊上，任心头慢慢浮起一缕悠远的怀恋——任古老的、美好的、忧伤的一切，如雨，斜斜地在风里飘。

龙门就在杭州边上。

那天，严子陵没有像往常那样闲坐富春江畔垂钓，而是过了江，走入江南的群山之中。山脚是一大片开阔地，溪水环山而绕，其间有一个村庄，严子陵环顾四周，击掌而赞："此地山清水秀，胜似吕梁龙门。"

那天，郁达夫溯龙门溪而上，山道逶迤，奇峰异石，形似钟鼓,飞瀑直泻,如入绝佳仙境。郁达夫诗兴大发,口占一绝:"天外银河一道斜,四山飞瀑尽鸣蛙。明朝我欲扶桑去,可许砚边泛钓槎?"

那天,你们来到了龙门。撑着一把油纸伞,听雨点落在伞上,嘀嘀嗒嗒地,很有节奏。村里的狗尾随着你,抬头看看你的伞,你的脸,见你的脸绷得紧紧的,便没趣地摇摇尾巴走开了。

龙门的山上,满目清新。身边的古镇,红灯笼泛出些许的喜气,不经意间已是风韵万种。

清风如水的古巷里,是一幅19世纪江南小镇民俗风情图。沿着幽深的鹅卵石弄向村里走,脚下一颗颗砌着蝙蝠、铜钱、八卦、花朵形状的石子,被岁月磨洗得温婉可爱。古巷旁,壁立的小店小铺挂着的依稀是旧日的招幌,卖着馄饨、油面筋和日用杂货。小店的光线有点暗,木制柜台上搁着羽毛球拍、旧式算盘,盛着金枣、香糕、糖果和雪花膏的玻璃瓶,红红的二踢脚,黄黄的纸钱。店主或架着眼镜专注拨拉着算盘珠,或半躺在一把磨得光亮发黄的枯藤椅上,眯缝着眼,手边是一壶馨香袭人的新茶,听稀落的雨水敲打屋檐,一幅闲适模样。

墙檐相接,四通八达,所谓穿街走巷,不过是从这一房走到了那一房,转来转去,似乎一直是在一座大房子里迂回。走到尽头,有时眼看要碰壁了,穿过一间门厅,拐过一条狭巷,便又豁然开朗。雨水急一阵缓一阵地敲打着伞,发出低而清脆的旋律,陷入于虚虚浮浮而无处不在的奏鸣中。雨雾笼罩的小村,若隐若现,雨水顺着年久失修的瓦檐滴下,在地上形成半圆的水泡,继而消逝,让心如止水,唯有记忆的片段,幻化成一个个泛黄的影像,从脑海中缓缓划过。

江南人的温婉含蓄,不像北方的干柴一点就燃,却值得慢慢回味,"江南人,留客不说话,只有小雨轻轻地下"。那些五颜六色鹅卵石垒成的墙体,农家门前支着的晾晒芝麻的竹竿,做羽毛球拍、切菜、涮碗的村妇，戴着眼镜的老奶奶，蹲在门槛上的老头子，吃着云片糕欢笑走过的孩子们，是古村的生动。世德堂前，美人蕉、牵牛花、鸡冠花开得妖娆；矮墙上的南瓜花从地面一直开上屋瓦，爬满低低的竹篱和绿色的枝蔓上，一如羞赧的小女子般柔弱而素洁。

明哲堂、孝友堂、咸正堂、慎修堂、山乐堂、光裕堂、余荫堂、孝怀堂、道丰堂……光是瞧瞧这些堂名，便能体味到古镇的王者余韵和文化气息。龙门出过清朝"山西第一廉吏"孙衔、刚正不阿的宋理宗大理院评事孙讳祁等许多好官、清官，上千年的盘根错节，六十多代孙氏一脉相承的生生不息，使得每一间老宅，每一条老街，每一棵古树，每一块匾额，都让人沉浸在怀旧的水中。

建于明代的工部牌楼，正面有白底黑字的"工部"，蓝色字的"冬官第"，背面有"龙峰叠秀"几字。这幢建筑，说的是郑和下西洋时所使用的船舰，都是由一位时任工部侍郎的龙门人孙坤督造的，孙坤不但如期完成使命，所用资费节俭，而且无分文不当流失，获得了朝庭褒奖。

官房厅余荫堂前的照墙上，刻着"端履"。明朝嘉靖年间，龙门人孙濡在河南长葛县任知县，这年大旱，颗粒无收，目睹惨状，孙濡曰：宁可绝子孙，不可绝于民。他变卖家产，贴进薪俸，在龙门购买荞麦种子急运长葛，教当地百姓抢种得以度过饥荒，当地人因此称荞麦为"孙以麦"。

义门牌楼是龙门的象征，远看像一顶官帽，记载了龙门富家孙潮乐于助人的事迹。据说，村里每逢饥荒，孙潮必开仓接济；百姓因歉收缴不起皇粮，他出资代缴；富阳城墙恩波桥口坍废，危及城中百姓，他亦慷慨解囊。富阳知县奚朴题赠"义门"二字给予褒扬。

山乐堂是龙门的华彩。精美的栏栅，镂空的绣球、花篮，鸟儿在庭院里飞来飞去。厅堂有正方形的天井，天气好时，阳光直泻而下，明亮又通透。地面四周，有青石砌成的一圈小槽，雨水流入铜钱状小孔。屋檐下的牛腿，有些湿润，上面的狮子、麒麟却陡然生动了起来。站在空旷的厅堂里，透过雨丝，仿佛和无数精灵在默默交流，熟悉的气息，有着生命沉醉之际的寂寞回响。

　　明哲堂孤单地蜷缩在雨中，昏暗的窗棂漏出光线，灰色的墙壁更加苍凉。石磨盘前，坐着看守的长者，混沌的目光落在照壁残存的各式大小、高低、笔触、朝代不一的字迹上，折射出这一聚落的历史资讯。

　　古桥上的石狮张着嘴，眼望河面，透着苍茫，哗哗的水声汹涌而过。随风而舞的葫芦叶，被雨点追得团团打转，像儿时抽打的陀螺，水面蒸腾起一股浅而白的雾。春天的雨水越来越浓重，从小提琴的独奏，渐渐演变成一场盛大的交响。你聆听着，分不清风中的雨水哪一颗是古代的，哪一颗是现代的，四周的古宅，依然孤傲兀立，既不为风的轻吟而悲伤，也不为雨的欢唱而动容。想到这浅吟低唱的雨声也曾为古人聆听，想到这满目苍翠的石桥也曾为古人驻足，时空便在一瞬间失却了厚度。

　　雨水渐止，村庄寂然凝立，带着斑驳的笑，凝固在时空中。雨后的世界，盛了满满一捧的清新，土黄的墙体褪尽繁华，露出墙体里面的砖、大块斑驳的泥，土得掉渣，却带着强烈的肌理感，鲜亮的青苔开满泥墙。

　　田坎间的乌桕树，虬枝繁密，树干皲裂，岁月的印痕未能抹去它的底气。微风拂过，哗哗抖动，落下些又黄又红的叶，敲打着青石板无波的岑寂，雪白的乌桕子雨一般洒落，你便分明成了一袭青衫下棋人。

　　忽然明白，为什么一千九百多年前的余姚名士严子陵，偏偏要跑到富春江边隐居。忍不住痴想，若能在此男耕女织，养儿喂鸡，种一两畦菜蔬瓜果，沐一身乡间野趣，春日赋闲，秋日登高，夏日息荫，冬日诗书，人生若此，何等快活。

　　这个春天，你迷失在一场雨中，缘于一座叫作龙门的古镇。

游走西塘

　　金黄的光线迅速地向河中倾泻而下，当它触碰到两岸的垂柳，因为留恋桥上的青苔或是空气里的飞鸟，它的绚烂放慢了速度，河水被镀上了一层明亮，像水面上隐隐飘着的一层虚无的火焰。

　　初冬的下午，空气宁馨，每一片飘落的树叶都蕴含着情感。青石的地面透着光，水面的波光被吱哑着曳过的橹桨搅碎，乡村小店含着的仍是老时光的影子，闲适淡定的人们络绎往来，飘着棕子香的小街上也飘着炊烟。

　　西塘很小，方圆才两平方里，相传春秋时伍子胥为修筑水利所凿伍子塘之水直抵境内市河，故也有"胥塘"之称。唐宋时，这里就有大姓人家建宅居住，聚成村庄，至元明已是颇具规模的市镇了。而今，西塘犹如一方古玉，更显剔透玲珑，空灵隽永。

　　西塘适合慢慢品味，匆匆过客是无法体会到内在乐趣的。家家户户，门前是街，门后是河，湖水像镜子的碎片，闪亮在宁静的天空下。河埠头传来妇人洗衣的木杵声，立在桥头，看见的是时间与人生的缓慢。缓缓地走过环绣桥、永宁桥、送子来凤廊桥，听到河水潺潺的流动之声，以及河水被船驳、藤蔓、日光所交织起的古老影像。

　　记得老家门前也有桥，有溪，记忆中童年有很大一部分，便是与那条名叫锦溪的小河连在一起的。河边人家将门前小小的石板路盖上了顶棚，即使是下雨天，也可以走遍小巷而不湿鞋。一根根圆木柱支撑着向河边倾斜的屋顶，木廊柱细长而经典的投影布在砖地上，形成此地一道独特风景。一楼的民居多为商铺，隔河忙碌着自家生意，兜售着一些当地的特产：八珍糕、烘青豆、粽子、粉蒸肉、绿豆糕……买了一盒芡实饼，用珍珠般米粒做成的糕点，一路提着。经过一户人家的木格窗，望见寂寞的厅堂，年代久远的八仙桌，伴着一个迟钝、枯坐不动的身影。屋后的泡桐，与老家屋前外公栽的那棵相似，一河道灿烂的阳光，衬托出内屋陈年的深邃与无可挽留的幽暗。

　　流连在石皮弄深处，青苔斑驳，两壁已呈暗色的石灰悄然剥落，露出青白色紧紧叠压着的疲惫之砖。狭窄幽深的小弄，被两边高高的马头墙夹击，细长的天空透出头顶的绵延。古老小镇因为这些充满情节感的幽深细弄，在漫长的岁月中拥有了呼吸与生命。偶见开着的小门，便伸头探视，想敲开那一扇扇紧闭的木门进去看看，又觉得有几分冒昧，空余一颗门外徘徊的心。恍惚之间看到童年的自己，剪个童花头，捧着粗瓷碗，碗里盛着热腾腾的米粥和咸菜，在弄堂内奔突嬉戏，一阵风般。仿佛已在这样的场景里生活了许久，只是偶尔睡去，待得醒来，依旧是那般熟悉的气息。

　　西园出来，折入一家店铺，卖各式竹篮、锡铜水烟、算盘、茶壶，汤婆子，还有雕工繁复的牛腿。在小竹椅上坐下，看纷披的垂柳翠绿地涵映在一汪河水中。十一月的阳光有点发黄，投在水面上，投在檐下暗红的木榫头上，摇曳、晃漾着，貌似单调却变化无穷。晚饭是在钱塘人家吃的，青盏青碗，方桌条凳，沿河的窗轩敞着，悬着竹帘，亲近得恍若生活。

　　一轮明月探出云层，照耀着曾经照耀过的一切，河水微红，暮色自肩膀轻轻落下。暮色降临，黄昏使人疲倦得想家，在城市里长大的人，为何难以将城市视作自己的故乡？或许，故乡不仅仅是一个单纯的词，而且是让人怀恋的一种生活方式，这也许是今日的人们喜爱"小桥、流水、人家"的一个潜在因素吧。室内欢声笑语，杯盏喧哗，烘热的气息在冬夜慢慢聚集。是的，大家是快乐的，大家理应如此快乐，在这皓月当空的水乡之夜，谁又能没有理由不让自己快乐呢？

  坐上船，凝神屏气，四周唯有黑幽幽的湖水，小镇已显意态阑珊，眼前闪烁着灯笼，还有船橹摇动时清晰的咯吱声。衣袖外的双手有点冷，广大清寒的空气使裸露的心也觉着冷。时间总要流逝，我总期待停留，如同一成不变的回忆。想起这个夏天离开人世的九十岁的外婆，鼻子开始发酸。经过一个戏台，已曲终人散，船橹摇近时，耳边依稀响起老外婆最爱听的戏文，唱的是《红楼梦》，还是《梁山伯与祝英台》？想起外婆看戏文时认真的神情，想起她擦拭着泪光盈盈的眼睛说，戏里做的，像她的人生……河水继续流淌，月儿在暗夜更显皎洁，是啊，每个人的心头都有属于自己的刻骨铭心的东西，而你是在哪一个夜晚，哪一个驿站，启开那深藏心扉的秘密？

  穿过幽暗模糊的小巷，归去的路上却无一丝惧意，只有一份难舍与踏实。河是黑的，路是黑的，河与路之间长长窄窄的巷是黑的。拥挤的木船，以凝固的姿态，寂寞地泊在岸边浓重夜色里。廊棚的灯笼彻夜不眠，美丽且寂寞，一格一格的窗，透出遥远的光。深巷中传来数声犬吠，恹恹地，像是也要睡去了。

  走过许多江南小镇，其实，所有的江南小镇都是一个。它是贮存梦境与古老气息的博物馆，是心头的眷恋和疼痛。西塘让我领悟到梦已搁浅，一个不朽的时代渐渐远去。那个逝去的故乡已成为梦中的呓语，手心里的虚空，当我的梦从臆想中逃逸，我深爱着的不仅仅是有关家园的幻像。

你听见油菜花在歌唱

> 现在,你只想脱了鞋下田/种一些自己想种的作物/或者就在田里/站成一株苗的姿势
>
> ——旧作《乡恋》

汽车行驶在富春江畔,一路诱惑你的,总是青翠山岭,总是波光粼粼。灵动滋润的诗情画意,仿佛春天里支离破碎的浮光掠影。

春天热闹喧嚣,你却并不激动,直到邂逅它们:大片大片盛开的金黄,层层叠叠,高低错落,像一个奇迹扑面而来。它们隐现于山脚下、翠竹旁、桃林间,明亮的色彩和着青青麦田,如同金色的绸缎铺陈于绿丝帕上,沁人的芬芳裹夹泥土的气息,钻进车窗,直扑口鼻和灵魂。

徜徉于春天的山地,你总摆脱不了它的追逐。无论是天雷山枫林咽泉哗哗的水流边,还是天井山生态农场的石林间。无论是在唐代大诗人施肩吾纪念馆,还是清风骀荡的岩石岭水库。在桑林掩映的白墙黑瓦旁,在峡谷向苍穹张开的臂弯里,你总能遇见它们天真烂漫咯咯的笑声,你那颗红尘中暗淡的心,便忽地明媚了起来。

在富阳洞桥贤德村蓝青畈的千亩油菜花田,你感受到一场大地艺术。油菜花们默立风中,花茎细长,一朵挨着一朵,有的几

乎一人多高,汇聚成一片金色的海洋,千万缕光束透过云层穿过阴霾,笔直射向田野,眼前金色的蓬勃生机,将天空和大地连在一起。

　　这种色彩,自幼年起就盛开在你的心里。多年以后,你奔走时,它在伫立。你诉说时,它在聆听。你哭泣时,它在静默。你迷惘时,它在等待。你放弃时,它在坚守。它们平常而浓郁,像江南密集的雨水滋润着你。它们稠密开阔的铺陈,像一首首无法分行的诗句,又仿佛四面八方的乡愁,逼近你。

　　你蹲下来,把手伸向它们,涌动的花海,用一阵清澈的柔情抚摸你。你闭上眼,仿佛听到蜜蜂在繁花间颤动,鸟雀在清风里絮语。那一瞬,你觉得这个春天所有的色彩,似乎都为陪衬周身这纯粹的柠檬黄而降临。那一瞬,你觉得自己轻快、无虑,充满童贞,重新汲取力量。这纯正的山野之美,让你感受到跟脚下温润的泥土、坚实的大地是如此接近。你的内心洋溢着静美。

　　你听见油菜花在歌唱。明亮、透彻,交织着生命中与生俱来的悲伤和感动。它们的歌唱张扬而热烈,性情却含蓄而内向,它们的心事只有风雨雷电才懂。你相信只有无拘无束的自然,才能孕育出天地间最出色、博大而清亮的咏叹。它们在华彩的部分向你娓娓叙述:生命如油菜花,短暂、平凡,却需要足够的真诚。生的旅途尽管曲折困顿,总会峰回路转,总会冬去春来。

　　亮得晃眼的世界中,一条柠檬色缎带伸向田野深处,你看到一个孩子,光着脚,牵着风筝一路奔跑,像一只掠过村庄上空的飞鸟。你的耳畔回响起一首名叫《乡村小路带我回家》的老歌。透过故园迷离柴扉,那些逝去的旧时光满含热泪,向你张开臂膀,如同老祖母那样将你紧紧搂在怀中。

总是门前一段秋

正是梅子泛黄时。

城市的傍晚是暧昧的,水雾透过横逸的梧桐,将白昼的喧闹发酵成斑驳,斜檐落玉和浮尘凝成氤氲,潮兮兮地黏在身上。高架桥坚硬的曲线,柔美、颤动,悬在空中,像城市血管里奔涌的脚步,飞快、肆意、流光飞舞。你又见着那位卖白兰花的老人,弯曲的脊背,在短暂停顿的车流中,引人注目。她走向你,臂弯的小竹筐里,搭一条白色的湿毛巾,躺着一串串精巧的宛如白玉雕成的白兰花。

你买了两串白兰花,拴在车窗前,花朵新鲜的香气,仿佛隔了许久的拥抱,消释着心头的倦与湿,城市的语境因为这个细节而温馨。

对白兰花的喜欢是一种情结,一种依恋和怀旧。她是江南初夏里的白,风过后留在心中的香,清朗夜里淡淡的月,印象中,它还与一座叫作明月湾的村庄相似。

去明月湾的路,总是傍着太湖走,隐隐能望见山的轮廓,近看水色偏绿,随风锦缎一般摇摆。透迤的湖堤,纵横的阡陌,田间有老农锄地,湖畔有芦苇临风,水鸟穿行于菖蒲和芦苇间,秋风萧瑟时,那轻飘飘的白便会落雪一般,飘得满天。明末文人张岱曾在《西湖梦寻》中描述:天与云、与山、与水,上下一白。湖上影子,惟长堤一痕,湖心亭一点,与余舟一芥,舟中人两三粒而已。便想，几百年前西湖上那种白茫茫的寂寥，与眼前的太湖约略是相似的。

过太湖大桥，空气变得清新，目力所及是成片果园。隐约间，半山腰出现一片粉墙黛瓦，绿杨拂水，明月湾恬淡地卧在西山脚下，千百年来的太湖人家，过着似乎一成不变的日子。一棵阴翳蔽天的古樟立于村湾，浓荫数亩，对明月湾来说，这棵古樟的来历或许太早了，村庄的兴起和变迁，都贮存在它的年轮里。村内，有一湾流水萦绕，有野鸭戏水，新建的停车场，泊着几辆上海牌照私家车。

东西村口，各有半月形清代建筑"继光"门和"湾月"门。一条砂条街，时光隧道一般伸向村落，石板路是空心的，落雨天，人行其上，脚下有潺潺水声，鞋却不会湿。"花墙头，百子格，前门后门砂条街，西洞庭山第一家"、"明湾石板街，雨后着绣鞋"，这些民谚是对砂条街的赞美。

相传，吴王夫差曾携西施，来西山明月湾玩景赏月。自唐以来，西山岛便是文人雅士喜爱的地方，白居易有诗云：湖山处处好淹留，最爱东湾北坞头。皮日休也有诗为证：试问最佳处，号为明月湾。明月湾曾有金、邓、秦、黄、吴五大望族，乾隆年间，当地居民靠种花果发了财，造起许多富丽细致的院落和祠堂。

古时，太湖边强盗出没，老房子因此都有着高高的、斑驳的围墙，无法偷窥的窗，墙角砖块长出小草和青苔，即使白天，仍幽暗着。有的房子干脆锁着，仿佛关住了所有的兴衰与呐喊。老屋门口的方形浮雕石鼓光滑，大块的水磨青砖，庭院里的假山、天竺，门窗栏杆上的雕花，似在孤吟着一阕长恨歌。路过一幢古宅，漆黑的廊道，很是莫测，里面有位老人，淡淡扫了你一眼，却无言语。邻居说，这家祖上原有御赐的匾额，"文革"中被"破四旧"了。

在明月湾，古祠、古街、古井，比比皆是。一路上，你不时与它们不期而遇，仿佛与许多德高望重的老人，打着隔世的招呼。明月湾的百年老宅，近年来逐渐被开发，深宅大院内，不时传来叮叮当当的敲打声，院落里堆着砖瓦、木材，檐廊走道上，满是染尘的杂物：石臼、锈了的自行车、破锅、堆覆柴草的石磨。迈入一间古宅，粗大的梁柱显然不久前曾经修缮，前厅四扇雕着花卉的木格门洞开着，散发着淡淡油漆味。

明月湾的房前屋后，长满参差迷离的花、树、藤、蔓，更有大片果树。一年四季，来这里的人都可以解馋，收获季节，累累的果实就悬在头顶、手旁，只要成熟了，就可以伸手去摘，敞开肚皮吃个够，主人是不会跟你计较的。闭上眼睛，仔细分辨：枇杷？杨梅？桃子？还是李子？初夏时，漫山的红杨梅，鲜艳夺目。

水抱青山山抱花，花木深处有人家。明月湾是个有人情味的小村，抬脚随便踏进一户农家，农家的土鸡、活鱼、红烧肉、竹笋、鲜蔬和口感醇香的米酒，会让你大快朵颐。这里的农家客栈收拾得十分干净，院里的果树含着花骨朵，房间的窗户，一扇含着太湖，一扇含着屋后山坡。午饭吃的是太湖里的白虾和鲫鱼，饭锅里蒸出来的青鱼干、自家地里种的青菜，还有久违的柴灶饭。吃饱喝足，美美睡个午觉，继续出门闲逛。

古码头宛如一条巨臂，将月亮状的湖水拢在怀里。遥想当年，院主人趁三五月夜，驾一叶小舟，荡悠湾中，吟着"夜市卖菱藕，春船载绮罗，邀知未眠月，相思在渔歌"的诗句，定然是十分怡然。栏杆上残留的石狮，依然护卫着河水，家族曾经的波澜，唯有脚下的湖水知晓了。

微风起了，渔舟远了，炊烟斜了，夕阳醉了。晚霞把影子留在桥边、湖中、老屋的院角、古树的枝丫，以及老乡们笑出的眼角皱纹里。暮色中的明月湾，白墙青瓦，参差别致，像一幅幅黑白分明的木刻画。屋顶上，用石灰拌纸筋、黏土做成的仙鹤、白鸽、麒麟、雄狮、梅花鹿，一轮圆月从湖面升起，光束由金色变成银白，月光下的明月湾，像一首诗。

在光阴的掌纹上，明月湾是玫瑰的灰，艳粉的紫，水漾的绿，大朵大朵芍药的红。在你的印象里，明月湾有着白兰花一般素洁的色调，在寥落的底色上，像一个异梦，穿透人世琐碎的忧欢，在浓腻的人间烟火里，表达着江南的魂魄。

桑叶上的江南梦

德清新市。写下这个地名,脑海里便涌起这样的幻象:一个剔透玲珑、空灵隽永的水乡小镇;烟一般轻柔、雾一般朦胧的小河;悬着灯笼的廊棚,仪态万方的古桥;蚕花姑娘纤巧灵动的素手,小家碧玉的娇羞;桑葚般殷红的相思,洁白含香的丝帛,桑叶如雨落满河边人家的窗棂。

黄梅雨季,忽然想起去看看新市,很偶然地,像是无缘无故地想起来了一句话,梦见了一个人。

新市没有周庄的喧嚣、西塘的热闹,没有乌镇的浓郁、南浔的繁华,新市只是一座小小的寂寞的城:柔弱、淡然、原汁原味、不屑一顾、自开自落,以小家碧玉的素面青丝,将日子打发得流水一般平常。

新市最适合一个人静静地行走、小坐、眺望和品味。照例是河,照例是桥,照例是江南水乡的人家和天空,湖水像镜子的碎片,闪在空气里。灰白的墙,青色的河,大红的月季,嫩绿的柳枝,交织起说不出的宁静和缓慢。檐影错落的小巷里,有鸟声啼啭出尘,一棵斜出的梨树,压着满身洁白的花,风姿绰约地冲你浅笑。

新市的浪漫,时而在一桨一桨的水声里,时而在鞋底的苔痕上,它的亮相总是含蓄而颇具底蕴的。石板的老街,两旁木板墙缄默不语。水边人家一般是前门沿街,后门临河,还有过街楼。台门里长着暗绿的青苔,院子、门口摆着坛坛罐罐,种着美人蕉、牵牛花和一些叫不出名的花草，被主人伺候得生机盎然。墙头屋瓦，爬满了绿藤红叶，风从上面经过，雨、雪、日光、月光以及一千多年的灰尘，都曾在上面落过脚。

风吹在脸上柔柔的，迈着懒洋洋的步子，呆立河埠，看被河水、船舶、藤蔓和岁月交织的古老影像；看河埠头的妇人用力地敲打着洗衣的木杵；看船老大将船慢慢地撑近，又慢慢地撑远；看满脸皱纹的老阿婆，左手挎着菜篮，右手牵着放学的孩子，走过石拱桥消失在巷子深处；看吆喝的车夫，踏着装满西瓜的三轮车从镜头前缓缓驶过；看卖油盐酱醋的小贩摇着小船，沿河人家从窗口伸出绳索将竹篮缓缓吊下。

新市多小巷。纵深、淡泊的小巷，让水乡中的人，养成温雅、安详的性格。小巷仿佛一位老人，迈着一成不变的步伐，深夜一般会有夜宵担子出现，敲着清脆梆声，担头挂一盏煤油风灯，卖一些汤团、馄饨和豆腐脑，于寒夜中聚集起一团温暖的热气。

水乡有晨昏难辨的暗弄，也不乏通向河渠的明弄。长弄幽深狭长，短弄照得见河边的杨柳。随便择了一条望不到尽头的小巷，兜兜转转许久，视线豁然开朗，尽头处竟是车水马龙的公路，一副与内里完全不搭界的模样。

新市多桥。每隔一段路，就横着一座石拱古桥。桥都不长，造型也没什么大讲究，但放在沿河的翠绿间，却是刚刚好，偶有小船驶过，像一管巨笔在绿绸布上划动，留下道道优美的波纹。立在桥头，照见的是时间与人生的缓慢。静静地，桥上的人似乎能听到河水携带木船缓缓入梦的细微声。橹声桨影里，廊棚滴雨中，多少人间过往已经沉淀，当年朱栏层楼，柳絮笙歌，"绿水众横桥众多，过街楼下游水舟"的场景，已不可追忆。而今最惬意的，莫过于约二三知己，船前一壶酒，船后一卷书，若遇雨天。"船底江声篷背雨，旅人听得最分明"，这般闲情，定是能洗却许多尘俗的。

折入桥头的林家铺子，窗前一株月秀正含苞欲放。屋里坐着临帖的老人，许是长久无人光顾，桌上的蝇头小楷已积了一叠。不大的屋子，挂着几幅写意山水和扇面，还有梅、兰、竹、菊立轴，桌上摆着石头、根雕、印染、刺绣，听着老人娓娓讲述，轻触器物，隐约能感觉到时间温润的肌肤。

　　阳光透过廊棚，将斑驳的路面照得光亮无比。廊棚是水乡小镇的灵魂，也是水边人家生活的延伸。支撑廊棚的木柱已斜，稠稠的阳光积了厚厚一层。斜倚廊棚里的老汉，指间烟雾缭绕，背影残留余晖。放学的孩童，在晒了一天的白被单下嬉戏。回家的人拎着一捆小白菜，匆匆走过小桥。水乡的人们住在老房子里，继续着波澜不惊的生活。画家吴冠中说："喜欢水的宁静，因为宁静的水面才有倒影，倒影下去，就把画面扩大了一半，更具东方的情味。"傍晚的新市安静地泊在暮色里，水面散着幽幽气息，像是一种来自民间的暖意；红灯笼的倒影落在水里，像是扯破了的红绸缎；晚霞中的老房子，像一朵朵不肯凋谢的花。

　　你与新市，一旦遇上，便不离不弃。你因新市淡泊的性情，觅得了心灵的栖息；新市因你多情的注视，而变得分外妖娆。

　　新市是江南水乡里的一蓑烟草，眺望中的一缕旧梦，又仿佛是心底一位默默爱着的人，明知不能真正拥有，但只要能远远地欣赏着、欢喜着，便已足够。爱上新市的人，都是无可救药的完美主义者。相见亦无事，不来常思君，告别新市，你挥一挥衣袖，不带走一片云彩。

神秘的太极星象村

妹妹从巴黎寄来了几张照片,是她在法国南方普罗旺斯薰衣草田里拍的,大片大片恣意铺张的紫,弥漫视觉和呼吸,那种醉人的浪漫,与中国江南农村春天盛开的油菜花田异曲同工。

书册埋头何日了,不如抛却去寻春。早春,最适合去踏青。柔柔和风丝绸般温存地贴上面颊,如一声阻绝已久的问候,让人轻易感动。空气里是清新的泥土味,满眼是看不尽的深绿浅绿,传达着大地的信息。水是翡冷的翠,花是艳粉的黄,树是青翠的绿,金灿灿的油菜花编织成彩锦,惹得蜜蜂和蝴蝶也忙碌个不停,纷纷扰扰的诗句也如鸟鸣般在心头蔓延。

从孔老夫子的"暮春者,冠者四五人,童子二三人",到乐府民歌"绿草蔓如丝,杂树红英发,无论君不归,君归芳已歇",从"草色遥看近却无"的朦胧,到"记得绿罗裙,处处怜芳草"的深情,从陆游"犹及清明可到家"的惆怅,到张志和"桃花流水鳜鱼肥"的抒情,当诗意和绿意连成一片绿浪时,俞源到了。

依山而建的俞源,一条山溪穿村而过。野鸭戏水,迎春灼灼,清寂的空气里,不甘寂寞的芳草在燃烧。沿太极阳鱼鱼身一路走,宛如一阙词的开篇,有着看不透赏不尽的阳春烟景。枝繁叶茂的苦槠树、枫香树,伫立在俞源乡人民政府门口,背着背篓的小姑娘、扛着洋锹的老农,迎面走过,笑容比阳光更灿烂。满目绿意的天边,一只斜斜的风筝在飞。

古代村落的建造，很注重风水：门前流水，利于灌溉和舟船往来；村后群山，可以调节气候；面南朝向，是日照充足的基本条件；三面环山，可抵御寒流；曲水抱边，可防河水冲刷浸蚀。俞源这个曾经旱涝肆虐的小村落，按中国道教的太极星象图布局，以宏伟的宗祠起头，以翠峰清流环绕的洞主庙收尾，村内还有防火、镇邪用的七星塘、七星井，汇成"北斗七星状"，不失为一座神奇的风水生态村。

俞氏宗祠恰好装在北斗星的"斗"内，大门两侧，黄漆刷的"事在人为，人定胜天"，有着特定年代的气息。里面的戏台很雅致，上有"碧云天"匾额，下有楹联：工诗晓律，得高山流水之音；励俗育婴，征连理嘉禾之异。旧时座中，不乏名流身影，"梨园弟子如在金屋，观剧宾朋如在兰房"。当年，这里曾檀板轻敲，曲笛悠扬，水磨雅韵，绕梁不绝。俞源音律之风昌隆，明代曾专门建有"迎玩堂"，供族人和外客吹奏吟唱，"月照高楼十二层，谁吹玉笛暗飞声。怕传岭外梅花曲，散入秋空韵转清"。这种对音律的偏爱延续至今。

当地几乎家家都有八十岁以上老人，虽说还要担水烧火，却活得心满意足，坐在阳光里，神闲气定地编着竹器，孩子们拿着竹篾条在身边玩闹。老人们不是没有条件住进新楼房，只是舍不得扔下老屋。

俞源的古建筑有着自己的人文色彩。功能方面，有用于幼儿教育的家训堂、少年读书的六峰书院、年轻人操办婚事的堂楼厅、方便中年人休闲的藏花厅、专为养老敬老的养老堂、祠堂和祈祷风调雨顺、国泰民安的神庙等。房屋的石雕、砖雕、木雕，内容独特，体现出效仿自然、悠闲自得的情趣，既有白菜、扁豆、丝瓜等蔬菜，也有白兔、小狗、蟋蟀、蜜蜂等动物和昆虫。

木构的建筑怕火，火又怕水，而龙能吐水，所以俞源的梁架、牛腿、门窗上，可见到不少龙的形象，还有集动物精华于一身的麒麟：龙头、猪鼻、蛇鳞、鹿身、虎背、熊腰、马蹄、狮尾。精深楼里，保留着许多精美雕刻，那些鸟兽鱼虾，松鼠麒麟，仿佛是从梦山和溪水中，悄无声息地跃上窗棂。

俞氏历代书香不绝，俞源原来所属的宣平县，曾有"无俞不开榜"之说，明清两朝，共出尚书、抚台、知县、进士、举人二百六十余人。俞氏还设蒙租、儒租，蒙租规定：俞氏幼儿上学，每年可分得租谷二百斤；儒租规定：秀才可终身享受每年租谷八百斤的待遇。20世纪初取消科举制度后，秀才改成高小毕业者。

人间四月芳菲尽，山寺桃花始盛开。洞主庙是江南著名的圆梦地，古刹傲首于山腰，仅门前一湾溪水，沟通人间。庙不大，香火却颇旺，殿外有古樟，樟树下有梦仙桥，桥边有座梦山。鼎盛时，曾有几千人自带睡具，在庙的四周过夜，以求圆一好梦。

庙门前的照壁上，有个大大的"梦"字，白底黑字，遒劲，洒脱，像极了外公的手笔。薄暮四起，风中，有香客的爆竹声。寺内，香火静燃，供奉的神像，以遗世独立之姿，从幽暗中浮起，脸上漾着神秘莫测的笑，俯视凡尘。

"今天就住庙里吧。"同伴开玩笑地怂恿。

"好啊。"你淡淡应答。

前院后院，已空寂无人。夜色，渐渐掩映了脚下的深山。

梦仙桥上，有唧唧虫鸣，淙淙溪流，整个村庄就着忽明忽暗的星光隐匿着。背依的梦山，呈现出任你想象的轮廓，山岚盛满夜话。空气凉而神秘，穿透了发梢。

回到庙内，小和尚给每个铺位添了棉被，退出，脚步渐去渐远，锁门。瞬间有一丝恐惧，一种与世隔绝的无助，或许正是前人的慧心，选择这样一个地方来供人圆梦。

洞主庙的夜极像一个夜。一缕光从顶部进入，有些诡秘，透着现代与古典的纠缠，又像平淡的生活，忽然被浓缩。在此山野小庙，你突然明白了，什么叫千年一瞬，古代和现代，或许不过是白驹过隙罢了。耳边传来"的笃、的笃"声,如同劝化,不紧不慢,极有耐心和定力。这般的静,静得有些陌生,静得不敢呼吸,仿佛只有千年不断的溪水,在梦中呓语。渐渐地,好像下雨了,渐渐地,每一滴雨,也好像熟睡了。

村庄从梦中苏醒,微雨初歇,天空透亮,清凉的空气直冲心扉。一鼓作气,沿着梦山攀援而上,俞源村落尽收眼底:小溪呈S形流向村外田野,在村口勾勒出一个太极图。阳光下,屋舍树林,立体分明,石桥边的嫩柳、田埂上的老牛、飘着炊烟的黑瓦,融进了农家安详。唐代,诗人孟浩然在武义写下《宿武阳川》:"川暗夕阳尽,孤舟泊岸初。岭猿相叫啸,潭影自空虚。就枕灭明烛,叩舷闻夜渔。鸡鸣问何处,风物是秦余。"你想,这样的描述,也应该是给俞源的。

天一晴,太阳就金贵了起来,就想把什么都牵出来见见太阳。晒太阳,也是乡村最绿色最古老最简单的休闲方式,阳光唤醒天井斜窗昏睡的尘埃。风中传来毛竹和饭菜香,透人肺腑,原来是农家门口,清一色摆放的烤炉上,熏着的一段段竹筒,青翠的颜色已变成焦黄,表面蒙着油样的光,这是当地的特产竹筒饭。

归去的路上,有桃树的烂漫,柳树的轻柔,紫云英的热闹,一树梨花压海棠的素洁,更有那些铺天盖地的油菜花田,金黄、明亮而温暖。天清地阔,日光如海,忽然想起幼年背诵的那首宋代《卜算子》:

水是烟波横,山是眉峰聚。欲问行人去那边?眉眼盈盈处。才始送春归,又送君归去!若到江南赶上春,千万和春住!

一本翰墨清香的线装书

喜欢在夏天出走,让眼睛亲近蓝天,身体拥抱大地,心灵接近太阳的温度。

宜人的楠溪江畔,江边总有一棵长了几百年的树,冠盖如荫,遮出一地清凉。细数水声,有锦鳞戏浪,扁舟横渡,即使闭上眼,也能感到涓涓细流,清澈淌过心头。

苍坡的天特别蓝,云特别白,树特别绿,花特别艳。一群群白云,在天幕撒着野,热烘烘地贴向密密匝匝的山峦、田野、村庄,光与影不断地变幻着。脚下的卵石路,宛如海滩上的熠熠贝壳,成片的蝉声倏然响起,村庄像是浮在了蝉鸣里。

楠溪江两岸的几十个古村落,大多以卵石原木构筑,朴素淡雅,亲切明朗。各村都建有寨墙、寨门,拥有水系、街巷、民舍、庭院、宗祠、亭台、池榭、书院,井然有序,错落有致。

宋代的石寨门投下阴影,墙身曲折延伸,络绎不绝的游人,站在点香桥上,支着三脚架,眼望远处的笔架山,在太阳下傻乎乎地发着呆,好像丢了魂儿一般。八百多年的宋柏,张开硕大树冠,为远道而来的人提供清凉。

据统计,从唐至清,永嘉共出过七百多位进士。南宋理宗年间,仅芙蓉一个村,就有十八人在京城临安为官;溪口戴家一门,四世出了六个进士;豫章村一胡姓人家,三代出了五个进士;此外,还有枫林村一门叔侄三进士、屿北村的父子进士等,可谓是科甲连登，文云昌盛。

"其间山峰挺秀，涧水呈奇，而人生其地者皆惠中而秀外，温文而尔雅。"苍坡村的布局，酷似一套传统中国文人必备的文房四宝，渲染着修身养性、光耀门户的理念。

村西三座平列的山峰是"笔架山"；村东两口春水盈盈的池塘是"砚"；"墨锭"是西池北岸空地上供村民负暄乘凉的三根数米长的石条，其中一根的顶端，还有些微被磨斜的痕迹；而"纸"便是整个村落。从山头俯瞰，苍坡古老的屋顶仿佛错落有致的华美墨迹。

阳光在树丛、老屋、窄巷间不停游弋、变幻着，光屁股的孩童在浅溪中玩耍，平日遮遮掩掩的姑娘少妇，亦风情万种地坦露凸凹有致的身材，牵引着男人们躁动的目光。民居的窗格里伸出一只手，取回清晨挂出的鸟笼，顺便拨弄几下盆里的月季。一根竹竿从楼上挑出，一床素色的被单已磨损得柔软轻薄，闻得到太阳的香味。小收音机传来模糊唱段，院落里的枇杷、蔷薇、栀子、棕榈、仙人掌上，不知疲倦的蜜蜂嗡嗡翻飞。

长满莲荷菱萍的池水，充满酽酽的绿，有着"含烟凝翠"、"垂柳拂水"的清丽，很是养眼。几个美院学生，在对面大树下席地而坐画着水彩。在美人靠上歇歇，有偷得浮生半日闲之惬意。微风轻拂，光影流动在临水回廊，不由地浮现"耶溪采莲女，见客棹歌回。笑入荷花去，佯羞不出来"的意境，想象着从小巷内，步出一位"垆边人似月，皓腕凝霜雪"的旧时佳人。

午后，街上行人慵懒，庭院花香浮动，走着看着，也难免打几个哈欠。正值双抢，村庄静悄悄的，这种繁忙农事在白居易《观刈麦》诗中，有所描绘："妇姑荷箪食，童稚携壶浆。相随饷田去，丁壮在南岗。足蒸暑土气，背灼炎天光。力尽不知热，但惜夏日长……"

笔街上大门敞开，墙头搁着匾，匾里晾晒着菜干、鱼干。一家工艺品店门口，摆着木雕、瓦罐、缎鞋、荷包，老公公端着米饭，就着一碟咸菜，边上的老婆婆手捏一把麦杆扇，见你停下脚步，从身旁取来竹凳，微笑着，以一种热情的目光注视着你，俨然是将你当成自家客人。

步入一座细巧石门，藤蔓纠葛如缨络，有块"山水怡情"浮雕石匾。折入，内里开阔，花草葱笼。沿笔街一直往东，拐角有"女织馆"，朴素的匾额，让你的心里回荡起《古诗十九首》的吟哦："客从远方来，遗我一端绮。相去万余里，故人心尚尔。文采双鸳鸯，裁为合欢被；著以长相思，缘以结不解。以胶投漆中，谁能别离此？"

阳光继续在虚幻的影子间逡巡、闪烁，芙蓉峰画屏般耸立远方。燠热的空气让树耷下叶子，狗趴在树下吐着颤抖的舌，水牛整个儿地潜入水中，只露出两个喷气的鼻孔。公鸡惊惶地飞越猪舍和一大丛野艳的花丛，翅上失落的羽毛，缓慢地，飘落村边浮萍的水塘。

你感觉寂静灼热的时空中，白云羽毛般落地无声，一种明媚在心底苏醒，灵魂庄稼般舒畅地挣脱了羁绊；仿佛一滴浓墨在阳光下洇开，一株水稻在阳光中铿锵有力地抽穗、饱满、结晶，你知道这是手中的相机无法表现的镜像。

望兄亭内，几位瘦削老人下着棋，啪啪的落子随风飘送。当年李氏七世祖李秋山迁移到东面二里外的方巷村后，与弟弟李嘉木每晚必促膝谈心，风雨无阻，送到村口，依依惜别。后来，两人商定，哥哥在方巷村建"送弟阁"，弟弟则在苍坡村头建"望兄亭"，每当探望分手后，一见到对方亭中灯亮，就知道对方已安全到家，才各自安然收灯回家安歇。望兄亭前地面上，有一盏卵石铺砌的灯笼，亭柱上有"礼重人伦明古训，亭传古话谱新风"对联，记录着山高水长的手足情。

苍坡有着春水如蓝的秀美，秋水宜人的素淡，暗香浮动的宁静,更不乏热情似火的柔情。你可以且歌且行,驻足流连,倾听云端的声音。你可以欣赏太阳的舞蹈,洒满阳光的村庄,葱茏生命中的每一个季节。

夜空升起淡淡明月,劳作一天的人们,吃了饭,洗了澡,拎凳携椅,三三两两地,来到笔街中段的水井和塘边乘凉,孩子们或伏膝倾听,或小鸟般在人群中飞来飞去,乘凉的乡人们散淡地说着话。慢慢地,风凉了,街灯将桥石和水面照得恍惚,人们开始呼儿唤女回家。先是一个年老的妇人起身携椅,然后是第二个、第三个,唯余星星在夜空下眨着眼。

当年,汪曾祺游历苍坡后,写下一诗:"村古民朴,天然不俗。秀外慧中,渔樵耕读。"苍坡将山水的清纯灵秀、文人的儒雅散淡融为一体,像一卷古轴,陶然自得,妙手天成;像一阕美赋,起承转合,灵动自如。

僧问:古镜未磨时如何?师曰:光照天地。

僧问:磨后如何?师曰:黑漆漆地。

僧问:你往哪里去?师曰:脚往哪里去我往哪里去。

你知道自己无法拒绝苍坡,犹如无法拒绝内心的魔法。

水下狮城

首先注意到一个巨大沙盘。这是古严州六县,唯一一座拥有城墙的城池。

波涛之下,一座茕茕孑立的城池。此刻,包围着它的,是静谧的千岛湖水,半个多世纪过去了,它定格水底,平静安详,像一个孩子,重返母体温暖的羊水。

曾在电视里见过它。明晃晃的日光,触着毛玻璃似的湖水,就变得暧昧起来,交织着翻滚的影像,像浮世漫游的纤尘,穿越千回百转的流年,又像一只看不见的手,试图在未知与已知之间,竭力地接近和抓住什么:沉浮锈蚀的命运,兴衰离散的年轮,遭受水火煎熬的变迁。摄像机的镜头,不断地捕捉到,支离破碎的浮光掠影,无数恍惚的、被放大的细节:晦暗昏沉的高墙、照壁、杂草悬浮的牌坊、屋檐,木质房门敞开着,主人仿佛刚刚离去。一切恍若隔世,一切虚幻飘渺,仿佛一个不可复制的梦,承载着唏嘘和感伤,又像一只黑匣子,呼啸着,葬身于时间最深处。

风在田野上肆无忌惮地奔跑,像骑着一匹快马。你仿佛听见千岛湖水,此刻在脚底涌动,五狮山上的明珠,发出耀眼光芒,层层叠叠的油菜花,涌起海浪一般令人目眩的波纹,群山之上,云层透出千万缕光芒,穿越迷雾,拔地而起,将天空和大地连在了一起。

你的眼前还原出一座村落，安之若素，透着淡淡的稻草香，在中国江南，这样的村落曾经数不胜数，它并非克制与约束的结果，而是一种长期的修炼，在历史的窄巷深处，随着时光的流逝，焕发出一种沉着、独立的颜色，传承着一代代的血脉。

你闻到了杏花、梨花和桃花的气息，村庄上空飘来的炊烟和饭菜香，你听到热闹的舟楫和桨声，南货店、药材铺的旗幡，发出泼喇喇的声息，水埠和码头上的脚步，起起又落落。你望见青梅竹马的小伙伴，在村口樟树底下嬉戏，洁白的萝卜花，淡黄的迎春花，淡紫、粉红和大红色的杜鹃花们，在每一阵风中痴笑。

你望到五座坚实的城门，豁然洞开，长条石和青砖垒砌的城墙，依然护守着春风不度的残垣，巍峨高大的孔庙、城隍庙、东岳庙、东山庙、三圣庙，风韵犹存的漱芳亭、六星亭、超然亭、思艰亭、遗爱亭，典雅庄重的状元台、砥柱台、奎文塔、华严阁、尊经阁……仿佛雨后春笋，鳞次栉比，这些亭台和牌坊上的龙凤、花鸟，依然活灵活现，庙宇和祠堂上的宝瓶、锦纹，依然栩栩如生。

倘若你沿着通往村落四面八方的古街水道，将眼光笔直地放过去，还能望见大片淳朴清新的白墙青瓦，它们有着高低错落的鱼鳞屋顶，每一条小巷的底部，在春天滋生出绿色的青苔，无数饱满而生动的细部，有着超乎寻常的美丽和镇定，依然在雕花的建筑上耸立。它们的额枋和隔扇上，记载着修身之道，它们的雀替和牛腿上，铭刻着中国梦想，你或许还能在黄昏时分，听到某扇窗棂后飘来的古曲：彼采葛兮，一日不见，如三月兮……

你用目光抚摸着眼前大大小小的模型，试图想象和验证，一座废弃的水下王国，曾经存在的瞬间。斑驳的光线，从几欲合拢的窗口漏进来，洒在它上面，像是用泛黄的宣纸，修裱着一件流传几世纪的古画。

它是封闭的，也是豁达的。它是荒凉的，也是丰富的。它是不幸的，也是幸运的。

它告诉你，在貌似不变的深处，真实的水速比激流更快。无论怎样的喧哗骚动，荣辱恩仇，悲喜苦乐，终将归于一片安宁。

正如此刻，天上浮着的白云，一切仿佛从未发生。

白麟溪畔悠悠表情

《诗经·小雅·斯干》曰:"筑室百堵,西南其户。爰居爰处,爰笑爰语。"意思是:建许多所房间,西南向都有门可通,在一大片黑瓦盖顶的大宅院中,那么多的亲人住在一起,阖家而居,同灶而食,说说笑笑,是一件多么闲适、祥和而快乐的事啊。

如此生活方式,对现代人来说,像痴人说梦。然而,在中国历史上,在浙江浦江白麟溪畔,却真的诞生过一个宗族和睦相处、几代人同炊共饮不分家的郑氏大家族。这个历经宋、元、明三代的庞大家族,曾创下三千多人齐聚一堂共同吃饭的壮观场面,被朱元璋赐名"江南第一家"。

如果说东阳的卢宅是一位温婉怡人的大家闺秀,明艳妩媚是她的底子,繁华缠绵是她的气质;那么,浦江的郑宅犹如一位修炼千年的白须长者,承载着一个宗族的喜忧,年复一年,坐看云起,笑看落花。

一堵雪白粉墙,长长地,一直延伸到巷尾,厚重端庄,孤独不语,陈迹之上堆着陈迹:"忠孝传家"的厚拙书法、墨黑色檐瓦勾勒的素淡剪影、蔓延的青苔、被侵蚀的洞眼、砖与砖的缝隙间残留的记忆。一堵墙,隔出了两个时空。墙内,风景曾谙,"袅晴丝,吹来闲庭院"。墙外,岁月正长,小街上有简陋的小吃店、缝纫店,年轻的母亲拿着饭碗撵孩子,骑车的小贩吆喝着收购旧货。

郑氏宗祠像一座私家花园,因着郑宅的名,也成全了郑宅的名。门口有"郑氏宗祠"门额、"江南第一家"匾额。壁上有"耕""读""忠信孝悌""礼义廉耻"的古训,入门还有一块元代"白麟溪"残损石碑。

有序堂是郑氏宗祠的主建筑,结构宽敞,不尚浮华,据说可容纳千余人。引人注目的《郑氏规范》,曾经族人三次增订,一百六十八条内容都和孝悌善行有关。此外还有郑氏历代先祖林林总总的牌位、画像和匾额,以及模糊的中进喜报。

关于"江南第一家",有一个小故事。

明朝洪武十三年,丞相胡惟庸谋反,明太祖朱元璋大肆捕杀胡的余党。有人检举郑家与胡惟庸有联系,刑部差人抓走了老大郑濂,另外六个兄弟争相入京替哥哥顶罪。争来争去,最小的弟弟郑题力排众议,只身来到南京。他哥哥郑濂见到他后说:"我居长,理当承罪。"郑题说:"你是一家之长,家里不能没你,我最小,应该替你承罪。"兄弟争相入狱的奇谈传到朱元璋的耳朵里,他不但没有治罪郑家,反而让郑题做了福建布政司参事。朱元璋对郑濂说:"你家九世同居,孝义名冠天下,果然名不虚传,可谓天下第一家。"说罢,写下"天下第一家"几个字,旁边有人提醒他说:"皇上家可谓天下第一家呢。"于是,朱元璋改写为:江南第一家。

每年春节和祭祖日,郑氏后人都要在宗祠举行各种仪式。在长达几百年的时间里,郑氏全族共财聚食,一切生产资料归全族集体所有,六十岁以上者免去劳作,由宗族赡养。这个家族的人群,孝顺父母,兄弟团结,妯娌和睦,代代出清官,被誉为"以德治家的典范"。

古柏森森的堂前,有一种肃穆感,这里曾是郑氏族人听训受教育之处。师俭厅"孝义家"匾额,系明太祖朱元璋亲书。拜厅匾额"孝友堂"为明建文帝所赐。郑宅的钟鼓很有讲究,左悬"会膳钟",右有"听训鼓"。"会膳钟"每天早晨敲二十四下,全族人员同时起床;接着敲四下,同时梳洗;再敲八下,男女分成两队,到师俭厅听家长训话。敲"听训鼓"则表示家长开始训话。之后,几百口人听钟下田劳作,暮归公共食堂集体就餐。进餐时,男人在同心堂,妇女在安贞堂,一个乡土农村的旧有生活形态跃然眼前。

"细雨阶前入,洒砌复沾帷。渍花枝觉重,湿鸟羽飞迟。倘令斜日照,并欲似游丝。"一下午在深深的庭院走过,寻诗问画,觅屐痕遗履,时光生生不息的影子,投在偌大墙面上,好像留下了什么,又好像什么也不曾留下。院内的植物,年复一年生长、葱翠、枯黄、凋谢。古梅斜枝微颤,香樟又抽新芽,梧桐树更是不可遏止地几乎盖住了半边院子,紫藤花粗大的藤蔓,轻盈的花瓣,一串一串垂下——因为你正好赶上它的花季。

郑宅在四时天光中,晨昏变幻里,呈现出词人笔下的小园香径、梦后楼台,每一扇雕花窗棂,每一块瓦楞砖木都浓缩着故事,任往事如流。环绕天井和房梁的牛腿、垂莲、窗扇、雀替、横梁,几百年来,更似乎丝毫未动。想象当年的主人在此制定伦理,掌管家族;植竹种花,时临墨迹;随兴吟诗,优游自在。

毕竟是人去楼空,毕竟是花开匆匆,唯有池中游动的红鲤,扑拉出四溅水花,唯有火红的石榴花瓣,撩拨些许隔世的灵动。宅门前的水池叫"洁牲池",门前有照壁,内有两小池,加上一行古柏,形成"品"字,寓意"一品当朝"。片片石榴花瓣,飘零幽寂池水,渲染出暗绿的基调,像印象派画家莫奈的笔触,迷蒙而凄艳,更像诗人李商隐的意境:"曾是寂寥金烬暗,断无消息石榴红。斑骓只系垂杨岸,何处西南任好风?"

郑宅当年的界墙曾延至整个村镇,如今仅半亩之围。灰色裸露的高墙透着久远讯息,即便粉刷抹去了记忆,平滑的洁白下覆盖的东西亦在慢慢消失。然而,它曾代表的执着和坚韧,早已渗入郑氏族人的血脉。倘若郑宅的墙会说话,它一定会向你倾诉无数次的堆筑、坍塌和修复,以及家族变迁的历史感叹。

在郑宅读到一段传奇:一百十一名韩国瑞山郑氏后代,在隔断了几百年后,终于在中国浦江郑宅寻到了自己的根。原来,郑氏后人郑臣保在宋朝曾任吏部侍郎,宋灭亡后携家眷从杭州划小船远走他乡,历经海上漂泊,到达高丽瑞山看月岛定居,先后生了三个孩子,其中一个名叫郑仁卿的儿子后来当上了高丽国的丞相。由浦江迁出去的郑氏后代在韩国繁衍、壮大,至今有五万余人。

参天之树,必有其根;怀山之水,必有其源。

故乡是亲人的所在地,祖先的归宿地,宗族的起源地。一个人,倘若能够在老的时候,终于寻到自己真正的根,便算是了结了一桩缠绕已久的心愿。

或许,世上万物,终究不过是彼此世界中的一份惦记罢。

周庄行

最早,是从旅美画家陈逸飞的油画《故乡的回忆》上见到周庄的。该画据说以周庄的双桥为素材,那清新的色调,像清晨的残梦,印象颇深。

偶获闲暇,前往苏州。访友会朋之后,又取道昆山,来到位于苏州郊县的千年古镇周庄。

到周庄时天色已晚,从房间窗口望出去,隐隐只见青灰色的围墙和街巷,几条泊在河中的木船,也笼着一抹青灰色的光晕,很有点"暮雨潇潇江上村"的味道。

第二天,迫不及待地起个大早。周庄很静,驳岸、水巷、拱桥,有着典型的江南水乡风貌,这里的建筑半数以上为明清建筑。穿过中市街的古牌楼,迎面是一路狭窄清静的石板街,漫步在这样的小巷中是一种奇特的经验。你听到鞋子伴着心跳清脆地叩打街石,衍生出"深巷明朝卖杏花"的诗意。两旁斑驳的木门紧闭着,有时,又会"吱扭"一声打开,一个意态安详的老婆婆拎着炉子出来,升起一缕轻烟,虚虚浮浮又满目生机。走走停停之间,蓦然回首,两边高高的老墙泥灰早已剥落,犬牙交错的屋檐只留细细的一条天缝,仿佛走在历史里。

在沈厅门口花十元钱买上一张联票,便可游览沈厅、张厅、迷楼、澄虚道院、三毛茶馆等景点。沈厅是元末明初江南巨富沈万山后裔建造的,走入狭小的市井门洞,里面竟有着长长的一串景深：到底是大户人家，水墙门、河埠、茶厅、正厅、大堂楼、小堂楼，一应俱全，在这种氛围里穿行，脑袋里便不由自主地蹦出"深居简出"、"侯门似海"这样的词。

看完沈厅，登上临河的茶楼，老板娘热情地沏来茶。坐在木窗边，喝着花瓷碗里的香茶，嚼着新鲜出炉的熏豆，河对面白墙黑瓦的小楼，虚掩的蠡壳窗户，近得仿佛伸手可触。四周很安静，只有鸟翅擦过枝叶的声音，一条小船几乎是不荡起半点涟漪地从河面滑过，头包月蓝色头布的妇女在河埠搓衣洗菜，身边的乌篷船升起白白的炊烟，此情此景，好似周作人笔下描绘的意境："江村小屋内，烘着白炭火钵，与友人谈闲话，得半日之闲，可抵十年尘梦"，便觉得老房子的木门后，应该走出一个身着黑色香云纱，趿拉一双小木屐的女子。

喝完茶，前往"轿从前门进，船从家中过"的张厅，这座古色古香的建筑不仅有幽深的二十余米长的备弄，还有一条叫"箸径"的清清亮亮的小河穿屋而过，临河窗口设着敞窗，那种木棱式拉杆叫吴王靠，又称美人靠，朱漆犹存。遥想当年，小姐闺秀们倚在这个角度眺望田野中的麦青花黄，定然是一幅很美的图画。

出了张厅就到了双桥，它躬身于市河上，看上去极普通，却是古镇现存的建于元、明、清代的十座石桥之一。站在不知踏过多少履痕的桥头，只见临河小楼斜伸出的晾衣竿上，挑着五颜六色的衣衫，河水慢慢地流，船橹慢慢地摇，你止不住想起那首童谣"摇啊摇，摇到外婆桥"，这样想着，心头缓缓地渗透出几缕新鲜而熟悉的记忆，一张张似曾相识的面孔，飘散在时间的流水中一去不返。

著名画家吴冠中说，黄山集中国山川之美，周庄集中国水乡之美。周庄四面环水、河湖阻隔的自然环境，避开了历代战乱，较完整地保存下历史遗迹。这里的每一个角落，既是活生生的现实生活，又是耐人寻味的人文景观。这里不仅曾是张翰、刘禹锡等大文学家的寓居之地，更出过叶楚伧、王大觉、陈去病这样的历史人物，近年来周庄更如一颗拂去尘埃的珍珠，引得骚人墨客和影视拍摄机构趋之若鹜。

告别周庄，坐机动船沿白蚬湖前往另一个古镇同里。一路上，寒山、远水、飞鸟，美不胜收，心中却有些茫然若失。这才明白，那个九百岁的周庄已如一个美梦，携着它的小桥流水和"莼鲈之思"，飘荡在时间和喧嚣之外，不仅给处于逼仄和忙碌中的都市人以诱惑，以沉醉，以乡愁，更使人懂得，自然永远是人类心中的参照系，是心灵深处宁静而可据守的场所。

磐安四章

花溪

　　将浙江省版图对折两次，磐安正好位于中心。

　　一路包围你的，总是连绵峡谷，纵横溪流。总是奇峰异石，深潭林瀑。

　　千米平板长溪，清秀得历历在目。河岸鲜艳的绿，衬着河底清澈的水。溪底平整如削，一览无余，淙淙溪水恰如其分地流淌着。相传，此溪是女娲在山上炼五彩石，被螃蟹精翻倒大锅里流出来的岩浆凝结而成。

　　充满诱惑的五颜六色的草鞋，是走平板长溪的专用。漫步溪中的人，走得小心翼翼，没及脚背的溪水，缓慢得如同呼吸。不时有小鱼穿梭趾间。一路走去，目光接受小村炊烟的滋润，脚心接受千年河床的按摩，被自然揽在怀里的舒坦，无以言表。

　　春天的花溪是细腻的，像心底的爱恋涌出双眸。夏天的花溪是诱人的，像喁喁的私语动听湍急。秋天的花溪是清澈的，像娴静的女子纯净的呼吸。冬天的花溪是执着的，像绵绵的问候经久不息。

　　难怪有人赞：此地风光三吴无，平砥清流世间殊。

庄稼地

经过庄稼地的人,是快乐的。

庄稼们静静地伫立在黄昏里:茄子、毛豆、生姜、南瓜、番薯、玉米、芋艿,仿佛不同军种的士兵,一律挺拔、明亮。

庄稼地秋日的光线是悠闲的,仿佛高山上的湖泊,它的悠闲是明亮而没有心计的。田里,一位忙碌的农人,脸上的沟壑和烈日暴晒的背脊,是庄稼地最好的注释。板栗已挂枝,山楂已结果,猕猴桃已成熟,就连农户门前晒晾的香菇、人参、白术、天麻、玉竹、玄参,一律也是安详的。

一片又一片被侍弄得生机勃勃的庄稼地,传递着岁月充实沉稳的气息与和谐:为什么山芋青翠的叶片长得像荷叶?为什么玉米的光芒比金子更耀眼?为什么清新的生姜田让你觉得亲切而温顺?为什么南瓜无所顾忌的藤蔓纠结得如此富有诗意?

新鲜的庄稼地,让你神清气爽,捕捉任何一丝可能将你触动的东西,像是从记忆漫长的昏迷中醒来,这个过程自在从容,如同一切本质的显露。

你想,你经历过什么,所以知道应该拥有什么。你想,被山野田风一亲芳泽的人,才会更坚定地站在属于自己的岗位上。你想,你一定会带上庄稼地的气息和姿态,穿越熙攘岁月。

新鲜的庄稼地,让你挺拔如一株清爽饱满、独一无二的庄稼。

经过庄稼地的人,是有福的。

百杖漈

翻越盘径古道,终于抵达它的汹涌底部。

山峰苍凉浩翰,石壁凌然威武。峭壁之上,是飞花溅玉般的瀑布,排山倒海的瀑布,像无数根金链将天空和大地连在一起。

飞瀑之上，是一泓清澈池水，像群山间一颗翡翠的心，呈现出动与静的对比。

这样的潭边，你一定要心满意足地坐上一会儿。弯下腰，掬一捧清泉入喉，沐一下清润的山风，洗去一路征尘。

这样的潭边，你一定要甩掉鞋袜，赤足浸在水中。那直透心扉的柔情，会让你心生感动，世间万般风景，仿佛只为你一人消受。

这样的潭边，你一定要用单纯热情的双眸，凝望它，别顾忌溅身的水花，像深深凝望一生中最重要的人。

这样的潭边，你一定会感到天地的辽阔，却并不觉得自己渺小。

因为，你心潮涌动的节奏与它的旋律，是一致的。

先祖

"荷锄木柄不须长，觅种灵山别有方。种得云中双白璧，琢成瑚琏献君王。"

这首题为"灵谷锄云"的古诗，是明代一位叫卢琰的人写的。

北宋开宝元年（968年），一个大雪封山的日子。典检尚书越国公卢琰，挟后周柴氏遗孤靳王柴熙诲，从东阳方向匆匆来到灵山。为蒙蔽官兵，将靴子倒回来穿，在雪地留下向山外行走的脚印，逃过劫难。

卢琰，字文炳，后周世宗柴荣时，曾被封"荣禄大夫上柱赞治尹开国上将军"，享有"食禄三千七百户，赐金绯鱼袋"，与赵匡胤二人并称周世宗之"股肱"。

陈桥兵变后，赵匡胤黄袍加身，并下令诛杀后周世宗的皇子纪王和蕲王。宫廷上，唯三朝元老卢琰挺身而出，冒死进言："昔时尧舜授受不废朱均，今受周禅，安得不存其后？"赵匡胤见卢琰脸色铁青，双目圆瞪，只得暂时将两位皇子追回不杀。为留柴周一脉,卢琰暗中将靳王柴熙诲抱回府中抚养,收为义子,改名卢璇。

宋太祖赵匡胤对卢琰官封极品,爵位国公,卢琰对此看得很淡,内心依然对先朝皇帝忠贞不二。为此,他向赵匡胤提出归农想法,公元968年,宋太祖见挽留无望,亲作《御赐功臣卢琰致仕赠别诗并序》——

"朕以卿尚书卢琰老成历练,欲藉以弼成至治。卿乃起空谷白驹之想,为林泉自适之谋,难为强留之计,然君臣之分恶可恝然,故赐汝以诗,以光来裔。袖手长才世路轻,爱闲那肯鹭荣名。挂冠便欲辞丹阙,策杖还归老故城。适意不论三仕喜,传家惟有十分清。林间佳趣真恬退,好向廉泉自濯缨。"诗中,流露出对卢琰欲留无计的惋叹。

获准归农后,卢琰与永康人、柴世宗驸马孙惟愠,率全家老小,挟靳王连夜出京城,过临安,来到灵山下,见此地峰峦叠翠,环境幽雅,正合自己躬耕垄亩之念,便定居下来,并将此地称作"朵山",意即"躲"山,后谐音改为"大山下"。这里,也曾吸引昭明太子萧统、诗人陆游来此结庐读书。

据《大山卢氏宗谱》谱序载:"越国公始居汴,为后周工部尚书,有政绩,禅宋后迁居婺之灵山。灵山者,卢氏发祥之地也。自越国公而上皆缺而不书,古籍无所稽,略其所当略也;自越国公而下,支派世系近而可考,详其所当详也。"记述了越国公迁居灵山的史实。

卢琰有八男一女,他将女儿卢锦许配靳王,隐柴为卢,列作九支,此即"九支卢"由来。为使赵匡胤彻底放弃对自己的牵制,他让儿子们和地方官上奏自己已亡,宋太祖信以为真,派使臣中书省侍郎来灵山凭吊,举行隆重谕祭,祭文曰:"窃维卢琰历事吾朝,累建劳绩,于时有年,嗣朕在位,实公匡辅,忠义可嘉,方期上柱国家,岂意盍先朝露,讣闻不胜哀悼,今特遣官谕祭,以示异恩。"对卢琰评价甚高。

卢琰"义不臣宋"的侠肝义胆,为后世传扬。他是一个忠义之人,亦是深明大义之士,从最初"不食宋粟"、冒死保护留下柴周一脉,到后来转变对宋室一统天下的看法,使"九子具将相之才以备朝廷之用",且建塾延师,开发灵山,造福百姓。一代名臣的胸怀和人品,可见一斑。

976年,宋太祖驾崩,卢琰赋《横山晚笛》一首:"牧童牛背日将曛,短笛摧残几片云。莫道山中无宁戚,重歌白石忆明君。"一位老臣对明君的思念之情,溢于言表。公元985年,卢琰病逝,葬于灵山南麓。

记取碧纱笼古壁,莫叫白眼视书生。

安息吧,我灵山的先祖!

拨动心弦的一段乡愁

你一直不清楚自己前往的村庄，到底是什么样子的。或许，那个村庄在什么地方，叫什么名字，对你来说并不重要，重要的只是遇上它时，那种被慢慢浸染的感动。

绕过白洋湖上，七座映水而立的石塔，绕过河岸和拂水的垂杨，一座浙东古镇向你敞开心扉。假如你是一个喜欢时尚和热闹的游客，初到鸣鹤，感觉总是失望的。你会发现这个村庄，像它的地名一样陈旧而孤绝，完全没有其他江南古村落那般鲜亮和挺括。

鸣鹤很静，空气里飘着经年的灰。弯弯的街，斑驳的河，房屋旧旧的，你在村里走着，往往见不到什么人。小镇里，只有几个和你一样心浮气躁的城里人，拿着相机，顶着太阳穿街走巷。走了好长一段路，看到的都是这样的情形，自然地你会觉出一些失望。事情往往是这样的，只因为与想象有着距离。然而，不管失望与否，假如你在鸣鹤多呆上半天，深入地走一走逛一逛，跟街巷里弄伺弄蚕宝宝幼仔的大妈、河埠头洗衣的大嫂交谈片刻，便会渐渐觉得亲切了，习惯了，喜欢了，心里原来的失望，便消减了，放下了。

下午是村庄最宁静的时分，弄堂窗户里，一般会传出一两声地道越剧，更多的时候，则是在幽怨的二胡里度过的，修棕绷、补皮鞋、弹棉花胎的吆喝，飘摇在小镇的空气里。蹲在树下的老农,手中的烟头吞进吐出。念佛的老太、屋檐上的雀巢、斑驳的石花窗,构成一幅幅静止画面。天井里有人在呢喃,屋檐下有人说着话,这些声音被风一笔带过,凌乱而漫不经心。

鸣鹤的古建筑,大多是当地叶氏经营国药业发家致富所建,高墙深院,曲弄幽巷,四合院,走马楼,马头墙,人字坡青瓦顶,风格与宁波一带略有不同。宅内,雕琢精致的花格门窗、石窗,极富韵味。除明清时期的官宅民居外,还有祠堂、庵、寺及横跨河上的岳庙。不少老屋因超龄、超负荷,已破坏过半,新房子则像一个个填空游戏,点缀着老屋留下的空隙,钢筋水泥的样式,贴着白瓷砖的小洋楼,有点扎眼。

叶氏古宅有精致的过道墙门,古老的石库、石梁和石柱,门梁下部正中有孔,是穿绳挂灯笼或是清明端午系菖蒲艾叶所用。宅有门楼,翼角上翘,鸱吻向天,大门有两道。沈宅镌有"云渚分华"四字,从边门进入,堂屋堆满杂物,正中板壁贴着八九张科举中式捷报,西边第二张还辨得出字迹:"捷报奉学官报……考取贵府相公沈名某某高中庚辰科岁试入泮慈溪学第四十二名。"在古屋里,邂逅一位九十岁的老寿星,正专注编织着竹筐,神清气朗,和善安详,遂邀老人合影,亦欣然笑允。檐廊外,一株顶着水珠的海棠含苞欲放。

"三北环洞七座半,鸣鹤占四座",桥是遍布水乡的呼唤和应答。鸣鹤有七座明代的古桥,河水悠悠地没有声息地淌着,年复一年,慢得深邃,慢得沉郁,让人止不住想起"摇啊摇,摇到外婆桥"的童谣,似曾相识的面孔,飘散在时间的流水中,一去不返。雨天的鸣鹤应该更美:雨雾中的桥,不像是架在水上,而像浮在流云薄雾之中。

走在鸣鹤,你要留心那些面朝小街的门楼。迟暮的老人带着孩子坐在那里,黄黄的阳光下,自然、真实与满足。门楼前的石狮子,或许早已没了,但上面必定有几块青砖雕刻的画面,你的目光一旦抚过，便滋生出几许慨叹。

走在鸣鹤，你要留心那些高高耸立的马头墙。墙头的蓑草，都很有些年头了，条石砌筑的墙角有明沟的水道，矮矮的砖墙凌乱结实，青灰的砖墙上长着苔藓和暗绿的草，刻着龙凤和蝙蝠，质拙的刀法让你惊叹。

走在鸣鹤，你要留心那些叫作隆顺弄、俞家弄、小桥弄、咸河弄、银行弄的小弄堂，鸣鹤的岁月，便是由这些日渐斑驳的古弄串成的。小弄勾留你的脚步，衍生你的思绪，让你贪婪四顾，目光穿越缓慢的薄螟，眺望逝去年代依稀的色彩。

走在鸣鹤，你要留心那条运河桥南岸一里多长的廊棚。"廊棚一夜遮风雨，积善人家好运来"，屋屋相连、户户相通的廊棚，千百年来，坚守着古旧生活，古时，这里曾经商贸繁荣，店铺林立。

走在鸣鹤，你要留心那些老态龙钟、挂满藤蔓的石拱桥，它们坦陈伤痕，桥身上的字迹，已被历史铲除。站在履痕深深的桥头，临河小楼斜伸出的晾衣竿上，挑着五颜六色的衣衫。清代叶声闻有诗云："三舨红船独橹摇，春风游女尚垂髫。东西一一逢桥数，记取陡塘第七桥。"

鸣鹤就是这么一个地方，无论春雨淅沥，还是雪花飘飘，只要走过它的石拱石桥，踏过它的石板老街，访过它的深巷幽弄，便会让怀旧的心，似曾相识。晚霞中的老房子，像一朵朵不肯凋谢的花。

德国作家蒂姆·施塔费尔有一本关于乡愁的书，书中主人公不断奔赴和游走，只为用全部生命追寻一个家，一个手可以攀附、脚可以止定、心可以停靠的地方。他说，乡愁这个字在德文中，由 Heim（家）和 weh 是（疼痛）组成，是"对于家的疼痛"。

鸣鹤是家园伸出的一双期盼的手，久久定格于光阴深处，期待游子归来。从春夏到秋冬，从少年到白头。

鸣鹤是萦绕胸口的一缕疼痛。

最美的水墨山居图

这里，群山起伏，林木葱郁，山珍野果，俯仰即是，飞禽走兽，出没其间。

这里，晨看云雾，晚听风声，山头迎风，兀石望月，只知旦暮，不辨何时。

你惊讶于叶山村的天竟然这么蓝，树竟然这么绿，云竟然这么白，群山环绕之中的古村落，竹篁郁葱，静谧安详，宛如山中璞玉。

村前是蜿蜒山道，村后是连绵大山，拾级而上，不时碰上花花草草，树木屋舍，清逸的感觉从心底溢出。满眼是黄色粗糙的土墙，绿得毫无尘埃的树。叶山村没有飞檐翘角，没有华丽山墙，好像也没什么文物遗迹，留存下来的大会堂、古松，都已十分沧桑，满山坳几十座房子，大多是一些老人长住着，一切以最质朴的形式呈现。

整个村庄被群山紧紧环抱，林间鸟鸣和淙淙流水相呼应，村民们自顾自地忙碌着，有的磨粉，有的起灶，有的串门，户户相接，充满温情。遇上的老人仙风道骨，孩子纯净可爱，眼神没有一丝陌生和好奇，仿佛陶渊明的《桃花源记》："屋舍俨然，有良田美池桑竹之属"，"鸡犬相闻，男女衣着悉如外人，黄发垂髫，并怡然自乐"。

纤陌纵横、四通八达的小道、毛毛道，将整个叶山村连成一个整体。每条小巷均以乱石铺成,这里泥屋、木房、独木桥,结合得非常巧妙,木屋多为三层阁楼,多依山势而建,整个村落错落有致,并沿着古道延伸开去。站在山顶俯瞰村落,村落宛若一只雄鹰匍匐于四面山峰。

叶山村植物资源丰富,常绿阔叶林、针叶林、灌木林分布集中。春季群山叠翠,生计盎然;夏季绿树成荫,郁郁葱葱;秋季层林尽染,野果飘香;冬季绿林素裹,分外妖娆,是一个巨大的天然氧吧。

在叶山村,时间似乎流逝得比其他地方慢。当地人固守着一方纯净山林,固守着一方宁静,过着有条不紊的生活。在叶山村,无论春天还是冬天,你可以在屋里喝青山绿水茶,在山林草丛与松涛一起漫游,在风中倾听植物的歌吟,淡淡的薄荷清香从根部传递到花叶,更可以面朝青山,心静如磐石,像水底的浅草,低吟一阕"参差荇菜,左右流之"的诗句。

即使生活清贫,处处也能见到村人们的笑。摘下袖套对着你的镜头朴素微笑的妇女、磨玉米粉的老婆婆、劈柴烧饭的男子、趴在案头做功课的小孩、小道上挑着蕃薯藤的农人、坐在石板上的老翁,虽不对弈,亦是一身仙风道骨,传达着平常衣着后的快乐。即便那些放养着的狗儿、猫儿,悠闲漫步的鸡鸭、牛羊,也比城里人活得神定气闲。

一棵棵清秀脱尘的翠竹,仿佛郑板桥遗落的笔墨,将视线染成了淡绿。突然明白王维"客舍青青柳色新"的"新"字,用得有多妙了,无非一个是柳,一个是竹罢了。想起电影《卧虎藏龙》里的竹海,周润发飘逸的白衣神剑,自己也恨不能钻进那绿海之中翱翔。沐着山风,展开双臂,畅快齐呼:"啊——"空谷传声,人生之爽快,莫过于这大自然中的释怀一喊。

"又见炊烟升起,暮色照大地,想问阵阵炊烟,你要去哪里……"夕阳顺着山势,涂在黄褐色的山头、民居的栅栏上。屋瓦坚定的黑与炊烟飘忽的白，形成强烈的视觉冲击，此外，切菜、涮碗的村妇，戴着眼镜的老奶奶，蹲在门槛上的老头子，吃着云片糕欢笑走过的孩子们，交织成古村温馨的黄昏山居图。

坐在村长惟利叔家窗前喝茶，可以望见屋外大片曲线优美的吊脚楼，细如波纹的黛瓦屋顶，青绿树冠的起伏山峰，几棵夹竹桃点缀出的俏皮。惟利叔捧出两件宝贝：红皮的《陈氏同宗谱录——福建寿宁三峰》和蓝皮的《陈氏宗谱》（上下卷），这两本家族文档，记载着叶山村的子系图，还包括叶山村的地形图、族规族训、家族文献、创基立业等详尽记载，让你了解到，仅三百余户人家的叶山村，却是一个真正的千年古村。

此行的向导、苍南摄影家协会主席萧云集，曾陪同香港导演关锦鹏，两次来叶山村踩点，选景拍摄《长恨歌》，关导被叶山村深深打动，无奈最后因山高路陡，后勤人员担心重吨量的发电车无法开进，不得不忍痛割爱，改为另一备选地碗窑。

惟利叔家的汽油灯亮了，灶膛的火苗映着酡红朴实的脸，满满一桌农家土菜香气四溢：现宰的羊羔，红烧野兔、野猪肉，绿色的蕨菜，香甜的米酒……窗外的夜，渐渐黑了下去，屋内的人，笑语满室乐融融，暖了身子，更暖了心。月光穿过山村的黑瓦泻进屋内，微微扬起的尘埃，有着千年风雨的世故。

村民们齐聚在村口，为你们送行，捧着饭碗，抽着烟袋，有玩游戏的孩子，有抱着婴儿的俊俏媳妇，整个村子的人好像都出来了，以闪亮的眼神、沉默的身影跟你们告别。你挥着手，告别这座在心里刚刚温暖起来的小山村，内心却止不住酸涩——那是一种与亲人、与家园告别的酸涩，只有经历过的人方能明了。叶山村的人一定也是用这样的神态，默送着一个又一个的年轻人，走出养育他的土地。

顺着坑坑洼洼的山路盘旋而下，渐渐地，路面从黄泥路转换成石子路，在山脚一个毅然转弯，轮胎在平实的柏油路上猛地一顿。那个集美丽、神秘、贫穷、倔强于一身的小山寨,依然蛰伏于蛮荒苍莽的大山深处,演绎着属于自己的故事,让你浮想联翩,惘然不可追忆。

青花瓷碗上的吊脚楼

碗窑的太阳光似乎是特别的，那是一种非常古老的光，着了魔似的在青山、竹篁间舞蹈，一忽儿明一忽儿暗，油彩般鲜明。光线涂到哪里，哪里便是一片辉煌，让每一个路过的人，都会情不自禁地深深凝望。

傍晚的碗窑古老神秘，天空蒙着一层辽阔的深邃。山峦的颜色，恍如梦境的过渡，随着风的涨落，汇合晚霞和翠鸟的倒影。暗影寂静中，三官庙前的平安灯，像一声温暖的乡音，开启最隐秘、最真切的情绪。

这就是碗窑，神秘的碗窑。

远远地，便望见了碗窑的标志，一座圆锥形的古烟囱。青山正对溪流，溪边是从前的码头，当年舟楫往来、商贾云集的场面，早已消逝，野渡无人舟自横。浅滩边，有人垂钓，有人游泳，有人摄影，有人放风筝，有人支起帐篷，五颜六色的，像一朵朵彩色的蘑菇。有人坐在草坪上，或许只因喜欢青草的颜色，以及那针尖上的宁静。

"青山无处不藏云，村屋四舍皆含烟"，一抹青山，一片屋宇，流云缭绕其间，像淡笔的青花扫出，一幅活脱脱的水墨画卷，叫人说不出地欢喜。

碗窑的瀑布上下相叠，首尾相接。泉从岩生，瀑向林出，宛如一队白马银甲的骑兵，摇旗呐喊，俯冲山谷；又好似一群上穿素衣下系绿裙、仰慕人间烟火的仙女，翩翩跹跹，从天而降。

青石铺就的山路，一头连着大山，一头通往山外，除了翠竹，更多的是樟树、枫香、板栗等珍稀古树，得两三个人才能合抱。山路上，清寂无人，只听见车轮轧在树叶上的"唰唰"声。铺天盖地的绿意，从四面八方向你袭来，旋即又向后退去，偶有鸟雀飞过头顶，肤色亮丽的小蜥蜴，调皮地从脚边匆匆爬过。

碗窑的屋舍旁、青草间，一条自古及今的山泉蜿蜒而下，哗哗水声满山皆闻。当地村民洗衣、做饭、洗涮、沐浴，全仗着这条小溪，几座旧时水车也在咿呀转动。鳞次栉比的吊脚楼，已经有好几百年历史，卵石垒砌成屋基，青灰色的石头布满青苔，原木的建筑，有着褪尽繁华的质朴，屋舍后大多有毛竹引山泉入户。

当地民居的大门，随意敞开着，屋前阳光泻下一地金黄，墙头的夹竹桃开着花，像绿底的老织布上浸染的花簇。鸡窝里滚出一颗圆圆的蛋，老母鸡咯咯欢叫炫耀个不停。两层的吊脚楼里，传出烤芋头的香味，柴火在炉灶内噼啪作响。村民悠闲地忙碌着，茶壶里的开水滋滋地窜着白色蒸汽。

这个世代烧制青瓷碗的古村，在乾隆年间声名远播，客商云集，如今仅剩一座龙窑，三座水碓，平常零星地烧一些粗砖，村中会做粗瓷碗的人，寥寥无几。踏上古戏台，铿锵的锣鼓，激动的喝彩，在袅袅丝竹中再度苏醒，千年风雨一幕戏。那些轻盈的脚步，飘逸的水袖，如一串串明亮的余韵，秋日野菊般迷人。当年兴盛时期，因产品供不应求，客商为囤足货物，往往要在碗窑住上数月。当地村民曾在下窑、半岭建了两座戏台，出窑的日子也是碗窑的盛大节日，欢庆歌舞，上演戏曲，福建与之毗邻的百姓也赶来看戏。

傍晚的碗窑温柔恬静，因为有牵牛而归的老农，张罗晚饭的寻常人家，山间炊烟，像是点睛的一笔，让人坠入梦境。夕阳将金色倒影，留在碗窑的桥边、水中、老房子的院角、古树的枝丫和白鹅摇晃的羽毛上。

喜欢碗窑的风。不冷不热,不疾不缓,像一个思念已久的人,从远远的地方赶来,吹得满山摇曳波动,夹着潮润的植物芳香,让孤独也成为了一种享受。等吹到脸上,就变得温柔了,你的头发飘起来了,你的目光澄澈了,你的内心有了烟火的气息,你便不想走了。

喜欢碗窑的瀑布。穿过山涧悬崖,白云芳草,一路高歌,浑然一体,在阳光下潋艳,在月光里泛波,在春风里沉醉,在夏日里追逐,那一道道激情雪白的坠落,让你在梦中都有着纵身拥抱的冲动。

喜欢碗窑的山路。窄道上,迎面遇上村民,他们会和善地让你先过;石缝间,有探头探脑的青草;小径上,小灯笼般的红柿,触手可及;无论驻足、眺望或冥想,都让人心生惊喜,仿佛藤蔓上开着的左一朵右一朵的花。

喜欢碗窑的光线。特别是黄昏时,光线投在褐色的木板墙、随意栽种的花木、晒在竹榻上的鱼干、天井、石板地和石水缸上,投在吃饭的村民、洗澡的婴儿身上,让你心慌意乱,头脑空白。屋檐下默坐的老人,脸上有着人生的大彻悟。

阳光被喜爱它的枝叶抚摸后,化成动人光斑,星星点点,在碗窑弹出明灭的节奏。一缕橘红色的光,消逝在山荫道上,四周的植物由深绿转为暗红,由暗红转为深紫,最后,又由深紫消失了颜色。山间,涌起淡淡的雾气,依稀可见的淡月,仿佛大幕拉上,灯火亮起的刹那,不免微微地怔忡。

戏台前耸立的三官灯亮了,山峦、烟囱和水车,成为深色剪影。蓦然回首,一切仿佛电影画面般定格,又被无限拉长。这空山,这村庄,皆成为了你之所有。

风在吹,风中飘来古老声息,是植物的,更是泥土的。树在泥土中呼吸,云从泥土中升起,人们在泥土上生存。碗窑是一阕湮灭的词章,一段搁浅的神话,令时光俯首的姿势,短暂而漫长。你想变做一件精美的青花瓷器,穿过火焰和民谣,从泥土深处走来,一直走,走进那个疼爱你的人眼里。

这就是碗窑,妖娆的碗窑。

楠溪江畔的一缕沉香

从仙居往永嘉,遇暴雨,公路塌方,改走山道。路途曲折艰辛,风光却极美。山峦间,上有绿荫的屏障,下有瀑布挣脱了羁绊,发出金属的碰撞声,跌入深谷。景色美得令人眼馋,忍不住停车,掬清泉入喉,洗一把脸,疲惫顿消。

雨后的楠溪江上游,流水淙淙,芳草凄迷,沙滩静谧,空灵绝尘,江中泊着几只蚱蜢舟。一阵扑喇喇的声响,白羽长腿的水鸟翩然而去,有一种清旷典雅的气质。

溪口位于楠溪江上游和中游接合处,黄南溪的出口,这里世代居住着戴氏家族。村庄安泊在群峰和溪流之间,呈半月形布局,虽没什么宏伟建筑,却也是世代书香,九百多年来孕育了一代又一代江南俊才。

到达溪口时,正是午后。雨后的村庄宛如出浴的少女,秀气而娇美,纯真而灵动,唯一见不到的是风尘。

溪口古建筑,大多为明末清初时修造,有着楠溪江畔古村落特有的朴素平实,村落布局,蕴藏着风水玄机。明宅大都三进两院,材质讲究,内院向外开敞,无封闭之感,下部用一人多高的卵石砌就,灰色石块的地面,色彩自然。那些两层的木楼,外墙抹着白灰,柱间竹篱,将白壁分割成三条,看上去疏朗雅致,颇具日本草庵风格。这种明代遗存,除了溪口,在楠溪江中游的芙蓉、蓬溪、岩头、苍坡等村庄都有所见。

楠溪江古村落，都是一村一姓，人们以血缘为纽带，聚族而居。溪口是戴氏村落，南宋时，曾出过"一门三代六进士"，是楠溪江流域富有乡土人文色彩的一个村庄。青石板路光滑，鹅卵石道透亮，墙上爬着碧绿植物。大概是鲜有外人造访，纳鞋底的妇女，自由撒欢的猫狗，用闲适而好奇的目光打量你。

遇上两位精神矍铄的老伯，一位叫戴选银，一位叫戴成蕊，溪口保护开发古村落委员会的委员，热心地陪你去参观进士坟。走访楠溪江古村落，你不时遇上这些德高望重、知书达礼、热心公众事业的乡贤长者。

竹荫庇下的进士坟，刚经整修，阶上飘着落叶。石碑上字迹鲜艳，纸花、香烛簇拥碑前，想是刚有人祭拜过。牛角挂书的戴氏族人，在努力为家族博得荣耀，宦游半生后，又叶落归根，安眠在家乡秀美的山水间。

保存完好的祠堂墙上，有一首《溪口十景总咏》，作者是溪口进士："苍峰俯瞰燕巢灌，龙攫丽珠奋碧涯。日照印岩疏篆籀，湖临秋月忆蒹葭。合溪雨水夹明镜，双屿丹枫染翠霞。书塾横琴弹咏罢，闲游台畔玩荷花。"

两位戴伯，分立两旁，陪你抄完了整首诗。遥想当年，祠堂主人偶遇知音，必以清泉佳茗相待，主客拱手默坐，心息自然，及至月上东墙，客人告辞，主人亦会迎着素月，踏着小径送客归去的罢。

"非士亦非农，半耕还半读。傍山数顷田，临水几间屋。筑园又凿池，栽花还种竹。花自吐清香，竹亦言芳郁。池水漾菱荷，园蔬借苜蓿。"戴蒙辞官归田后，在溪口创办了蒙公书塾，免费供戴氏子弟就学，资助子弟应试赴考，蒙公书塾成为永嘉最早的书院之一。溪口戴氏子孙，专门制定了族规，"以忠孝节义为纪纲，以耕读勤俭为本务"，"百艺莫如耕读好，千金难买子孙贤"。

木结构的房子，寿命大多六七十年。楠溪江畔的古村落，一般都有着二三百年历史，超负荷的老屋，饱经风侵雨蚀。三进屋，有六十多个房间、二十二个天井和一处明代修造的中国最早的净水工程。旧宅内，晾着衣物，散发着陈年的气味，令人压抑的屋内，供着祖宗牌位；檐下堆着柴垛、麦秆，鸡鸭相逐，一个小男孩趴在长条凳上，费力地写着字。

山峰被山岚所掩，老屋在岁月中坚守。世昌堂门墙上对称的砖雕花格窗，暗示这里曾住过殷实人家。推开半掩的木门，枇杷树下长长的板墙，经风雨漂洗，已显出皲纹的原色。门楼已朽，露出内里的砖，古老的瓦当，宋代的旗杆夹、石鼓；庭院里的美人靠明显颓败了，有一点撑不住的味道。

徘徊在一座砖雕嵌石匾的门楼前，费力地辨认出上面曾经笔墨酣畅的字迹："敦厚可风"，两翼小巧的檐角依然飘逸，横额早已空空如也。当年的格言佳句，已被风霜抹去，石阶缝隙里长着衰草，一条肥硕的黄狗在草丛中翻拱。

村后的月塘，据说也是戴蒙所辟，面朝青山，淌了几百年的池水依然清澈。池上，覆着长条石板，通水月亭，池底石块，缠着厚厚的绿苔。月塘周围，有几幢正在加固的古屋。水月亭是全木结构的，内设长凳，周围一圈吴王靠，农闲或收工时，这里总聚集着许多人，边吃边谈，抑或只为享受一下暖阳。自古及今，村庄里的婚丧喜庆、农事耕作、家长里短、喜怒哀乐，尽在此上演。

在溪口，做人的滋味想必应该是闲适的。背依青山，腰板是直直的；面对溪水，再浮躁的心，亦会沉静下来。在这里，可以让目光抚摸青山碧水，斑驳石壁，闲听无边落木，静看竹叶滴水，朝赏日出东方，暮观老树昏鸦。

夕阳为村庄镀上了晚霞。远处，群峰竞秀，滩林秀美；近处，绿影映池，皱起几缕波痕。砍柴归来的老农，沿小径下山，心笃神定,安详沉稳。青山、滩林、古屋,隐现于古今。倾斜的光线中,你在消失,村庄在消失。

  溪口,明月当空,飞鸟啼归;古时人家,风光无限。

跋：飞来白鸟似相识

己亥年三月，我在爱尔兰都柏林的利菲河畔行走。利菲河上，多桥，古老的桥身倒映清澈水面，像一架架优美的竖琴。除了桥，海鸥也多，这些神灵一般的存在，带着一种遗世独立气息在空中盘旋，仿佛竖琴弹奏的洁白音符，我的耳边回旋起爱尔兰歌手恩雅梦幻般的歌声。

我的脑海里也保留着这个画面：2012年12月12日，我参加复旦作家班20年西安同学会，在徐彦平兄的带领下，大家去了终南山下老子写《道德经》的楼观台，又去了韩城的司马迁祠。记得车一过白鹿原，就下起了雪，并且越来越大，顺着雪泥鸿爪，拜谒了太史公静卧的高地。古老的司马坡石阶上新鲜的积雪，以及那一抹硬而冷的北国朔风，让我久久难忘。

若问前生事，今生受者是。若问来生事，今生作者是。这是佛家对因缘关系的解释。上世纪90年代初，我在复旦作家班的求学经历，也是命运之神播下的种子。于我来说，此生得以跟文学结缘，终归是一种幸事，因为文学，我对世界有了更好的观察与描摹，随着时间推移，我也逐渐认识到，写作如同修行，静观花草荣枯、喜怒哀乐、七情六欲、事态变迁，才能造就真正的文字。

这是我的第二本散文集，我的第一本散文集《沙漏的舞蹈》出版于2002年。收在这本集子里的文章，有新的，也有旧的，有发表过的，也有未发表过的，都是岁月和心路历程的见证。这本散文集能够作为"高山流水"文丛之一,接受读者检阅,我感到很荣幸。感谢复旦中文系和出版社的老师们,感谢作家班的同学们。

前几天,带妹妹和孩子们去普陀山玩,邂逅了这样一首古诗:

> 青山不识我姓字,
> 我亦不识青山名。
> 飞来白鸟似相识,
> 对我对山三两声。

这首小诗,自在、亲切,有一种天真意趣,作者是南宋诗人叶茵。我觉得这首诗里,还有一种辽阔与安详,一种境界和高度。

世间万物,悲运同体。文学如同白鸟,纷纭而至,我惟以感恩之心,安住其中,在寂寞耕耘的长途,在视野之外的山巅,若是能聆听到一两声鸟儿知音一般珍贵的啼鸣,足矣。

卢文丽
2019年7月19日于杭州阳明谷

图书在版编目(CIP)数据

韩国姑姑/卢文丽著. —上海：复旦大学出版社，2019.8
(复旦大学中文系"高山流水"文丛/陈引驰，梁永安主编)
ISBN 978-7-309-14430-7

Ⅰ.①韩… Ⅱ.①卢… Ⅲ.①散文集-中国-当代 Ⅳ.①I267

中国版本图书馆 CIP 数据核字(2019)第 157174 号

韩国姑姑
卢文丽 著

出 品 人 严　峰
责任编辑 宋文涛

复旦大学出版社有限公司出版发行
上海市国权路 579 号　邮编：200433
网址：fupnet@fudanpress.com　　http://www.fudanpress.com
门市零售：86-21-65642857　　　 团体订购：86-21-65118853
外埠邮购：86-21-65109143　　　 出版部电话：86-21-65642845
常熟市华顺印刷有限公司

开本 890×1240　1/32　印张 9.625　字数 229 千
2019 年 8 月第 1 版第 1 次印刷

ISBN 978-7-309-14430-7/I·1160
定价：48.00 元

如有印装质量问题，请向复旦大学出版社有限公司出版部调换。
版权所有　侵权必究